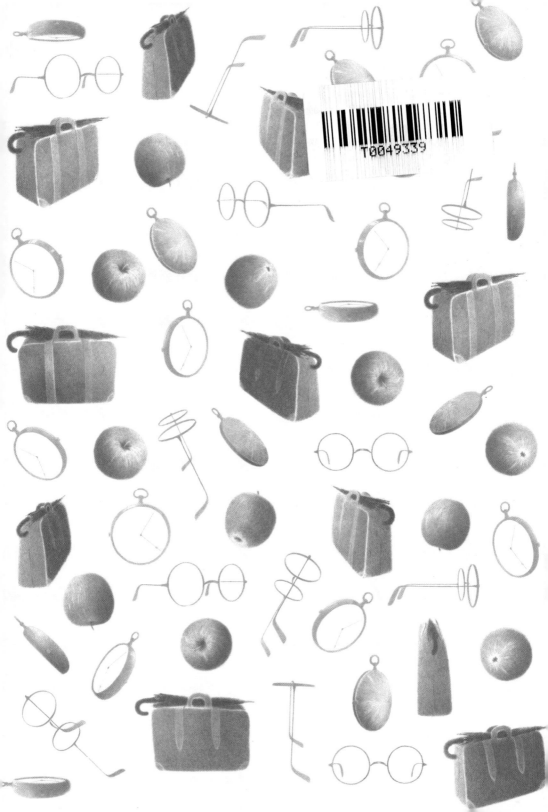

T0049339

STEFAN
ZWEIG

MOMENTOS ESTELARES
DE LA HUMANIDAD

ALMA CLÁSICOS ILUSTRADOS

STEFAN ZWEIG

MOMENTOS ESTELARES DE LA HUMANIDAD

CATORCE MINIATURAS HISTÓRICAS

Introducción y traducción de Claudia Toda Castán

Ilustrado por
Samuel Castaño

Título original: *Sternstunden der Menschheit*

© de esta edición:
Editorial Alma
Anders Producciones S.L., 2023
www.editorialalma.com

 @almaeditorial

© de la traducción: Claudia Toda Castán

© de las ilustraciones: Samuel Castaño

Diseño de la colección: lookatcia.com
Diseño de cubierta: lookatcia.com
Maquetación y revisión: LocTeam, S.L.

ISBN: 978-84-18933-53-0
Depósito legal: B117-2023

Impreso en España
Printed in Spain

Este libro contiene papel de color natural de alta calidad que no amarillea (deterioro por oxidación) con el paso del tiempo y proviene de bosques gestionados de manera sostenible.

ÍNDICE

INTRODUCCIÓN *de cinco a catorce miniaturas* 9

PRÓLOGO *a la edición de 1927 con cinco miniaturas* 13

PRÓLOGO *a la edición de 1943 con doce miniaturas* 15

✦ CICERÓN 17

✦ LA CONQUISTA DE BIZANCIO

29 DE MAYO DE 1453 37

✦ LA HUIDA HACIA LA INMORTALIDAD

EL DESCUBRIMIENTO DEL OCÉANO PACÍFICO,

25 DE SEPTIEMBRE DE 1513 61

✦ LA RESURRECCIÓN DE GEORG FRIEDRICH HÄNDEL

21 DE AGOSTO DE 1741 83

✦ EL GENIO DE UNA NOCHE

LA MARSELLESA, 25 DE ABRIL DE 1792 103

✦ EL MINUTO UNIVERSAL DE WATERLOO

NAPOLEÓN, 18 DE JUNIO DE 1815 119

✦ LA ELEGÍA DE MARIENBAD

GOETHE ENTRE KARLSBAD Y WEIMAR, 5 DE SEPTIEMBRE DE 1823 133

✦ EL DESCUBRIMIENTO DE EL DORADO

J. A. SUTER, CALIFORNIA, ENERO DE 1848 143

✦ EL INSTANTE HEROICO

DOSTOIEVSKI, SAN PETERSBURGO, PLAZA SEMIÓNOVSKI,

22 DE DICIEMBRE DE 1849 153

✦ LA PRIMERA PALABRA EN CRUZAR EL OCÉANO

CYRUS W. FIELD, 28 DE JULIO DE 1858 161

✦ LA HUIDA HACIA DIOS

FINALES DE OCTUBRE DE 1910 181

✦ LA COMPETICIÓN POR EL POLO SUR

CAPITÁN SCOTT, 90 GRADOS DE LATITUD, 16 DE ENERO DE 1912 211

✦ EL TREN SELLADO

LENIN, 9 DE ABRIL DE 1917 229

✦ WILSON FRACASA 239

INTRODUCCIÓN
DE CINCO A CATORCE MINIATURAS

✦

*M*omentos estelares de la humanidad es una de las obras más renombradas y de mayor éxito del escritor Stefan Zweig (Viena, 1881-Petrópolis, 1942). En lengua alemana ha conocido incesantes reimpresiones desde la primera edición de 1927; hoy es un clásico moderno que se ha traducido a más de cincuenta lenguas y ocupa un lugar destacado en las bibliotecas y en el imaginario intelectual de miles de personas. Su capacidad para representar vívidamente otras regiones y épocas, junto con su vibrante relato de momentos trascendentales que cambiaron el destino de la humanidad, ha despertado y sigue despertando el entusiasmo de quienes abren sus páginas.

No obstante, apenas se sabe que la obra no se concibió como un todo y que el autor nunca tuvo en sus manos un volumen como el presente, con catorce miniaturas. Stefan Zweig escribió estas historias, para las que se documentaba con intensidad, a lo largo de toda su existencia, marcada por el exilio: en 1934, a Londres; y en 1940, a Brasil, donde se quitó la vida en 1942. Por otra parte, la convulsa situación de Europa y el difícil panorama editorial en el exilio complicaron las posibilidades de publicación hasta el punto de que el autor nunca llegó a ver recopiladas en lengua alemana varias de sus miniaturas, reunidas primero en traducciones a otros idiomas y publicadas en alemán solo de manera póstuma. Por estas razones pueden encontrarse ediciones en múltiples lenguas con un número variable de miniaturas, organizadas en órdenes distintos. Se ofrece aquí un breve resumen de los azarosos caminos que llevaron a la constitución de este clásico.

En 1927, la editorial alemana Insel Verlag publicó en un librito cinco historias que habían visto la luz previamente, entre 1912 y 1926, en periódicos y revistas. La compilación se acompañaba de un breve prólogo de Zweig y contenía, por orden cronológico de los acontecimientos históricos narrados: «El minuto universal de Waterloo», «La elegía de Marienbad», «El descubrimiento de El Dorado», «El instante heroico» y «La competición por el Polo Sur».

En 1936, la editorial Herbert-Reichner Verlag publicó un volumen recopilatorio de las narraciones de Zweig con el título *Kaleidoskop*. Una de sus secciones era «Miniaturas históricas», y allí se recogían (sin el prólogo) las cinco historias anteriormente mencionadas, por el mismo orden, tras las que se añadían «La resurrección de Georg Friedrich Händel» (previamente publicada en 1935) y «La conquista de Bizancio», presumiblemente escrita para la ocasión.

Como se ha indicado antes, la situación del autor en el exilio complicó la publicación de sus obras y ocasionó que las nuevas miniaturas se recopilaran en ediciones extranjeras. Las dos más reseñables son la sueca (editorial Skoglund, 1938) y la inglesa (editorial Cassell, 1940). Ambas reunían doce historias, pero no eran las mismas, ni en el mismo orden. En cuanto a la edición sueca, a las siete miniaturas de la edición de 1936 les sumaba «La huida hacia la inmortalidad», «El genio de una noche», «El tren sellado», «La primera palabra en cruzar el océano» y «La huida hacia Dios». Incluía un prólogo más extenso escrito por Zweig, que hoy es el más conocido, y la presentación de las historias no seguía el orden cronológico de los acontecimientos. En cuanto a la edición inglesa, se prescindió de las dos miniaturas no escritas en prosa narrativa («El instante heroico» y «La huida hacia Dios») y a cambio se incluyeron dos nuevas, escritas alrededor de 1939: «Cicerón» y «Wilson fracasa». Esta edición sí colocaba las historias por orden cronológico.

Fue necesario esperar a una edición póstuma, publicada por Fischer-Bermann en Estocolmo en 1943, para que varias de estas miniaturas pudieran leerse juntas por fin en alemán. Esta recopilación incluía el prólogo que había aparecido en la edición sueca de 1938, pero solo comprendía doce historias. No incluía «Cicerón» ni «Wilson fracasa», se especula que debido a la imposibilidad de localizar los originales en lengua alemana. Solo en fechas muy recientes la editorial alemana Fischer Verlag publicó una edición con catorce miniaturas, a las que al final añadió tanto «Cicerón» como «Wilson fracasa». Las ediciones más modernas en las diferentes lenguas tienden a presentar las catorce miniaturas en orden cronológico, que es como se ofrecen aquí.

Esta organización cronológica sin duda transporta a los lectores en un viaje fascinante a través de distintas épocas. Sin embargo, si tenemos presentes los momentos históricos y personales tan distintos en los que fueron concebidas (por ejemplo, veintisiete años separan «El minuto universal de Waterloo» de «Wilson fracasa») comprenderemos mejor tanto las referencias temporales que el autor maneja en algunas historias como el tono más pesimista de las escritas al final de su vida.

El proceso de traducción de esta obra ha resultado largo y laborioso. Por una parte, relacionado con lo anterior, se ha procurado tener muy en cuenta el momento aproximado de creación de cada historia para respetar al máximo las referencias temporales, el uso de tiempos verbales y la denominación de objetos o descubrimientos. Por otro lado, como se indicaba, Zweig realizaba una gran labor de documentación con el fin de escribir sus miniaturas y esto genera la misma exigencia para la labor de traducción; se ha dedicado mucho tiempo a la investigación y, hasta donde ha sido posible, se han manejado algunas de las fuentes con las que el autor trabajó, lo que ha permitido subsanar algunos errores de ediciones anteriores. Aunque la prosa de Zweig no es nada sencilla en su sintaxis, las frases fluyen con verdadera maestría; también en la medida de lo posible se ha procurado conseguir un castellano que no por erudito renunciara a ser fluido. Por último, se ofrece una traducción en verso y con rima de «El instante heroico», que en otras ediciones se presenta en verso blanco o incluso en forma de prosa corrida. Como curiosidad, este volumen presenta también el breve prólogo a la edición de 1927.

PRÓLOGO
A LA EDICIÓN DE 1927 CON CINCO MINIATURAS

✦

La Historia, espejo espiritual de la Naturaleza, crea, como esta, de manera infinita e impredecible: no se ciñe a ningún método y se salta desdeñosa cualquier ley. Tan pronto fluye como el agua, con la determinación de una torrentera, como arremolina nubes de acontecimientos siguiendo el más puro azar de los vientos. A menudo sedimenta las épocas con la infinita paciencia de los minerales que cristalizan lentamente, y después comprime dramáticamente esferas contiguas en un solo relámpago. Siempre creadora, solo en esos segundos de genial condensación se revela como verdadera artista: porque, aunque miles de energías muevan nuestro mundo, son únicamente esos escasos instantes explosivos los que le dan su forma dramática. He intentado reproducir cinco de estos instantes, tomados del intervalo de un siglo, sin decolorar su verdad espiritual con mi propia invención. Porque cuando la Historia crea a la perfección, no precisa de una mano que la ayude sino, tan solo, de palabras respetuosas y expresivas.

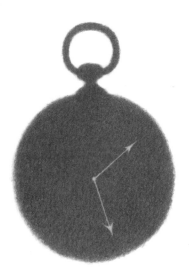

PRÓLOGO
A LA EDICIÓN DE 1943 CON DOCE MINIATURAS

+

Ningún artista es artista continuamente, durante las veinticuatro horas de sus días ordinarios; todo lo esencial, todo lo perdurable que logra concebir tan solo surge de inusuales y escasos instantes de inspiración. Del mismo modo, tampoco la Historia, que consideramos la mayor dramaturga y la mayor intérprete de todos los tiempos, es creadora de manera incesante. En ese «misterioso taller de Dios», como Goethe la llama con reverencia, se suceden infinidad de acontecimientos insignificantes y cotidianos. También en ella, como en el arte y en la vida, los momentos inolvidables y sublimes son excepcionales. En la mayor parte de los casos la Historia, como cronista, se limita a añadir con obstinación e indiferencia eslabón tras eslabón a una gigantesca cadena que atraviesa los siglos, suceso tras suceso; pues toda tensión requiere un tiempo de gestación, todo auténtico acontecimiento exige un desarrollo. Son necesarios los millones de personas de una nación para que surja una figura genial, y es necesario que se sucedan millones de momentos mundanos y triviales para que haga su aparición un auténtico momento estelar de la humanidad.

Cuando en el arte aparece un genio, este perdura a través de los tiempos; pero si se produce un momento estelar, resulta definitorio para las décadas y siglos siguientes. Del mismo modo que en la punta del pararrayos se concentra la electricidad de toda la atmósfera, una infinidad de acontecimientos se agolpan en un periodo mínimo de tiempo. Los hechos, que suelen sucederse con parsimonia uno tras otro y uno junto a otro, se comprimen en un único instante que todo lo decide y todo lo determina: un solo sí, un solo no, un demasiado pronto o un demasiado tarde convierten ese momento en irrevocable para cientos de generaciones y determinan la vida de un individuo, de un pueblo, o incluso el destino de toda la humanidad.

Estos momentos dramáticamente compactados y trascendentales en los que una decisión perdurable en el tiempo se precipita en una sola fecha, en una sola hora y a veces en un solo minuto, son inusuales en la vida de un individuo y son inusuales también a lo largo de la Historia. Intento recordar en este libro algunos de esos momentos estelares (los he llamado así porque brillan en la noche de lo perecedero con el resplandor y la inmutabilidad de las estrellas) que han acontecido en las más variadas regiones y épocas. De ningún modo se pretende decolorar o intensificar la verdad espiritual de las circunstancias, externas o íntimas, por medio de la propia invención. Porque en los sublimes instantes en que la Historia crea con perfección, no precisa de una mano que la ayude. Ningún escritor debe tratar de superarla allí donde ella reina como creadora y dramaturga indiscutible.

CICERÓN

✦

Lo más sabio que puede hacer un hombre inteligente y no muy valeroso cuando se topa con alguien más fuerte que él es lo siguiente: hacerse a un lado y, sin sonrojo, esperar a que la vía quede libre. Marco Tulio Cicerón, el primer humanista del Imperio romano, el maestro de la oratoria, el defensor del derecho, ha dedicado tres décadas al servicio de la ley heredada y a la conservación de la República; sus discursos se encuentran cincelados en los anales de la Historia, y su obra literaria, en los sillares de la lengua latina. En la figura de Catilina se enfrentó a la anarquía; en la de Verres, a la corrupción; en los generales victoriosos, a la amenazante dictadura; y su libro *De re publica* se consideró en su tiempo el código moral de la forma de estado ideal. Pero ahora ha llegado alguien más fuerte. Julio César, a quien en un primer momento apoyó sin desconfianza por ser el mayor y más afamado, se ha convertido de repente en el amo de Italia con sus legiones galas; como señor absoluto del poder militar, tan solo ha de extender la mano para tomar la corona que Antonio le tendía ante el pueblo congregado. En vano combatió Cicerón la autocracia de César desde que, al traspasar el Rubicón, traspasó también la ley. En vano trató de movilizar contra el agresor a los últimos defensores de la libertad. Pero, como siempre, las cohortes militares fueron más fuertes que las palabras. César, a un tiempo hombre de espíritu y hombre de acción, ha triunfado por completo; y, si fuera vengativo como la mayoría de los dictadores, ahora, tras su atronadora victoria, le resultaría muy fácil eliminar o al menos proscribir a aquel empecinado defensor de la ley. Sin embargo, más que de todos sus triunfos militares, César se precia de su magnanimidad tras la victoria. Sin hacer el menor amago de humillarlo, perdona la vida a Cicerón, el adversario derrotado, y tan solo le recomienda que se aparte de la escena política, que ahora es toda suya y donde a cualquier otro se le otorga un mero papel de figurante mudo y obediente.

Pues bien, a un intelectual no puede sucederle nada mejor que apartarse de la vida pública, de la vida política; esto lo saca de una esfera deshonrosa que solo puede manejarse con brutalidad o doblez, y lo devuelve a su esfera interior, intocable e indestructible. Toda forma de exilio supone para un intelectual un impulso para el recogimiento, y esta afortunada desgracia alcanza a Cicerón en el mejor momento, el más provechoso. El gran dialéctico se acerca paulatinamente al declive de una vida que, con sus continuos tumultos y tensiones, apenas le ha dejado tiempo para elaborar una visión de conjunto creadora. ¡Cuántas cosas, y qué contradictorias, ha vivido el sexagenario en el breve lapso de su existencia! Con persistencia, flexibilidad y superioridad intelectual, abriéndose paso a empujones, él, el *homo novus,* ha logrado conquistar uno tras otro todos los puestos y honores públicos vedados a los insignificantes hombres de provincias y celosamente reservados a las camarillas de la nobleza hereditaria. Ha conocido las cumbres más altas y las simas más profundas del favor público; tras la derrota de Catilina fue alzado por las escaleras del Capitolio, coronado por el pueblo y honrado por el Senado con el glorioso título de *pater patriae.* Y, por otro lado, de un día para otro hubo de huir al exilio, condenado por el mismo Senado y abandonado por el mismo pueblo. No hay administración en la que no haya trabajado, ni rango que no haya alcanzado gracias a su perseverancia. Ha dirigido procesos en el Foro, como soldado comandó legiones en el campo de batalla, como cónsul administró la República, y como procónsul, provincias; millones de sestercios han pasado por sus manos y, bajo sus manos, se han convertido en deudas. Ha poseído la villa más hermosa del Palatino y la ha visto reducida a escombros, incendiada y arrasada por sus enemigos. Ha escrito tratados memorables y ha pronunciado discursos clásicos. Ha engendrado hijos y los ha perdido, ha sido valiente y débil, impenitente y acomodaticio, muy admirado y muy odiado, un carácter veleidoso lleno de fragilidad y esplendor; *in summa,* la personalidad más atractiva y más emocionante de su tiempo, por encontrarse indisolublemente unida a los acontecimientos de los tumultuosos cuarenta años que median desde Mario hasta César. La historia de su momento, la historia universal, las ha vivido y experimentado Cicerón como ningún otro; solo para una cosa (la más importante) no ha tenido nunca tiempo: para revisar su propia vida. En el delirio de su ambición, este hombre incansable jamás ha encontrado tiempo para reflexionar a fondo y con calma, ni para observar el conjunto de su conocimiento y su pensamiento.

Ahora, por fin, el golpe de estado de César, que lo aparta de la *res publica,* le ha ofrecido la oportunidad de cultivar de modo fructífero esa *res privata,* la más importante en la vida; resignado, Cicerón abandona el Foro, el Senado y el Imperio en manos de la dictadura de Julio César. Una aversión por todo lo público comienza a apoderarse del exiliado. Se resigna: que defiendan otros los derechos de un pueblo al que importan más los juegos y las luchas de gladiadores que la libertad; para él solo importa ahora buscar, encontrar y dar forma a su libertad interior. Así, Marco Tulio Cicerón vuelve por primera vez a sus sesenta años una mirada reflexiva hacia sí, para mostrar al mundo para qué ha trabajado y ha vivido.

Como artista de nacimiento que salió por error del mundo de los libros para caer en el azaroso mundo de la política, Marco Tulio Cicerón busca dar forma lúcidamente a su vida conforme a su edad y a sus inclinaciones más íntimas. Se retira de Roma, la ruidosa metrópolis, a Tusculum, la actual Frascati, y con ello sitúa su hogar en uno de los paisajes más bellos de Italia. Como suaves olas pobladas de oscuros bosques, las colinas descienden hacia la Campaña romana, y los manantiales cantan en tonos argentinos en el tranquilo silencio. Después de tantos años en el mercado, el Foro, el campamento militar y el carromato, por fin aquí se abre del todo el alma del pensador creativo. La ciudad, seductora y agotadora, aparece a lo lejos como tenue humo en el horizonte, pero está lo bastante cerca para que a menudo acudan amigos a sostener conversaciones estimulantes en términos intelectuales: Ático, íntimo confidente, o el joven Bruto, el joven Casio y una vez, incluso (¡peligroso convidado!), el mismísimo gran dictador, Julio César. Y si los amigos de Roma no vienen, siempre hay otros presentes, compañeros que nunca decepcionan, tan prestos al silencio como a la charla: los libros. Una biblioteca maravillosa, un panal realmente inagotable de sabiduría, reúne Marco Tulio Cicerón en su villa campestre, las obras de los sabios griegos junto a las crónicas romanas y los compendios de leyes; con tales amigos de todas las épocas y todas las lenguas, ninguna velada puede ser solitaria. Las mañanas se dedican al trabajo. Obediente, siempre aguarda para el dictado el esclavo instruido; en las comidas, su bienamada hija Tulia le acorta las horas, y la educación del hijo trae a diario nuevos estímulos o novedades. Y una última muestra de sabiduría: el sexagenario comete la necedad más dulce de la vejez y toma una esposa joven, más joven que su propia hija, para disfrutar de la belleza como un artista de la vida, no solo en mármol o en versos, sino también bajo su forma más encantadora y sensual.

Así, a sus sesenta años, por fin Marco Tulio Cicerón parece haber regresado a sí mismo, ya solo filósofo y no demagogo, escritor y no retórico, amo de su tiempo y no diligente siervo de las simpatías del pueblo. En lugar de perorar en el mercado ante corruptibles jueces, prefiere fijar como ejemplo para sus seguidores la esencia del arte de la oratoria en su *De oratore*; al mismo tiempo, en su tratado *De senectute* procura enseñarse a sí mismo que un verdadero sabio ha de considerar la resignación como la auténtica dignidad de la vejez y de sus años. Las más bellas, las más armónicas de sus cartas surgen en esta época de recogimiento interior, e incluso cuando la arrasadora desgracia lo alcanza, la muerte de su amada hija Tulia, su arte para la dignidad filosófica acude en su ayuda: escribe las *Consolationes* que aún hoy, a través de los siglos, consuelan a miles de personas azotadas por el mismo destino. Tan solo al exilio debe la posteridad el surgimiento del gran escritor en el antiguo orador siempre ocupado. En estos tres años de calma hace más por su obra y por su fama póstuma que en los anteriores treinta, entregados a la *res publica* irreflexivamente.

Su vida parece ya la propia de un filósofo. Apenas presta atención a las noticias y cartas diarias de Roma, más ciudadano de la eterna república del espíritu que de la romana, castrada por la dictadura de César. El maestro del derecho terrenal por fin ha aprendido el amargo secreto que termina descubriendo quien se implica en los asuntos públicos: que a la larga no puede defenderse la libertad de las masas, sino tan solo la libertad propia, la libertad interior.

Así el ciudadano del mundo, humanista y filósofo Marco Tulio Cicerón pasa un verano dichoso, un otoño productivo, un invierno italiano, alejado (según cree: alejado para siempre) de la fútil actividad política. Apenas presta atención a las noticias y cartas que llegan de Roma a diario, indiferente a un juego que ya no lo reclama como participante. Parece por completo curado del vano anhelo de popularidad del literato, ciudadano ahora de una república invisible y no de aquella otra corrompida y violada, entregada al terror sin oponer resistencia. Pero entonces, un mediodía de marzo, un mensajero irrumpe en la villa, cubierto de polvo y con los pulmones reventados. A duras penas consigue entregar la noticia: a Julio César, el dictador, lo han asesinado en el Foro de Roma; y se desploma.

Cicerón palidece. Hace unas semanas se sentaba a la mesa con el magnánimo vencedor y, por hostil que fuera su oposición a aquel peligroso superior, por mucho que desconfiara de sus triunfos militares, no podía dejar de admirar en secreto, íntimamente, el elevado espíritu, el genio logístico y la humanidad de aquel enemigo, el único respetable. No obstante, a pesar de su repugnancia ante los argumentos del pueblo asesino, ¿acaso aquel hombre, Julio César, pese a todos sus méritos y logros, no había cometido la forma de asesinato más abominable, el *parricidium patriae,* el asesinato de la patria cometido por su hijo? Por más que esa muerte sea lamentable a nivel humano, el crimen permite la victoria de lo más sagrado pues, ahora que César ha muerto, la República puede renacer: gracias a esa muerte triunfa la más sublime de las ideas, la idea de la libertad.

Así se sobrepone Cicerón al primer susto. Él no deseaba aquella pérfida acción, quizá ni siquiera se había atrevido a imaginarla en sus sueños más secretos. Bruto y Casio no lo incluyeron en la conspiración aunque Bruto, mientras arrancaba la daga del pecho de César, gritara su nombre, el de Cicerón, y con ello convocara al maestro del ideal republicano a ser testigo de su acto. Pues bien, ahora que el crimen no tiene vuelta atrás, al menos debe emplearse para el bien de la República. Cicerón lo comprende: el camino hacia la antigua libertad romana pasa por encima del regio cadáver, y es necesario mostrar a los demás ese camino. Un momento tan único no puede desperdiciarse. Ese mismo día Marco Tulio Cicerón abandona sus libros, sus escritos y el sagrado *otium* del artista. Con el corazón desbocado por la urgencia, se apresura a Roma para salvar a la República, el verdadero legado de César, tanto de los asesinos como de los vengadores.

En Roma, Cicerón se encuentra una ciudad confusa, consternada y desorientada. Ya en el momento de suceder, el acto de asesinar a César se ha revelado más grande que sus perpetradores. Solo de asesinar, solo de aniquilar al hombre que los superaba en todo eran capaces los conjurados de la heterogénea camarilla. Pero ahora que se puede aprovechar el acto, se quedan aturdidos y sin saber qué hacer. Los senadores dudan entre secundar el crimen o condenarlo; el pueblo, largo tiempo acostumbrado a ser gobernado por mano despiadada, no se atreve a expresar su opinión. Antonio y los amigos de César temen a los conjurados y sienten amenazadas sus vidas. Y los conjurados temen a los amigos de César y su venganza.

En medio de la consternación general, Cicerón resulta ser el único que muestra determinación. Siempre dubitativo y temeroso, como lo es el nervioso hombre de espíritu, ahora respalda sin dudar un acto en el que no ha tomado parte. Bien derecho, se yergue sobre las baldosas, aún húmedas por la sangre del muerto, y ante el Senado reunido elogia el asesinato del dictador como una victoria de la idea republicana. «¡Oh, pueblo mío, de nuevo regresas a la libertad!», proclama. «Vosotros, Bruto y Casio, habéis ejecutado la acción más importante no solo de Roma, sino también del mundo entero.» Pero al mismo tiempo exige que se dote a ese acto, sin duda criminal, de su sentido más elevado. Los conjurados deben tomar enérgicamente el poder, vacante desde la muerte de César, y utilizarlo cuanto antes para salvar la República, para restablecer la antigua constitución romana. A Antonio se le debe retirar el Consulado, y el poder ejecutivo pasará a manos de Bruto y Casio. Por primera vez, por un brevísimo momento histórico, el hombre de leyes ha de violar la rígida ley con el fin de imponer para siempre la dictadura de la libertad.

Sin embargo, ahora se revela la debilidad de los conjurados. Tan solo eran capaces de tramar una conspiración, de cometer un asesinato. Tenían fuerzas solo para hundir la daga cinco pulgadas en el cuerpo de un hombre indefenso; ahí terminaba su arrojo. En lugar de tomar el poder y de emplearlo para restablecer la República, se afanan en lograr una miserable amnistía y negocian con Antonio; dan tiempo a que los amigos de César se organicen y así pierden el tiempo más precioso. Cicerón identifica claramente el peligro. Se da cuenta de que Antonio prepara un contragolpe que no solo eliminará a los conjurados, sino también los pensamientos republicanos. Avisa y clama y agita y habla para empujar a la acción a los conjurados y al pueblo. Pero (¡qué error histórico!) él mismo no actúa. En sus manos tiene todas las posibilidades. El Senado está dispuesto a secundarlo, el pueblo tan solo espera que alguien con valentía y decisión tome las riendas que resbalan de las firmes manos de César. Nadie se opondría, todos respirarían aliviados si él asumiera el gobierno y pusiera orden en el caos.

El momento histórico de Marco Tulio Cicerón, que con tanto ardor ha anhelado desde sus discursos contra Catilina, por fin ha llegado con estos idus de marzo y, de haber sabido emplearlo, todos habríamos estudiado una Historia distinta en la escuela; el nombre de Cicerón no habría quedado en los anales de Livio y Plutarco tan solo como el de un escritor notable, sino también como el del salvador de la República, el verdadero genio de la libertad romana. Suya sería la fama imperecedera de haber poseído el poder de un dictador y haberlo devuelto al pueblo por propia voluntad.

Sin embargo, en la Historia se repite de modo constante la tragedia de que el hombre de espíritu, sobrecargado de responsabilidad en su fuero interno, muy raramente se convierte en hombre de acción en los momentos cruciales. Siempre reaparece el mismo dilema en el hombre de espíritu, en el hombre creativo: puesto que reconoce mejor las necedades de su tiempo, siente el apremio de intervenir y en un momento de entusiasmo se lanza con pasión a la lucha política. Pero al mismo tiempo duda en responder a la violencia con violencia. Su sentido de la responsabilidad retrocede espantado ante el ejercicio del terror y el derramamiento de sangre, y esas dudas y esos escrúpulos, precisamente en un instante que no solo permite sino que además exige la total falta de miramientos, minan sus fuerzas. Pasado el primer impulso de entusiasmo, Cicerón contempla la situación con peligrosa claridad. Mira a los conjurados, a quienes ayer elogiaba como héroes, y solo ve hombres cobardes que huyen de las sombras de su propio crimen. Mira al pueblo y ve que ya no es el antiguo *populus romanus,* aquel pueblo heroico con el que soñaba, sino una plebe degenerada a la que solo le interesan su propio beneficio y diversión, la comida y el juego, *panem et circenses;* un día vitorea a los asesinos Bruto y Casio; al siguiente, a Antonio, que clama venganza contra ellos; y al tercero, a Donabela, que ordena destruir las estatuas de César. Comprende que nadie en esa ciudad decadente sirve con sinceridad al ideal de libertad. Todos buscan tan solo el poder o su propio bienestar: César ha sido eliminado en vano, pues todos se postulan, negocian y pelean por su dinero, sus legiones y su poder; buscan el provecho y la ganancia para sí mismos y no para lo único sagrado, la cosa romana.

Cicerón se siente cada vez más cansado, cada vez más escéptico durante las dos semanas que suceden a su precipitado entusiasmo. Nadie aparte de él se preocupa por el restablecimiento de la República, el sentimiento nacional se ha apagado, el sentido de la libertad se ha desvanecido. Al final, lo invade el asco por aquel turbio tumulto. No puede seguir engañándose ante la impotencia de sus palabras, a la vista de su fracaso debe reconocer que su papel conciliatorio ha terminado y que ha sido, o bien demasiado débil, o bien demasiado cobarde para salvar a su patria de la amenazante guerra civil; y así, la abandona a su destino. A principios de abril se marcha de Roma y regresa (otra vez decepcionado, otra vez vencido) a sus libros en su solitaria villa de Puteoli, en el golfo de Nápoles.

Por segunda vez, Marco Tulio Cicerón huye del mundo y se refugia en la soledad. Ahora es totalmente consciente de que, como erudito, como humanista, como garante de la justicia, desde el primer momento estaba fuera de lugar en una esfera en la que el poder cuenta tanto como el derecho y la falta de escrúpulos consigue más que la sabiduría y la concordia. Conmocionado, ha tenido que reconocer que aquella República ideal que soñaba para su patria, que la resurrección de la antigua moral romana, ya no son posibles en esos tiempos pueriles. Puesto que no puede ejecutar el acto salvador en la ineludible materialidad de lo real, al menos desea preservar su sueño para transmitírselo a una posteridad más sabia; no deben quedar sin efectos el esfuerzo y el aprendizaje de sesenta años de vida. De modo que el hombre humillado reflexiona sobre sus verdaderas fuerzas y, como legado para otra generación, redacta durante esos días solitarios su última y al mismo tiempo su mayor obra: *De officiis,* una doctrina de los deberes que el hombre independiente, el hombre moral, ha de cumplir ante sí mismo y ante el Estado. Es su testamento político y moral lo que Marco Tulio Cicerón redacta en Puteoli en otoño del año 44, que es también el otoño de su vida.

Que este tratado sobre la relación del individuo con el Estado constituye un testamento, la última palabra de un hombre que ha abdicado y renunciado a todas las pasiones públicas, se demuestra en la dedicatoria del texto. *De officiis* se dirige a su hijo; Cicerón le confiesa con sinceridad que no se ha retirado de la vida política por desidia, sino porque como espíritu libre, como republicano romano, considera por debajo de su honor y de su honra servir a una dictadura. «Mientras el Estado lo administraban hombres a quienes el propio Estado había elegido, dediqué mi fuerza y mis pensamientos a la *res publica.* Pero cuando todo cayó bajo la *dominatio unius,* ya no quedó espacio para el servicio público o la autoridad.» Desde que se abolió el Senado y se cerraron los tribunales, ¿qué se le han perdido a él y a su amor propio en el Senado o en el Foro? Hasta ese momento, la actividad pública y política lo han privado de su propio tiempo. «Scribendi otium non erat», y nunca pudo dar forma definitiva a su visión del mundo. Sin embargo, tal como indica, ahora que se ve abocado a la inactividad, quiere al menos aprovecharla en el sentido apuntado por las certeras palabras de Escipión, quien dijo de sí mismo que nunca había estado más ocupado que cuando no tenía nada que hacer, y nunca menos solo que cuando estaba únicamente consigo mismo.

Estos pensamientos sobre la relación del individuo con el Estado que Marco Tulio Cicerón redacta para su hijo no son en absoluto nuevos ni originales. Aúnan lo leído con lo comúnmente aceptado: ni siquiera a los sesenta años se convierte de repente un dialéctico en escritor, ni un compilador en creador original. Pero esta vez las opiniones de Cicerón adquieren un nuevo patetismo, debido al resonante tono de tristeza y de amargura. En medio de sangrientas guerras civiles y en un tiempo en el que las hordas pretorianas y los secuaces de los partidos luchan por el poder, un verdadero espíritu humano vuelve a soñar (como hacen los individuos en tiempos semejantes) el eterno sueño de la paz mundial alcanzada mediante la moralidad y la conciliación. Como afirma, la justicia y la ley, ellas solas, deben constituir los broncíneos pilares del Estado. Los intrínsecamente honrados y no los demagogos deben alcanzar el poder y, con ello, la justicia en el Estado. Nadie ha de intentar imponer al pueblo su voluntad personal, ni su arbitrariedad, y es obligado negar la obediencia a los ambiciosos que arrebatan el poder al pueblo, «hoc omne genus pestiferum acque impium». Enfadado, este independiente inquebrantable rechaza cualquier relación con un dictador y con cualquier servicio bajo su mando. «Nulla est enim societas nobis cum tyrannis et potius summa distractio est.»

La tiranía viola cualquier derecho, argumenta. La verdadera armonía solo puede surgir en la colectividad cuando el individuo, en lugar de procurar obtener provecho personal de su cargo público, pone sus intereses privados detrás de los de la comunidad. La colectividad solo puede sanar si la riqueza no se malgasta en lujo y despilfarro, sino que se administra y se convierte en cultura intelectual y artística, si la aristocracia renuncia a su soberbia y si la plebe, en lugar de dejarse sobornar por los demagogos y de vender el Estado a un partido, exige sus derechos naturales. Como todos los humanistas, Cicerón alaba el término medio y reclama el equilibrio de los contrarios. Roma no necesita Césares ni Silas, pero tampoco Gracos; la dictadura es peligrosa, y también lo es la revolución.

Gran parte de lo que dice Cicerón se encontraba ya en el sueño del Estado de Platón y se podrá leer de nuevo en Jean-Jacques Rousseau y en todos los demás utópicos idealistas. Pero lo que eleva este testamento suyo de manera tan admirable por encima de su tiempo es un nuevo sentimiento que se manifiesta aquí medio siglo antes del cristianismo: el sentimiento de humanidad. En una época de la más brutal crueldad, en la que incluso César ordena cortar las manos a dos mil prisioneros tras la conquista de una ciudad, en la que mártires y gladiadores, crucifixiones y matanzas son acontecimientos diarios y normales, Cicerón es el primero y el único que se rebela contra el abuso de poder. Condena la guerra como el método propio de los *beluarum,* de las bestias, condena el militarismo y el imperialismo de su propio pueblo, el expolio de las provincias, y reclama que solo mediante la cultura y las costumbres, y jamás mediante la espada, se anexionen territorios al Imperio romano. Clama contra el saqueo de ciudades y (ruego absurdo en la Roma de aquel momento) pide clemencia incluso para los más desposeídos de derechos de entre los privados de derechos, los esclavos *(adversus infimos iustitiam esse servandam).* Con mirada profética anticipa la decadencia de Roma debida a la sucesión demasiado rápida de victorias y a su insana, por ser solo militar, conquista del mundo. Desde que, con Sila, la nación emprendió guerras tan solo para acaparar riquezas, la justicia se perdió en el Imperio. Y siempre que un pueblo arrebata a otros pueblos la libertad por medio de la violencia, pierde en venganza misteriosa la milagrosa fuerza de su soledad.

Mientras las legiones comandadas por los ambiciosos dirigentes marchan hacia Partia y Persia, hacia Germania y Britania, hacia Hispania y Macedonia para servir al efímero delirio del Imperio, una voz solitaria se alza en protesta contra el peligroso triunfo porque ha visto que de la sangrienta semilla de las guerras de conquista nace la cosecha aún más sangrienta de las guerras civiles; y, con solemnidad, este impotente valedor de la humanidad conmina a su hijo a honrar el *adiumenta hominum,* la cooperación entre los hombres, como el ideal más elevado e importante. Por fin, en el otoño de su vida, este hombre que fue durante demasiado tiempo retórico, abogado y político, que por dinero y fama defendió con idéntico ardor hechos buenos y malos, que se abrió paso a empujones hasta obtener cada cargo, que peleó por la riqueza, por los honores públicos y por el aplauso del pueblo, ha llegado a ese claro convencimiento. Poco antes de su fin, Marco Tulio Cicerón, hasta entonces solo humanista, se convierte en el primer defensor de la humanidad.

Mientras en su retiro Cicerón medita reposada y serenamente sobre el sentido y la forma de una constitución moral para el Estado, la agitación crece en el Imperio romano. El Senado y el pueblo aún no han decidido si deben elogiar o desterrar a los asesinos de César. Antonio se prepara para la guerra contra Bruto y Casio cuando, de manera imprevista, aparece un nuevo pretendiente, Octaviano, a quien César había nombrado heredero y que ahora desea tomar posesión de esa herencia. Recién llegado a Italia, escribe a Cicerón para ganarse su apoyo; pero al mismo tiempo Antonio le pide que acuda a Roma, y también Bruto y Casio lo reclaman desde sus fortificaciones. Todos se pelean por el gran abogado para que defienda su causa, todos tratan de ganarse al famoso profesor de leyes para que convierta sus actos injustos en justos; siguiendo un certero instinto, como hacen siempre los políticos que desean el poder mientras aún no lo poseen, buscan el apoyo del hombre de espíritu (al que después apartarán con desprecio). Y si Cicerón fuera aún el político arrogante y ambicioso de antaño, se habría dejado seducir.

Pero Cicerón se siente mitad fatigado y mitad sabio, dos estados que a menudo se asemejan peligrosamente. Sabe que solo le hace verdadera falta una cosa: terminar su obra, poner orden en su vida, orden en sus pensamientos. Como Ulises ante el canto de las sirenas, cierra su oído interior a las seductoras voces de los poderosos; no responde a la llamada de Antonio, ni a la de Octaviano, ni a la de Bruto y Casio, ni siquiera a la del Senado, ni a las de sus amigos, sino que, sintiéndose más fuerte en las palabras que en los hechos y más inteligente a solas que en una camarilla, sigue y sigue escribiendo su libro, con la intuición de que será su despedida de este mundo.

Solo cuando ha terminado este testamento levanta la vista. Es un mal despertar. El país, su patria, se encuentra al borde de la guerra civil. Antonio, que ha saqueado los tesoros de César y del Templo, ha conseguido reunir mercenarios con el dinero robado. Pero tiene en contra tres ejércitos, todos en armas: el de Octaviano, el de Lépido y el de Bruto y Casio. Ya es demasiado tarde para la conciliación y la mediación: ahora debe decidirse si con Antonio regirá Roma un nuevo cesarismo, o si la República perdurará. Es el momento de que todos decidan. También el hombre más cuidadoso y cauto, quien, siempre buscando el equilibrio, se ha mantenido por encima de los partidos o gravitando vacilante entre ellos; también Marco Tulio Cicerón debe decidirse por fin.

Y entonces sucede lo extraordinario. Desde que Cicerón entregó a su hijo *De officiis,* su testamento, lo ha invadido (por indiferencia hacia la vida) una valentía nueva. Sabe que su carrera política y literaria está concluida. Lo que tenía que decir lo ha dicho, lo que le queda por vivir ya no es mucho. Es viejo, su obra está terminada, ¿para qué defender los lastimosos restos? Como un animal que, agotado por la persecución y sabedor de que los aullantes sabuesos están cerca, se da repentinamente la vuelta y se enfrenta a los perros de presa para precipitar el fin, así se lanza de nuevo Cicerón con auténtica temeridad al centro de la batalla, a esa peligrosa posición. Quien durante meses y años solo ha sostenido el silencioso estilo empuña de nuevo el rayo de la oratoria y lo blande contra los enemigos de la República.

Conmovedor espectáculo: en diciembre, el hombre de pelo blanco reaparece en el Foro para exhortar una vez más al pueblo romano a mostrarse digno del honor de sus ancestros, *ille mos virtusque maiorum*. Catorce filípicas pronuncia contra el usurpador Antonio, que ha negado obediencia al Senado y al pueblo, plenamente consciente del peligro que supone enfrentarse desarmado a un dictador que ya ha reunido en torno a sí sus legiones, listas para el ataque y el asesinato. Pero quien desea despertar el valor en otros solo tiene fuerza de convicción si él mismo demuestra ese valor con su ejemplo; Cicerón sabe que ya no lucha con las palabras a la ligera, como antes en ese mismo Foro, sino que ahora debe arriesgar la vida por sus convicciones. Decidido, proclama desde el *rostra*: «Ya de joven defendí la República. No voy a abandonarla a su suerte ahora que soy viejo. Con gusto daré mi vida si, con mi muerte, se restablece la libertad de esta ciudad. Mi único deseo es que, al fallecer, deje detrás un pueblo romano libre. Los dioses inmortales no podrían concederme mayor favor». Enfáticamente advierte de que ya pasó la hora de negociar con Marco Antonio. Hay que apoyar a Octaviano, quien, aunque pariente de sangre y heredero de César, defiende la causa de la República. Ya no están en juego personas concretas, sino que está en juego una cosa, la cosa más sagrada *(res in extremum est adducta discrimen: de libertate decernitur)*; la cosa ha llegado a la última y más extrema decisión: está en juego la libertad. Cuando esta posesión, la más sagrada, se encuentra amenazada, cualquier duda es una desgracia. Y así, el pacifista Cicerón reclama ejércitos de la República contra los ejércitos de la dictadura y él, que como su posterior discípulo Erasmo odia sobre todas las cosas el *tumultus,* la guerra civil, exige el estado de excepción para el país y el destierro para el usurpador.

Para esos catorce discursos encuentra Cicerón, desde que ya no es letrado en procesos dudosos sino defensor de una causa superior, palabras realmente magníficas y llameantes. «Que vivan otros pueblos en la esclavitud», apela a sus conciudadanos. «Nosotros los romanos no queremos eso. Si no podemos conquistar la libertad, dejadnos morir.» Si el Estado realmente se ha hundido en la humillación final, entonces al pueblo dominador del mundo entero *(nos principes orbis terrarum gentiumque omnium)* le conviene obrar como enseñan los esclavizados gladiadores en la arena: mejor morir presentando el rostro al enemigo que dejarse masacrar. «Ut cum dignitate potius cadamus quam cum ignominia serviamus», mejor morir con honor que servir en la vergüenza.

Fascinado escucha el Senado, fascinado escucha estas Filípicas el pueblo reunido. Quizás algunos intuyen que será la última vez en siglos que tales palabras puedan pronunciarse en el mercado. Pronto será obligado inclinarse servilmente ante las estatuas de mármol de los Emperadores y tan solo se permitirán insidiosos susurros a los aduladores y delatores, que sustituirán a la antigua libertad de expresión del Imperio de los Césares. Un escalofrío recorre a los presentes: mitad de miedo y mitad de admiración por ese viejo que, en solitario y con el valor de un desesperado, con profunda exasperación, defiende la independencia de los intelectuales y el derecho de la República. Vacilantes, le dan la razón. Pero la tea de las palabras no logra incendiar el podrido tronco del orgullo romano. Y mientras este idealista solitario predica el sacrificio en el mercado, a su espalda los despiadados señores de las legiones sellan ya el pacto más abyecto de la historia romana.

El mismo Octaviano a quien Cicerón ha ensalzado como defensor de la República, el mismo Lépido para quien ha exigido una estatua por sus servicios al pueblo romano (ya que ambos se proponían aniquilar al usurpador Antonio), los dos prefieren llegar a un acuerdo en privado. Puesto que ninguno de los tres caudillos, ni Octaviano ni Antonio ni Lépido, es lo bastante fuerte para apropiarse del Imperio romano como de un botín personal, los tres enemigos a muerte deciden que es mejor repartirse en privado la herencia de César: en lugar de un gran César, Roma tiene de repente tres pequeños césares.

Es un momento histórico porque los tres generales, en lugar de obedecer al Senado y de acatar las leyes del pueblo romano, acuerdan crear su triunvirato y repartirse como un miserable botín de guerra un Imperio gigantesco que abarca tres continentes. En una pequeña isla cerca de Bolonia donde el

Reno confluye con el Lavino, se planta una tienda de campaña en la que se encontrarán los tres bandidos. Por supuesto, ninguno de los grandes héroes de guerra confía en los demás. Con demasiada frecuencia se han llamado en sus proclamas mentirosos, bribones, usurpadores, enemigos del Estado, saqueadores y ladrones como para que los unos no conozcan bien el cinismo de los otros. Pero a los sedientos de poder solo les importa su poder y no las convicciones, el botín y no la honra. Con todas las medidas de seguridad se acercan los tres socios, uno tras otro, al lugar designado; solo después de haberse convencido los futuros señores del mundo de que ninguno va armado para asesinar a sus muy recientes aliados, se dedican sonrisas amables y entran juntos en la tienda en la que se decidirá y planeará el futuro Triunvirato.

Tres días permanecen Antonio, Octaviano y Lépido sin testigos en aquella tienda. Tienen tres cosas que hacer. Sobre el primer punto (cómo repartir el mundo), se ponen de acuerdo deprisa: Octaviano recibirá África y Numidia; Antonio, la Galia; y Lépido, Hispania. También la segunda cuestión les causa poca inquietud: cómo conseguir el dinero para las soldadas que deben desde hace meses a sus legiones y a la ralea de sus partidos. Ese problema se soluciona ágilmente con un sistema que, desde entonces, se ha imitado con frecuencia. Simplemente se robarán tierras y riquezas a los hombres más ricos del país y, para que no puedan quejarse demasiado alto, se los ejecutará en el mismo momento. Tranquilamente sentados a una mesa, los tres elaboran una lista de proscritos con los dos mil nombres de las personas más ricas de Italia, entre ellos cien senadores. Cada uno nombra a quien conoce y añade, además, a sus enemigos y adversarios personales. Con unos cuantos trazos del estilo, el nuevo Triunvirato ha resuelto, tras la cuestión territorial, también la cuestión económica.

Ha llegado el momento de discutir el tercer punto. Quien desee fundar una dictadura debe, ante todo y para asegurase el poder, silenciar a los eternos detractores de la tiranía, a las personas independientes, a los defensores de la utopía imperecedera: la libertad de pensamiento. Como primer nombre de esta última lista propone Antonio a Marco Tulio Cicerón, un hombre que ha reconocido su verdadera esencia y lo ha llamado por su verdadero nombre. Es más peligroso que ninguno, porque posee fuerza intelectual y la determinación que otorga la independencia. Hay que quitárselo de en medio.

Octaviano se asusta y se niega. Es joven, aún no se ha endurecido y envenenado por la perfidia de la política, y teme comenzar su reinado con el asesinato del escritor más afamado de Italia. Cicerón ha sido su más fiel defensor, lo ha alabado ante el pueblo y el Senado; además, hacía pocos meses Octaviano le había pedido ayuda y consejo y, con humildad, había llamado «verdadero padre» a aquel anciano. Se avergüenza e insiste en su oposición. Guiado por un instinto certero que lo honra, se resiste a entregar al maestro más ilustre de la lengua latina a la abyecta daga de los asesinos a sueldo. Pero Antonio persevera, sabe que entre el pensamiento y la violencia existe una enemistad eterna y que nadie puede resultar más peligroso para la dictadura que ese maestro de la palabra. Tres días se alarga la batalla por la cabeza de Cicerón. Octaviano cede al final, y así el nombre de Cicerón cierra el que quizá sea el documento más indigno de la historia romana. Con esa proscripción se sella definitivamente la sentencia de muerte de la República.

En el momento en que Cicerón se entera de la alianza de los antiguos enemigos a muerte, comprende que está perdido. Bien sabe que ha señalado en el forajido Antonio, a quien Shakespeare elevó injustamente a la espiritualidad, los bajos instintos de la codicia, la soberbia, la crueldad y la falta de escrúpulos, marcándolos con el hierro candente de la palabra de un modo tan doloroso que no puede esperar de este brutal matón la magnanimidad de César. La única decisión sensata, si es que desea salvar la vida, sería huir a toda prisa. Debería cruzar hasta Grecia y reunirse con Bruto, Casio y Catón en el último campamento de la libertad republicana; allí al menos se encontraría a salvo de los alevosos asesinos que ya han sido enviados tras él. En efecto, en dos y tres ocasiones el proscrito parece decidido a escapar. Lo prepara todo, avisa a sus amigos, se embarca y se pone en camino. Pero siempre se detiene Cicerón en el último momento; quien ha experimentado la desesperanza del exilio incluso ante el peligro siente el amor por la tierra propia y la indignidad de una vida en huida permanente. Una voluntad misteriosa, más allá de la razón e incluso contra toda razón, lo obliga a entregarse al destino que lo aguarda. Este hombre cansado ya solo espera de su acabada existencia unos días de reposo. Solo reflexionar un poco más, escribir unas cuantas cartas, leer unos libros..., mientras llega lo que le está destinado. Esos últimos meses, Cicerón se oculta ora en una, ora en otra de sus fincas; siempre parte en cuanto acecha el peligro, pero nunca escapa de manera definitiva. Al igual que un enfermo febril cambia de almohada, así cambia él sus inseguros escondites, nunca decidido del todo a enfrentarse a su destino, pero tampoco a evitarlo, como si con esa predisposición hacia la muerte quisiera llevar inconscientemente a la práctica la máxima que escribió en su *De senectute*: que el hombre viejo no ha de buscar la muerte ni retrasarla; cuando llegue, debe recibirla con serenidad. *Neque turpis mors forti viro potest accedere:* para el alma fuerte no hay muerte ignominiosa.

En esa línea, Cicerón, ya embarcado hacia Sicilia, ordena súbitamente a sus hombres poner rumbo de nuevo a la hostil Italia y atracar en Caieta, la actual Gaeta, donde posee una pequeña propiedad. Lo ha vencido un cansancio que no es solo de los miembros, de los nervios, sino un cansancio de la vida, una extraña apetencia del fin y de la tierra. Solo descansar una vez más. Respirar una vez más el dulce aroma de la patria y despedirse, despedirse del mundo, pero reposar y descansar, ¡aunque solo sea un día, o una hora!

Nada más desembarcar, saluda con reverencia a los sagrados lares del hogar. A sus sesenta y cuatro años está cansado, exhausto por la travesía, de modo que se echa en el *cubiculum* y cierra los ojos para experimentar por adelantado en el dulce sueño la felicidad del descanso eterno.

Sin embargo, nada más tenderse irrumpe un fiel esclavo. Unos hombres armados sospechosos merodean por las cercanías; según le cuenta, uno de sus empleados domésticos, a quien Cicerón ha hecho muchos favores a lo largo de la vida, ha delatado su paradero a los asesinos a cambio de una recompensa. Lo apremia a huir, huir a toda prisa, ya hay una litera preparada y ellos mismos, los esclavos de la casa, están dispuestos a armarse y protegerlo en el corto camino hasta el barco, donde se encontrará a salvo.

El exhausto anciano lo rechaza. «Qué más da», dice, «estoy cansado de huir y cansado de vivir. Déjame morir aquí, en esta tierra que he salvado.» No obstante, el viejo y leal sirviente lo convence; dando rodeos por el bosquecillo, los esclavos armados transportan la litera hacia el barco salvador.

Pero el traidor de la casa no está dispuesto a dejarse arrebatar la deshonrosa recompensa y a toda prisa avisa a un centurión y a unos cuantos hombres armados. Persiguen a la comitiva por el bosque y alcanzan a sus presas justo en el último instante.

Al punto, los sirvientes armados rodean la litera y se aprestan para la defensa. Pero Cicerón les ordena rendirse. Su vida ya está vivida, ¿para qué sacrificar otras, más jóvenes? En ese último momento, aquel hombre siempre titubeante e inseguro, rara vez valeroso, pierde todo el miedo. Siente que solo puede demostrar su valía como romano en la última prueba si *(sapientissimus quisque aequissimo animo moritur)* marcha erguido hacia la muerte. Obedeciendo, los sirvientes se retiran; desarmado y sin resistencia, ofrece su anciana cabeza a los asesinos con la gloriosa frase que muestra su superioridad: «Non ignoravi me mortalem genuisse», siempre he sabido que soy mortal. Pero los asesinos no quieren filosofías, sino su soldada. No dudan mucho tiempo. De un certero golpe, el centurión derriba al hombre indefenso.

Y así muere Marco Tulio Cicerón, el último defensor de la libertad romana, más heroico, más valiente y más decidido en sus últimos instantes que en los miles y miles de su larga existencia.

La tragedia se completa con un sangriento drama satírico. Debido a la insistencia con que Antonio ordenó aquella muerte en concreto, los asesinos suponen que esa cabeza ha de tener un valor especial; por supuesto, ni se imaginan su valor para la configuración intelectual del mundo y de la posteridad, solo el valor especial para quien encargó el sangriento acto. Para que no pueda discutírseles la recompensa deciden, como elocuente prueba de la orden cumplida, presentar personalmente la cabeza a Antonio. De modo que el jefe de los bandidos corta al cadáver cabeza y manos, las mete en un saco y parte a toda prisa hacia Roma con el saco al hombro, del que aún gotea la sangre del asesinado, para alegrar al dictador con la noticia de que el mejor defensor de la República romana ha sido liquidado sin novedad.

Y el pequeño bandido, el cabecilla, ha conjeturado bien. El gran bandido que ha ordenado esa muerte convierte su alegría por el crimen cumplido en una recompensa principesca. Ahora que ha hecho saquear y asesinar a las dos mil personas más ricas de Italia, por fin Antonio puede ser generoso. Paga al centurión un millón de sestercios por el saco sangriento con las manos cortadas y la cabeza profanada de Cicerón. Pero esto no aplaca su sed de venganza, y el ciego odio hacia el muerto lleva a ese hombre sanguinario a inventar otra ignominia, sin percatarse de que se humillará a sí mismo hasta el fin de los tiempos. Antonio ordena que la cabeza y las manos se claven al *rostra,* al mismo estrado desde el que Cicerón arengaba al pueblo contra él en defensa de la libertad romana.

Un espectáculo lamentable espera al pueblo al día siguiente. De la tribuna, de la misma en la que Cicerón pronunció sus discursos inmortales, cuelga exangüe la cabeza cortada del último defensor de la libertad. Un recio clavo oxidado atraviesa la frente que concibió mil pensamientos; lívidos y con gesto amargo se cierran los labios que forjaron, más bellamente que ningunos, las metálicas frases de la lengua latina; sellados, los párpados violáceos cubren los ojos que durante sesenta años velaron por la República; impotentes se abren las manos que escribieron las cartas más hermosas de aquel tiempo.

Aun así, ninguna acusación que aquel magnífico orador formulara desde la tribuna contra la brutalidad, contra el afán de poder o contra la inobservancia de las leyes resulta tan reveladora de la infinita injusticia de la violencia como ahora su cabeza enmudecida y asesinada: miedoso, el pueblo se reúne ante el *rostra* profanado; y se aparta afligido, avergonzado. Nadie se atreve (¡por la dictadura!) a protestar pero un calambre les oprime el corazón y, abatidos, bajan los ojos ante el símbolo trágico de su República crucificada.

LA CONQUISTA DE BIZANCIO

29 DE MAYO DE 1453

✦

COMPRENSIÓN DEL PELIGRO

El 5 de febrero de 1451, un mensajero secreto llega hasta Asia Menor y le entrega al hijo mayor del sultán Murad, Mehmet, de veintiún años, la noticia de que su padre ha fallecido. Sin decir una palabra a sus ministros y consejeros, el príncipe, tan calculador como enérgico, se lanza sobre el mejor de sus caballos, recorre de un tirón las ciento veinte millas que lo separan del Bósforo fustigando al espléndido purasangre y, de inmediato, cruza a la orilla europea para dirigirse a Galípoli. Solo allí desvela a sus leales la muerte de su padre; para aplastar de antemano cualquier pretensión al trono, reúne una tropa selecta y la dirige hasta Adrianópolis, donde en efecto lo reconocen sin oposición alguna como señor del Imperio otomano. Ya su primera acción de gobierno demuestra la terrible y fiera determinación de Mehmet. Para eliminar con carácter preventivo a cualquier rival de su misma sangre, ordena ahogar en la bañera a su hermano menor de edad e, inmediatamente después (en otra muestra de sus bien planificadas astucia y ferocidad), dispone que el asesino a quien encomendó la tarea acompañe al asesinado en su viaje al otro mundo.

La noticia de que, en lugar del mesurado Murad, el sultán de los turcos es ahora el joven impetuoso y ávido de gloria Mehmet produce horror en

Bizancio. Porque gracias a cien espías se sabe que este hombre ambicioso ha jurado hacer suya la antigua capital del mundo y que, a pesar de su juventud, pasa los días y las noches sumido en cavilaciones estratégicas para alcanzar el objetivo de su vida; al mismo tiempo, todos los informes apuntan unánimemente a las extraordinarias capacidades militares y diplomáticas del nuevo *padishá*. Mehmet es siempre dos cosas a un tiempo: piadoso y despiadado, impetuoso y calculador, un erudito y amante del arte que ha leído en latín a César y las biografías de los romanos y, a la vez, un bárbaro que derrama sangre como si de agua se tratara. Este hombre de bellos ojos melancólicos y agresiva nariz ganchuda de papagayo resulta ser un trabajador incansable, un soldado arrojado y un diplomático sin escrúpulos; y todas esas peligrosas fuerzas actúan concéntricamente en torno a la misma idea: sobrepasar con mucho las victorias de su abuelo Bayaceto y de su padre Murad, quienes por primera vez le enseñaron a Europa la superioridad militar de la nueva nación turca. No obstante, se sabe y se presiente que su primer ataque se dirigirá contra Bizancio, la última y espléndida gema de la corona imperial de Constantino y Justiniano.

Esta gema se halla desprotegida frente a un puño tan decidido y se encuentra al alcance de la mano. El Imperio bizantino, el Imperio romano de Oriente, que una vez abarcó todo el globo desde Persia hasta los Alpes y desde ahí a los desiertos de Asia, un imperio mundial que a duras penas se atravesaba en meses y meses, ahora puede cruzarse tranquilamente a pie en tres horas. Por desgracia, de aquel imperio no ha quedado más que una cabeza sin cuerpo, una capital sin país: Constantinopla, la ciudad de Constantino, la antigua Bizancio; pero solo una parte de esa Bizancio pertenece al emperador, al *basileus,* la actual Estambul, mientras que Gálata ya ha sucumbido ante los genoveses, y todas las tierras situadas más allá de las murallas, ante los turcos; este imperio del último emperador se reduce a la palma de la mano, es tan solo una gran muralla que rodea iglesias, palacios y el laberinto de casas que es Bizancio. Saqueada ya una vez hasta el tuétano por los cruzados, diezmada por la peste, exhausta por la eterna perseverancia de los pueblos nómadas, desgarrada por luchas nacionales y religiosas, esta ciudad no puede reunir un ejército ni el valor para protegerse por sus propios medios de un enemigo que desde hace tiempo la tiene atrapada con sus múltiples tentáculos. La púrpura del último emperador de Bizancio, Constantino Dragases, es un manto hecho de viento, y su corona, un divertimento de la fortuna. Pero precisamente por verse sitiada por los turcos y santificada en todo el mundo occidental debido a su milenaria cultura común, esa Bizancio supone para Europa un símbolo de su honor; solo si la cristiandad unida protege ese último bastión del Este que ya se desmorona, podrá Santa Sofía seguir siendo una basílica de la fe, la última y la más bella de las catedrales del cristianismo romano oriental.

Constantino reconoce el peligro de inmediato. Con un miedo muy comprensible, a pesar de las palabras de paz de Mehmet, manda un mensajero tras otro a Italia, emisarios al papa, emisarios a Venecia, a Génova, para que envíen galeras y soldados. Pero Roma vacila, y Venecia también. Porque entre la fe de Oriente y la fe de Occidente sigue abierto el viejo abismo teológico. La Iglesia griega odia a la romana, y su patriarca se niega a reconocer en el papa al pastor supremo. Hace ya tiempo que, ante el peligro turco, se acordó en dos concilios, en Ferrara y Florencia, la unión de las dos iglesias y se prometió a Bizancio ayuda contra los turcos. Pero en cuanto la amenaza para Bizancio dejó de ser tan inminente, los sínodos griegos se negaron a poner en vigor el acuerdo; solo ahora que Mehmet se ha convertido en sultán la necesidad se impone a la obstinación ortodoxa: junto con su petición de rápido auxilio, Bizancio envía un mensaje de transigencia a Roma. De modo que se preparan galeras con soldados y armamento, y en uno de los barcos viaja también el legado papal con la misión de consumar solemnemente la reconciliación de las dos iglesias de Occidente y de mostrar al mundo que quien ataca Bizancio desafía a la unión del cristianismo.

LA MISA DE LA RECONCILIACIÓN

Grandioso espectáculo el de aquel día de diciembre: la majestuosa basílica, cuyo antiguo esplendor de mármol y mosaicos y centelleantes filigranas apenas podemos intuir en la mezquita de hoy en día, celebra la gran fiesta de la reconciliación. Rodeado de todos los dignatarios de su reino, ha aparecido

Constantino, el *basileus,* para, con su corona imperial, ser el más alto testigo y garante de la concordia eterna. El vasto espacio, iluminado por incontables velas, se encuentra abarrotado; ante el altar, el legado de la Sede romana, Isidoro, y el patriarca ortodoxo, Gregorio, celebran fraternalmente la misa; por primera vez en esa iglesia se incluye de nuevo el nombre del papa en el rezo, por primera vez el piadoso canto se eleva simultáneamente en griego y en latín hacia las bóvedas de la catedral imperecedera mientras el cuerpo del santo Espiridón es transportado en solemne procesión. El Este y el Oeste, una fe y la otra, parecen unidos para siempre y, por fin, tras años y años de discordias criminales, se hace realidad otra vez la idea de Europa, el sentido de Occidente.

Pero cortos y efímeros son en la Historia los momentos de razón y re-conciliación. Mientras en la iglesia las voces se entrelazan piadosamente en el rezo colectivo, ya ahí fuera, en la celda de un monasterio, el erudito monje Genadio reniega de los latinos y de la traición a la verdadera fe; ape-nas anudado por la razón, el lazo de la paz ya ha sido deshecho de nuevo por el fanatismo; y el clero griego se plantea una verdadera sumisión tan poco como poco recuerdan su promesa de ayuda los amigos del otro extremo del Mediterráneo. Envían, es cierto, unas pocas galeras y unos cientos de solda-dos, pero después la ciudad queda abandonada a su suerte.

COMIENZA LA GUERRA

Cuando preparan una guerra, y mientras aún no están completamente armados, los tiranos hablan de paz constantemente. Así, al subir al trono, también Mehmet recibe a los emisarios del emperador Constantino con las frases más amables y tranquilizadoras; jura pública y solemnemente por Dios y su profeta, por los ángeles y el Corán, que cumplirá del modo más fiel los acuerdos con el *basileus.* Sin embargo, al mismo tiempo este hombre taimado firma un pacto de neutralidad recíproca por tres años con los hún-garos y los serbios..., precisamente los tres años en los que pretende apode-rarse de la ciudad sin ser molestado. Y luego, tras haber prometido y jurado la paz sobradamente, provoca la guerra mediante una infracción de la ley.

Hasta este momento solo pertenecía a los turcos la orilla asiática del Bósforo y, así, los barcos de Bizancio podían navegar libremente por el estrecho hasta el mar Negro, donde se hallaban sus silos de grano. Ese es el paso que ahora estrangula Mehmet cuando, sin molestarse siquiera en buscar una justificación, ordena construir una fortaleza en la orilla europea, en Rumili Hissar, precisamente en el punto más angosto, por donde, en tiempos de los persas, el audaz Jerjes cruzó este estrecho. De la noche a la mañana, miles, decenas de miles de peones aparecen en la orilla europea, que, según los acuerdos, no puede fortificarse (pero ¿qué validez tienen los acuerdos de los violentos?); para su sustento saquean los campos, y no solo derriban casas, sino también la antigua y renombrada iglesia de San Miguel, con el fin obtener sillares para su fuerte; el sultán dirige personalmente la construcción, infatigable de día o de noche, y Bizancio debe contemplar impotente cómo le cortan el acceso al mar Negro violando la ley y los acuerdos. En plena paz, son cañoneados los primeros barcos que intentan surcar las aguas hasta ahora libres; y tras esta victoriosa primera demostración de poder enseguida resulta superfluo continuar fingiendo. En agosto de 1452, Mehmet reúne a todos sus agás y bajás y les comunica claramente su intención de atacar y tomar Bizancio. Al anuncio sigue al poco tiempo la acción brutal; por todo el Imperio turco se envían heraldos que reclutan a quienes están en edad militar y el 5 de abril de 1453 un ejército incalculable inunda la llanura de Bizancio hasta sus murallas, como las súbitas olas levantadas por un temporal.

A la cabeza de sus tropas, ricamente vestido, cabalga el sultán con el propósito de plantar su tienda frente a la puerta del Lycus. Pero antes de que los estandartes ondeen al viento ante su cuartel general, ordena desenrollar en la tierra la alfombra de oración. Descalzo, se coloca sobre ella y, por tres veces, con el rostro vuelto hacia la Meca, inclina la frente hasta el suelo; tras él (grandioso espectáculo), las decenas de miles, los incontables miles de soldados de su ejército elevan a la vez, con la misma reverencia, en la misma dirección y con el mismo ritmo, idéntico rezo a Alá para que les conceda fuerzas y la victoria. Solo entonces se incorpora el sultán. El humilde se convierte de nuevo en desafiante; el servidor de Dios, en señor y soldado; y por todo el campamento se apresuran ahora sus *tellals,* sus pregoneros, para anunciar en todas direcciones con tambores y trompetas: «El asedio de la ciudad ha comenzado».

LAS MURALLAS Y LOS CAÑONES

Bizancio solo tiene ya un poder y una fuerza, sus murallas; no le queda nada más de su viejo pasado universal que esa herencia de tiempos más gloriosos y felices. Tres corazas rodean el triángulo de la ciudad. Más bajos, pero potentes, los muros de piedra protegen los dos flancos de la ciudad que dan al mar de Mármara y al Cuerno de Oro; mientras que el parapeto hacia tierra firme despliega dimensiones gigantescas en la llamada muralla de Teodosio. Ya Constantino, previendo las futuras amenazas, había guarnecido Bizancio con sillares, y Justiniano amplió y reforzó aquellos muros. Sin embargo, el verdadero baluarte lo construyó Teodosio con sus murallas de siete kilómetros de longitud, de cuya resistencia pétrea dejan constancia, aún hoy en día, los restos devorados por la hiedra. Festoneada de saeteras y almenas, protegida mediante fosos, vigilada por robustas torres cuadradas, construida en hileras dobles y triples, y completada y renovada una y otra vez por los sucesivos emperadores en los últimos mil años, aquella muralla constituía en su tiempo el perfecto símbolo de lo inexpugnable. Igual que sucediera en el pasado ante los asaltos de las hordas bárbaras y las huestes de los turcos, ahora estos bloques pétreos se burlan de cuantas máquinas bélicas se han inventado hasta el momento; impotentes golpean sus verticales paredes los arietes, las cabezas de carnero e incluso las modernas culebrinas y bombardas; ninguna ciudad de Europa está mejor y más sólidamente protegida que Constantinopla gracias a la muralla de Teodosio.

Mehmet conoce mejor que nadie esos muros, conoce sus puntos fuertes. Desde hace meses y años un solo pensamiento ocupa sus noches en vela y sus sueños: cómo expugnar la inexpugnable, cómo destruir la indestructible muralla. En su mesa se amontonan los dibujos, las medidas, los planos de las fortificaciones enemigas, conoce cada elevación situada delante y detrás de los muros, cada hondonada, cada curso de agua, y sus ingenieros han estudiado con él cada detalle. Qué decepción: todos llegan a la conclusión de que las murallas de Teodosio no pueden destruirse con la artillería que se ha empleado hasta ese momento.

¡Pues habrá que forjar cañones más potentes! Más largos, de más alcance, con mayor fuerza de disparo que los conocidos hasta entonces por el arte de la guerra. Y proyectiles de piedra más dura, más pesados, más demoledores, más destructores que los creados hasta la fecha. Es necesario inventar una nueva artillería contra esos muros inexpugnables, no queda otra solución, y Mehmet se muestra decidido a conseguir a cualquier precio las nuevas armas de asalto.

A cualquier precio... Un anuncio como ese siempre despierta las fuerzas creativas y de trabajo. De modo que, al poco tiempo de declararse la guerra, se presenta ante el sultán un hombre, considerado el fundidor de cañones más imaginativo y experimentado del mundo. Urbano u Orbán, un húngaro. Es cristiano y acaba de ofrecer sus servicios al emperador Constantino, pero, con la acertada expectativa de obtener de Mehmet una retribución mayor y encargos más audaces para su arte, se muestra dispuesto, siempre que se pongan a su disposición medios ilimitados, a fundir un cañón como jamás se ha visto en la faz de la tierra. El sultán, para quien, como para cualquiera que esté obsesionado con una idea fija, ningún precio resulta demasiado alto, al momento le asigna cuantos trabajadores desee, y en miles de carros se transporta mena hasta Adrianópolis; tres meses e infinitos esfuerzos dedica el fundidor a preparar el molde de arena siguiendo métodos secretos de endurecimiento, hasta que al fin se produce el emocionante vertido de la masa incandescente. Logra su objetivo. El gigantesco cañón, el más grande que ha conocido el mundo, se saca del molde y se enfría; pero, antes de disparar el primer tiro de prueba, Mehmet envía pregoneros por toda la ciudad para poner sobre aviso a las mujeres embarazadas. Cuando, con un tronar monstruoso, la boca centelleante escupe una poderosa bola de piedra y esta reduce a escombros un muro de un solo cañonazo, Mehmet ordena de inmediato la producción de una artillería completa de aquellas proporciones colosales.

La construcción de la primera gran «máquina de lanzar piedras», como llamarán al cañón los asustados escritores griegos, ha sido todo un éxito. Pero ahora se plantea un problema más difícil: ¿cómo arrastrar por toda Tracia ese monstruo, ese dragón de bronce, hasta las murallas de Bizancio? Comienza así una odisea sin parangón. Un pueblo entero, un ejército entero remolca durante dos meses ese titán inmóvil de largo cuello. La caballería galopa por delante en patrullas continuas para proteger el tesoro de posibles asaltos; tras ellos, cientos y quizá miles de peones trabajan día y noche para allanar los caminos a la pesadísima carga, que a su paso deja las vías machacadas durante meses. Cincuenta parejas de bueyes tiran de los carros atados entre sí, sobre cuyos ejes (como tiempo atrás el obelisco al ser trasladado de Egipto a Roma) yace el descomunal tubo metálico con el peso cuidadosamente repartido; a derecha e izquierda, doscientos hombres sujetan sin descanso el cañón, que se bambolea por su propio peso, mientras cincuenta carreteros y carpinteros se ocupan sin parar de cambiar y engrasar las ruedas, de reforzar los apoyos y de colocar puentes; todos saben que solo paso a paso, al ritmo del buey más lento, la gigantesca caravana podrá abrirse camino por montañas y estepas. Maravillados, los campesinos salen de los pueblos y se santiguan ante el monstruo de bronce transportado de un país a otro como un dios de la guerra por sus siervos y sacerdotes. Pronto serán transportados del mismo modo sus hermanos fundidos en bronce, nacidos de la misma madre de arena. De nuevo, la voluntad humana ha hecho posible lo imposible. Ya hay veinte o treinta de estos monstruos con sus bocas negras y redondas apuntando a Bizancio; la artillería pesada ha hecho su entrada en la historia de la guerra y ahora comienza el duelo entre las milenarias murallas del emperador romano de Oriente y los nuevos cañones del nuevo sultán.

ESPERANZA UNA VEZ MÁS

Despacio y lentamente, pero de modo imparable, los cañones mastodónticos trituran y muelen con relampagueantes mordiscos las murallas de Bizancio. En un primer momento cada uno solo puede disparar seis o siete cañonazos diarios, pero día tras día el sultán ordena aumentar su número y, entre la nube de escombros y polvo, cada colisión abre nuevas brechas en el castigado muro de piedra. De noche los sitiados reparan los agujeros con empalizadas de madera y lienzos cada vez más endebles; ya no luchan amparados por la antigua muralla férrea e inviolable, y los ocho mil hombres tras los muros piensan con temor en el momento decisivo en que los ciento cincuenta mil mahometanos se lancen al ataque final contra la maltrecha fortificación. Corre prisa, mucha prisa, que Europa, que la cristiandad recuerde su promesa; multitudes de mujeres con sus niños pasan el día entero en las iglesias, arrodilladas ante los altares de reliquias; desde todas las atalayas los soldados vigilan día y noche por si finalmente, en un mar de Mármara atestado de barcos turcos, apareciera la prometida flota de liberación enviada por el papa y por Venecia.

Por fin el 20 de abril, a las tres de la mañana, se enciende una señal. Se han divisado velas en la distancia. No es la poderosa flota cristiana soñada, pero aun así lentamente impulsados por el viento se aproximan tres grandes barcos genoveses y tras ellos un cuarto más pequeño, un carguero de grano bizantino que los tres más grandes han rodeado para su protección. Enseguida toda Constantinopla se agolpa entusiasmada en la muralla costera para saludar a los salvadores. Pero al mismo tiempo Mehmet salta sobre su caballo, baja a galope tendido desde su tienda púrpura hasta el puerto, donde se halla anclada la flota turca, y ordena impedir a toda costa la entrada de los barcos al puerto de Bizancio, al Cuerno de Oro.

La flota turca cuenta con ciento cincuenta barcos, aunque más pequeños, y al instante miles de remos chapotean en el mar. Armadas con arpeos, lanzadores de teas y hondas, esas ciento cincuenta carabelas se acercan a los cuatro galeones; pero, fuertemente impulsadas por el viento, las cuatro potentes embarcaciones sobrepasan y arrollan los barcos de los turcos, que profieren gritos y proyectiles. Majestuosamente, con las velas hinchadas y redondeadas, se dirigen sin preocuparse de sus agresores al puerto seguro del Cuerno de Oro, donde la famosa cadena, tendida desde Estambul hasta Gálata, les ofrecerá protección duradera contra ataques y asaltos. Los cuatro galeones ya se encuentran muy cerca de su meta: los miles de personas de las murallas ya pueden distinguir cada cara, hombres y mujeres caen de rodillas para agradecer a Dios y a los santos la gloriosa salvación, ya resuena la cadena al bajar para recibir a los barcos de liberación.

Entonces sucede algo terrible. El viento amaina de repente. Como atrapados por un imán, los cuatro veleros quedan como muertos en mitad del mar, a tan solo unos metros del puerto salvador, y con salvajes gritos de júbilo la jauría de embarcaciones enemigas se abalanza sobre los barcos paralizados, petrificados como cuatro torres inmóviles en medio del mar. Igual que perros de caza atacando a un gran venado, los pequeños barcos se cuelgan con arpeos de los flancos de los más grandes, golpean con hachas el maderamen para hundirlos, más y más hombres trepan por las cadenas de las anclas y lanzan antorchas y teas para incendiar las velas. El capitán de la armada turca dirige decididamente su propia nave almiranta contra el carguero para abordarlo; ambos barcos quedan enganchados como dos anillos. Protegidos por la elevada borda y por sus cascos, los marineros genoveses pueden en un primer momento defenderse de los hombres que trepan, y logran repeler a los asaltantes con garfios, piedras y fuego griego. Pero la batalla debe terminar pronto. Son demasiados contra demasiado pocos. Los barcos genoveses están perdidos.

¡Escalofriante espectáculo para los miles de personas de las murallas! Con el mismo entusiasmo con que aquel pueblo contemplaba de cerca las sangrientas luchas en el hipódromo, así de doloroso le resulta ahora contemplar de cerca, a simple vista, la batalla naval y el hundimiento a todas luces inevitable de los suyos; pues como mucho en dos horas, los cuatro barcos sucumbirán a la jauría enemiga en el coliseo del mar. ¡En vano han acudido los defensores! ¡En vano! Los desesperados griegos en los muros de Constantinopla, a tan solo unos metros de sus hermanos, aprietan los puños y gritan de furia impotente por no poder ayudar a sus salvadores. Algunos intentan alentar a los aliados haciendo grandes aspavientos. Otros, con los brazos alzados al cielo, piden a Cristo, al arcángel san Miguel y a todos los santos de sus iglesias y conventos que durante tantos siglos han protegido Bizancio que obren un milagro. Pero en la otra orilla, en Gálata, también los turcos esperan y gritan y rezan con el mismo fervor por la victoria de los suyos: el mar se ha convertido en escenario, la batalla naval, en lucha de gladiadores. El mismísimo sultán ha acudido al galope. Rodeado de sus bajás, se adentra tanto con su caballo en el agua que se le moja el caftán y, haciendo bocina con las manos, furioso ordena a los suyos tomar los barcos cristianos a toda costa. Cada vez que una de sus galeras es rechazada, insulta y amenaza a su almirante blandiendo la cimitarra: «Si no vences, no regreses vivo».

Los cuatro barcos cristianos aún aguantan. Pero la contienda va acabando; ya se agotan los proyectiles con que se rechaza a las galeras turcas, ya se cansa el brazo de los marineros tras una batalla de muchas horas contra un enemigo cincuenta veces superior. El día declina, el sol se hunde en el horizonte. Aunque para entonces los turcos no hubieran logrado abordarlos, en una hora los galeones se verán arrastrados sin remedio por la corriente hasta la orilla ocupada por los turcos, más allá de Gálata. ¡Perdidos, perdidos, perdidos!

Entonces sucede algo que le parece un milagro a la multitud desesperada, llorosa y quejumbrosa de Bizancio. De pronto se oye un leve murmullo, de repente se levanta viento. Al instante las fláccidas velas de los cuatro barcos se hinchan y redondean. El viento, el anhelado viento por el que tanto se ha rogado, se despierta de nuevo. Triunfante se alza la proa de los galeones, con los henchidos empellones de su repentino arranque adelantan y arrollan a los agresores que los rodean. Son libres, están salvados. Bajo el alborozo atronador de los miles y miles de personas de las murallas el primero, el segundo, el tercero y el cuarto barco entran en puerto seguro, la cadena se alza de nuevo con un chirrido protector y tras ellos, impotente y diseminada por el mar, queda la jauría de los barcos turcos; una vez más, el júbilo de la esperanza se alza como una nube púrpura sobre la ciudad triste y desesperada.

LA FLOTA CRUZA LA MONTAÑA

Una noche es lo que dura la exaltada alegría de los sitiados. La noche siempre excita fantasiosamente los sentidos y desconcierta a la esperanza con el dulce veneno de los sueños. Durante una noche los asediados se creen rescatados y a salvo. Sueñan que, del mismo modo que los cuatro barcos les han llevado con éxito soldados y provisiones, así llegarán más semana tras semana. Europa no los ha olvidado y, en su esperanza precipitada, ven ya el cerco levantado y al enemigo desalentado y vencido.

Pero también Mehmet es un soñador, aunque de un tipo distinto y mucho menos común, de los que logran convertir los sueños en realidades por medio de la voluntad. Mientras los galeones se creen a salvo en el puerto del Cuerno de Oro, concibe un plan de tan fantástica osadía que, en la historia de la guerra, realmente se puede comparar con las maniobras más audaces de Aníbal y Napoleón. Bizancio se le presenta como una fruta dorada, pero no puede cogerla: el principal obstáculo para el ataque lo constituye la profunda lengua de mar, el Cuerno de Oro, esa bahía con forma de apéndice que protege uno de los flancos de Constantinopla. Penetrar en esa bahía es imposible, pues a su entrada se encuentra la ciudad genovesa de Gálata, a la cual Mehmet debe neutralidad, y desde allí se extiende la cadena de hierro hasta la ciudad enemiga. Por ello, su flota no puede acceder con un embate frontal; solo sería factible atacar a la flota cristiana desde el interior, donde termina el terreno genovés. Pero ¿cómo colocar una flota en esa parte interior de la bahía? Podrían construirla, por supuesto. Pero eso llevaría meses y meses y este hombre impaciente no quiere esperar tanto.

Así, Mehmet pergeña el plan genial de trasladar por tierra su flota, desde mar abierto, donde resulta inútil, hasta el puerto interior del Cuerno de Oro. Esta idea, de una osadía sensacional, de transportar cientos de barcos a través de una franja de tierra montañosa parece en un primer momento tan absurda, tan impracticable, que los bizantinos y los genoveses de Gálata la incluyen tan poco en sus cálculos estratégicos como anteriormente los romanos y posteriormente los austriacos imaginaron el rápido cruce de los Alpes por parte de Aníbal y Napoleón. Según toda experiencia humana, los barcos solo viajan por el agua, jamás flota alguna atravesó una montaña. Pero precisamente en eso consiste la verdadera marca de una voluntad demoniaca: en convertir lo imposible en realidad; siempre se reconoce a un genio militar porque, en la batalla, se burla de las leyes de la guerra y en determinados momentos emplea la improvisación creativa en lugar de los métodos probados. Comienza una operación descomunal, sin apenas parangón en los anales de la historia. Con todo sigilo, Mehmet hace llevar innumerables troncos y ordena a los carpinteros convertirlos en patines sobre los que se colocan los barcos sacados del mar, como sobre un dique seco móvil. Al mismo tiempo, ya hay miles de peones trabajando en preparar al máximo para este transporte el estrecho sendero que sube y luego baja la colina de Pera. Para ocultar al enemigo la aparición repentina de tantos trabajadores, el sultán manda descargar día y noche terribles salvas de cañonazos de mortero que pasan por encima de la ciudad neutral de Gálata, unas salvas sin sentido, con el único objetivo de distraer la atención y de encubrir el viaje de los barcos de unas aguas a otras, montaña arriba y valle abajo. Mientras los enemigos están ocupados y solo imaginan un ataque desde tierra firme, entran en funcionamiento los innumerables rodillos, bien empapados en aceite y grasa, y sobre esos inmensos cilindros se arrastra montaña arriba un barco tras otro, cada uno en su patín, tirados por incontables parejas de bueyes y con ayuda de los marineros. En cuanto la noche empaña la visión comienza la prodigiosa peregrinación. Con sigilo, como todo lo grande, y con planificación, como todo lo inteligente, se produce el milagro de los milagros: una flota entera cruza la montaña.

Lo decisivo en todas las grandes acciones militares es siempre el factor sorpresa. Y aquí se demuestra magníficamente el genio superior de Mehmet. Nadie sospecha nada de sus intenciones («Si un pelo de mi barba conociera mis pensamientos me lo arrancaría», dijo una vez este hombre avieso y genial); sus órdenes se cumplen a la perfección mientras, ostentosamente, los cañones retumban contra las murallas. Setenta barcos se transportan de un mar a otro en aquella noche del 22 de abril, por montañas y valles, por viñedos, campos y bosques. A la mañana siguiente, los ciudadanos de Bizancio sienten que están soñando: una flota enemiga como surgida por arte de magia navega con tripulación y banderines por el corazón de su bahía, que creían inaccesible; aún se están frotando los ojos sin entender el prodigio y ya las trompetas, platillos y tambores resuenan jubilosos bajo la muralla lateral, hasta entonces protegida por el puerto; todo el Cuerno de

Oro, salvo el angosto espacio neutral de Gálata, donde la flota cristiana se encuentra encapsulada, pertenece al sultán y a su ejército gracias a la genial maniobra. Ahora, con su puente de pontones, puede dirigir sin obstáculos a su tropa contra la muralla más débil: esto amenaza el flanco frágil y merma aún más las filas ya de por sí escasas de los defensores. El puño de hierro oprime más y más la garganta de su víctima.

¡EUROPA, AYÚDANOS!

Los sitiados ya no se engañan. Bien lo saben: atacados ahora también por el flanco abierto, si no llega ayuda lo antes posible no podrán resistir mucho tras los muros cañoneados, ocho mil contra ciento cincuenta mil. Pero ¿acaso no se comprometió del modo más solemne la *Signoria* de Venecia a enviar barcos? ¿Puede permanecer impasible el papa cuando Santa Sofía, la iglesia más espléndida de Occidente, corre peligro de convertirse en una mezquita de infieles? ¿Es que Europa, atrapada en discordias y dividida por innumerables viles envidias, aún no comprende el riesgo al que se enfrenta la cultura occidental? Quizá (se consuelan los asediados) la flota de liberación lleva tiempo preparada y solo duda en desplegar velas por desconocimiento, y bastaría con hacerla consciente de la inmensa responsabilidad que acarrea su mortífera demora.

Pero ¿cómo avisar a la flota veneciana? El mar de Mármara se encuentra atestado de barcos turcos; partir con toda la flota implicaría exponerla a la perdición y, además, mermar en varios cientos de soldados la defensa, para la que cada hombre cuenta. Así, se decide poner en juego un barco muy pequeño con una tripulación mínima. Doce hombres en total (si hubiera justicia en la Historia, sus nombres serían tan famosos como los de los argonautas y, sin embargo, no conocemos ninguno) se aprestan al acto heroico. En el pequeño bergantín se iza la bandera enemiga. Los doce se visten a la turca, con turbante o fez, para no llamar la atención. El 3 de mayo a medianoche, la cadena del puerto se destensa silenciosamente y, con amortiguado chapoteo de remos, el osado barquito sale al abrigo de la oscuridad. Y hete aquí que lo maravilloso sucede y la minúscula embarcación atraviesa los Dardanelos y alcanza el mar Egeo sin ser reconocida. El exceso de audacia siempre paraliza al enemigo. Todo lo ha considerado Mehmet, excepto algo tan inimaginable como que un solo barco con doce héroes a bordo se arriesgara a atravesar su flota en semejante viaje de argonautas.

Pero la decepción es trágica: en el Egeo no se alza una sola vela veneciana. No hay flota alguna lista para el ataque. Venecia y el papa se han olvidado de Bizancio; perdidos en sus banales políticas de campanario todo lo desatienden, el honor y el juramento. Siempre se repiten en la Historia estos momentos trágicos en los que, cuando más necesaria sería la cohesión de todas las fuerzas unidas para defender la cultura europea, los príncipes y los estados son incapaces de deponer sus mezquinas rivalidades siquiera por un breve lapso de tiempo. A Génova le importa más superar a Venecia, y a Venecia hacer lo propio con Génova, antes que combatir unidas al enemigo común durante unas horas. El mar está vacío. Desesperados, los valerosos hombres reman de isla en isla en su cáscara de nuez. Pero en todas partes los puertos han sido tomados por el enemigo y ningún barco aliado se atreve a entrar en la zona de guerra.

¿Qué hacer ahora? Alguno se encuentra desalentado, y con razón. ¿Para qué regresar a Constantinopla, desandando el peligroso camino? No hay esperanza que anunciar. Quizá la ciudad ya ha caído; en cualquier caso, si regresan, los espera la prisión o la muerte. Sin embargo (¡gloriosos son los héroes a quienes nadie conoce!), la mayoría decide retornar. Se les ha encargado una misión y deben cumplirla. Los enviaron en busca de noticias y deben llevar noticias a casa, aunque sean las peores. De modo que el diminuto barco aventura el solitario camino de vuelta a través de los Dardanelos, el mar de Mármara y la flota enemiga. El 23 de mayo, veinte días después de su partida, cuando ya en Constantinopla se da la embarcación por perdida, cuando ya nadie piensa en recibir noticias o en el regreso, de pronto unos vigías agitan las banderas en las murallas porque con fuertes golpes de remo el barquito se dirige hacia el Cuerno de Oro; los turcos, alertados por el atronador júbilo de los sitiados, al darse cuenta asombrados de que ese bergantín que descaradamente ha navegado por sus aguas con bandera turca es una embarcación enemiga, se abalanzan con sus barcos por todos los flancos para atraparlo poco antes del puerto protector. Durante un instante vibra Bizancio con miles de gritos de júbilo, en la feliz esperanza de que Europa la haya recordado y envíe por delante ese barco como mensajero. Solo al caer la tarde se conoce la triste verdad. La cristiandad ha olvidado a Bizancio. Los cercados están solos y estarán perdidos si no se salvan ellos mismos.

LA NOCHE PREVIA AL ASALTO

Tras seis semanas de combates casi diarios el sultán se impacienta. Sus cañones han derruido las murallas en muchos puntos, pero todos los ataques que ha ordenado se rechazaron sangrientamente. Para un comandante en jefe solo hay dos opciones: o bien levantar el sitio, o bien, tras innumerables ataques aislados, comenzar el gran asalto definitivo. Mehmet convoca a sus bajás a un consejo de guerra y su impetuosa voluntad vence a toda reflexión. El gran asalto, el definitivo, se acuerda para el día 29 de mayo. El sultán organiza los preparativos con su acostumbrada determinación. Se decreta un día de fiesta y ciento cincuenta mil hombres, desde el primero hasta el último, deben cumplir con las solemnes costumbres que prescribe el islam, las siete abluciones y el gran rezo tres veces al día. La pólvora y los proyectiles que aún quedan se reúnen para un ataque forzado de la artillería que deje la ciudad lista para el asalto; y las distintas tropas se distribuyen para el ataque. Desde el amanecer hasta el anochecer Mehmet no se permite un momento de descanso. Del Cuerno de Oro al mar de Mármara, a lo largo del inmenso campamento, cabalga de tienda en tienda alentando personalmente a los jefes y enardeciendo a los soldados. Como buen psicólogo, conoce la mejor manera de espolear hasta el extremo la agresividad de los ciento cincuenta mil hombres y, así, hace una terrible promesa que, para su honra y para su deshonra, cumplió hasta el final. Sus heraldos la anuncian a los cuatro vientos entre tambores y trompetas: «Mehmet jura por el nombre de Alá, por el nombre de Mahoma y de los cuatro mil profetas, jura por el alma de su padre, el sultán Murad, por las cabezas de sus hijos y por su sable, que tras la toma de la ciudad sus tropas tendrán derecho ilimitado a tres días de saqueos. Todo lo que contienen esas murallas: enseres y propiedades, alhajas y joyas, monedas y tesoros, los hombres, las mujeres, los niños, todo pertenecerá a los soldados victoriosos; y él mismo renuncia a cualquier botín excepto al honor de haber conquistado el último bastión del Imperio romano oriental».

Con griterío exaltado reciben los soldados el salvaje mensaje. Como una tormenta, el fuerte retumbar del júbilo y los potentes gritos de «La ilah illa Allah» ascienden hacia la atemorizada ciudad. «¡Yaama, yaama!», «¡Saqueo, saqueo!» La palabra se convierte en grito de guerra, repiquetea con los tambores, resuena en platillos y trompetas, y por la noche el campamento se convierte en un festivo mar de luces. Estremecidos, los sitiados ven desde sus murallas cómo miríadas de luces y antorchas se encienden en la llanura y las colinas, y cómo los enemigos celebran la victoria, antes de vencer, con trompetas, pífanos, tambores y panderetas; es como la ceremonia ruidosa y cruel de los sacerdotes paganos antes del sacrificio. De pronto, a medianoche, por orden de Mehmet se apagan a la vez todas las luces, y de repente cesa el ardiente retumbar de miles de voces. Sin embargo, con su rotunda amenaza, ese súbito enmudecimiento y esa abrumadora oscuridad angustian de un modo aún más terrible a quienes los presencian perturbados que el frenético júbilo de las fragorosas luces.

LA ÚLTIMA MISA EN SANTA SOFÍA

Los sitiados no necesitan espías ni desertores para saber lo que los espera. Saben que el asalto ha sido ordenado y el presentimiento de una obligación y de un peligro inmensos planea sobre la ciudad como una nube de tormenta. Habitualmente dividida en facciones y luchas religiosas, la población se reúne en esas últimas horas. Siempre es solo la necesidad más acuciante la que logra el incomparable espectáculo de la unión terrenal. Para que todos sean conscientes de lo que están obligados a defender (la fe, el grandioso pasado, la cultura común), el *basileus* ordena celebrar una conmovedora ceremonia. Por mandato suyo todo el pueblo, ortodoxos y católicos, sacerdotes y legos, ancianos y niños, se encuentra en una única procesión. Nadie debe, nadie quiere quedarse en casa, desde los más ricos hasta los más pobres se alinean devotamente y cantan el *Kyrie eleison* en solemne comitiva, que recorre primero el centro de la ciudad y luego las murallas exteriores. Se sacan de las iglesias los santos iconos y reliquias y se llevan en la cabecera; allí donde la muralla presenta una brecha se cuelga una de estas imágenes santas, para que repela el asalto de los infieles mejor que las armas terrenales. Al mismo tiempo el emperador Constantino se rodea de los senadores, los nobles y los comandantes para alentar su valor con una última arenga. No puede, como Mehmet, prometerles un botín ilimitado. Pero les recuerda la gloria que lograrán para la cristiandad y para todo el mundo occidental si consiguen rechazar ese último asalto definitivo, y el peligro si sucumben a los asesinos incendiarios. Mehmet y Constantino, ambos lo saben muy bien: ese día decidirá la Historia por muchos siglos.

Entonces comienza la última escena, una de las más sobrecogedoras acaecidas en Europa, un inolvidable éxtasis del hundimiento. Los condenados a muerte se reúnen en Santa Sofía, la catedral más espléndida del mundo que desde el día de la hermandad de las dos iglesias había permanecido vacía tanto de unos fieles como de los otros. Alrededor del emperador se arremolina toda la corte, los nobles, el clero griego y romano, los soldados y marineros genoveses y venecianos, todos con su armadura y sus armas; y tras ellos se arrodillan sigilosas y reverentes miles y miles de sombras susurrantes, el pueblo postrado, agitado por el miedo y la preocupación. Y las velas, que a duras penas luchan contra la oscuridad de las bajas bóvedas, iluminan esa masa unánimemente inclinada en el rezo como un solo cuerpo. Es el alma de Bizancio la que ruega a Dios. El patriarca sube la voz, fuerte y exhortante, cantando le contestan los coros, una vez más resuena en ese espacio la voz santa y eterna de Occidente, la música. Entonces avanzan uno tras otro, el emperador el primero, hasta el altar para recibir el consuelo de la fe; hasta los altos arcos retumba y resuena el grandioso edificio con el incesante batir de la oración. Ha comenzado la última misa, la misa de difuntos del Imperio romano oriental. Pues por última vez la fe cristiana ha vivido en la catedral de Justiniano.

Tras esta conmovedora ceremonia, el emperador vuelve un instante a su palacio para solicitar de sus subordinados y sirvientes el perdón por todas las injusticias que ha cometido contra ellos a lo largo de su vida. Después se abalanza sobre su caballo y cabalga (igual que Mehmet, su gran adversario, en ese mismo momento) de una punta a otra de las murallas para alentar a los soldados. La noche ya ha caído. No se oye una voz, no tintinea un arma. Pero, con el alma agitada, los miles de hombres dentro de los muros aguardan el amanecer y la muerte.

KERKAPORTA, LA PUERTA OLVIDADA

A la una de la mañana el sultán lanza la señal de ataque. Se despliega el inmenso estandarte y con un solo grito, «La ilah illa Allah», cien mil hombres arremeten contra las murallas provistos de armas, escalas, sogas y arpeos al tiempo que los tambores resuenan y las trompetas rugen; los timbales, platillos y flautas aúnan su estridencia a los gritos y el tronar de los cañones en un único huracán. Sin ningún miramiento se envía primero contra los muros a las tropas sin entrenar de los basi-bozuks; en el plan de ataque del sultán sus cuerpos semidesnudos tan solo actúan de ariete, por así decirlo, destinado a cansar y debilitar al enemigo antes del despliegue de las tropas de élite para el asalto decisivo. Cargando cientos de escalas corren a golpe de látigo en la oscuridad, trepan por las almenas, son derribados y vuelven a escalar una y otra vez porque no tienen otra salida: tras ellos, que son solo carne de cañón destinada al sacrificio, esperan ya las tropas regulares que los empujan continuamente a una muerte casi segura. Los defensores aún conservan el control, las miríadas de flechas y piedras no pueden nada contra sus cotas de malla. Pero el verdadero peligro (y esto lo ha calculado muy bien Mehmet) es el agotamiento. Luchando sin respiro contra las tropas ligeras dentro de sus pesadas armaduras y corriendo continuamente de un punto atacado a otro, gran parte de sus fuerzas se va consumiendo en esta defensa obligada. Y ahora (tras dos horas de lucha comienza a despuntar la mañana) arremete la segunda tropa de asalto, los anatolios, por lo que el combate se vuelve más peligroso. Porque estos anatolios son guerreros disciplinados, bien entrenados y también provistos de cotas de malla; además los sobrepasan en número y se encuentran perfectamente descansados, mientras que los defensores deben correr para evitar las intrusiones ora en un punto, ora en otro. Aun así, todos los asaltantes son rechazados y el sultán debe emplear su última reserva, los jenízaros, su tropa de élite, la guardia selecta del ejército otomano. Él en persona se coloca al frente de los doce mil jóvenes soldados seleccionados, los mejores que Europa conoce, y con un solo grito cargan contra el agotado adversario. Es hora de que en la ciudad repiquen todas las campanas para llamar a las murallas a los últimos medianamente capaces de luchar y para que acudan los marineros de los barcos, porque ahora comienza la verdadera batalla decisiva. Para desgracia de los defensores, un proyectil alcanza al jefe de la tropa genovesa, el valeroso condotiero Giustiniani, quien gravemente herido es trasladado a los barcos; por un momento, su baja hace tambalearse el ánimo de los defensores. Pero enseguida acude el mismísimo emperador para impedir la amenazante intrusión, de nuevo se consigue derribar las escalas: la tenacidad se enfrenta a la última tenacidad y por un momento la ciudad parece salvada, la extrema necesidad ha vencido al ataque más salvaje. Y entonces un trágico incidente, uno de esos misteriosos instantes que produce la Historia en sus inescrutables designios, decide de un golpe el destino de Bizancio.

Ocurre lo más inverosímil. Por una de las muchas brechas de las murallas exteriores, lejos del verdadero lugar del asalto, se han colado algunos turcos. No se atreven a avanzar hacia el muro interior. Pero mientras curiosean sin rumbo entre la primera y la segunda muralla, descubren que uno de los portillos más pequeños del muro interior, llamado Kerkaporta, ha quedado abierto por un descuido incomprensible. No es más que una pequeña puerta, destinada en tiempos de paz a pasar a pie durante las horas en que los grandes portones permanecen cerrados; precisamente por su falta de importancia militar parece que, en la agitación general de la noche anterior, se ha olvidado su existencia. Para su asombro, los jenízaros se la encuentran tranquilamente abierta en mitad del imponente bastión. En un primer momento sospechan que es una trampa porque les parece demasiado increíble el absurdo de que, mientras ante cada brecha, cada tronera y cada puerta de la fortificación se apilan miles de cadáveres y cae una lluvia de aceite hirviendo y lanzas, aquel portillo, Kerkaporta, permita el acceso al corazón de la ciudad como si se tratara de un apacible domingo. En cualquier caso, llaman refuerzos y, sin la menor resistencia, toda una tropa penetra en la ciudad y asalta sorpresivamente por la espalda a los desprevenidos defensores de las murallas exteriores. Unos cuantos guerreros se percatan de la presencia turca tras las filas propias y, de modo funesto, se eleva el grito que en toda batalla resulta más mortal que todos los cañones, el grito del rumor falso: «¡La ciudad ha caído!». Los turcos lo repiten cada vez más fuerte: «¡La ciudad ha caído!», y ese grito desmorona toda resistencia. Las tropas mercenarias, sintiéndose traicionadas, abandonan sus puestos para ponerse a salvo en el puerto y en los barcos. Es inútil que Constantino, rodeado de algunos fieles, se arroje contra los intrusos; cae, apaleado hasta la muerte sin ser reconocido, en medio de la turbamulta; y solo al día siguiente en un montón de cadáveres se descubrirá, gracias al calzado púrpura con un águila dorada, que el último *basileus* del Imperio romano oriental perdió honrosamente, en sentido romano, la vida junto con su imperio. Un ínfimo azar, Kerkaporta, la puerta olvidada, ha determinado la Historia del mundo.

CAE LA CRUZ

A veces a la Historia le gusta jugar con los números. Así, exactamente mil años después del memorable saqueo de Roma por los vándalos, comienza el de Bizancio. Con férrea fidelidad a su juramento, el vencedor Mehmet cumple su palabra. Tras la primera masacre y sin supervisión alguna deja en manos de sus guerreros casas y palacios, iglesias y monasterios, hombres, mujeres y niños; los miles de soldados se abalanzan como demonios por las callejuelas, tratando de adelantarse unos a otros. El primer asalto es contra las iglesias, donde relucen los recipientes de oro y centellean las joyas, y si irrumpen en una casa izan al momento su estandarte para que los siguientes sepan que allí el botín ya tiene dueño; ese botín no consiste solo en piedras preciosas, tejidos y todo aquello que pueden llevarse, también las mujeres son mercancía para los serrallos y los hombres y niños, para el comercio de esclavos. Los desgraciados que se han refugiado en las iglesias son sacados en tropel a golpe de látigo; los ancianos, inútiles bocas que alimentar y un lastre invendible, son asesinados; los jóvenes son atados como ganado y llevados a rastras mientras, junto con el pillaje, campa a sus anchas la destrucción más desaforada. Aquellas reliquias y obras de arte que se dejaron los cruzados en su quizás igualmente terrible rapiña son ahora destrozadas, desgarradas, desmembradas por los exaltados vencedores; las hermosas imágenes son aniquiladas, las más bellas estatuas, deshechas a martillazos; los libros que debían preservar para toda la

eternidad la sabiduría de siglos, la riqueza inmortal del pensamiento y la literatura griegos, se queman o se arrojan al suelo sin miramientos. La Humanidad nunca conocerá en su totalidad el alcance de la desgracia que sobrevino en ese momento decisivo por la abierta Kerkaporta, ni cuánto perdió el mundo intelectual en los saqueos de Roma, Alejandría y Bizancio.

Solo en la tarde que sigue a la gran victoria, cuando la matanza ha terminado, entra Mehmet en la ciudad conquistada. Orgulloso y serio, pasa con su hermoso corcel ante los salvajes actos de saqueo sin volver la mirada; permanece fiel a su palabra de no molestar en sus crueles tareas a los soldados que le han dado la victoria. Su primer paseo no tiene por objetivo las ganancias, puesto que ya lo ha ganado todo; lleno de orgullo cabalga hacia la catedral, la resplandeciente cabeza de Bizancio. Durante más de cincuenta días ha contemplado ansioso desde su tienda la cúpula brillante e inalcanzable de Santa Sofía; y ahora por fin puede cruzar, vencedor, sus puertas de bronce. Pero una vez más Mehmet refrena su impaciencia: quiere dar las gracias a Alá antes de consagrarle por todos los tiempos esa iglesia. Humildemente desmonta e inclina la frente hasta el suelo en oración. Después toma un puñado de tierra y se la echa por la cabeza para recordarse que incluso él es mortal y no debe mostrar arrogancia por su triunfo. Solo tras haber mostrado a Dios su humildad se incorpora y penetra, el primer servidor de Alá, en la catedral de Justiniano, el templo de la santa sabiduría, la iglesia de Santa Sofía.

Con curiosidad y emoción contempla el sultán el grandioso edificio, las altas bóvedas centelleantes de mármol y mosaicos, los delicados arcos que se elevan de la penumbra hacia la luz; siente que ese sublime palacio de oración no le pertenece a él sino a su Dios. De inmediato hace llamar a un imán que sube al púlpito y proclama el credo mahometano, mientras el *padishá,* con el rostro en dirección a la Meca, pronuncia el primer rezo a Alá, señor de los mundos, en aquella catedral cristiana. Ya al día siguiente los trabajadores reciben el encargo de borrar todo rastro de la antigua fe; se arrancan los altares, se cubren los piadosos mosaicos, y la alta cruz de Santa Sofía, que durante mil años abrió sus brazos para abarcar todo el sufrimiento de la Tierra, cae al suelo con un estrépito sordo.

El sonido pétreo retumba por toda la iglesia y mucho más allá, porque esa caída hace temblar a todo Occidente. La noticia resuena con terror en Roma, en Génova, en Venecia; como un trueno de alerta se oye en Francia y en Alemania y con un estremecimiento reconoce Europa que, debido a su apática indiferencia, se ha colado por la funesta puerta olvidada de Kerkaporta una violencia destructora y fatal que limitará y paralizará sus fuerzas durante siglos. Pero en la Historia y en la vida los lamentos no recuperan los momentos perdidos, y ni mil años pueden recobrar lo que una sola hora malogró.

LA HUIDA HACIA LA INMORTALIDAD
EL DESCUBRIMIENTO DEL OCÉANO PACÍFICO, 25 DE SEPTIEMBRE DE 1513

✦

EL BARCO SE APAREJA

En su primer regreso de la recién descubierta América, Colón exhibió en procesión triunfal por las abarrotadas calles de Sevilla y Barcelona una infinidad de tesoros y de curiosidades: personas rojizas de una raza desconocida hasta entonces, animales nunca vistos, papagayos coloridos y chillones, lentos tapires y extrañas plantas y frutos que pronto encontrarían su hogar en Europa, como el grano indio, el tabaco y el coco. Todo es admirado con curiosidad por la vitoreante multitud, pero lo que más impresiona a la pareja real y a sus consejeros son los cofrecitos y cestitos llenos de oro. No es mucho el oro que Colón trae de las nuevas Indias, tan solo unas pocas alhajas que ha intercambiado o robado a los indígenas, unos lingotes pequeños y un par de puñados de pepitas sueltas, más polvo de oro que oro en sí mismo... Todo el botín daría, como mucho, para acuñar unos cientos de ducados. Pero el genial Colón, que siempre cree fanáticamente en aquello que desea creer y que se salió gloriosamente con la suya en su ruta hacia las Indias, disfraza la realidad con sincera exaltación y asegura que lo que ha traído solo representa una minúscula primera muestra. Según afirma, le han revelado información fiable sobre la existencia de inmensas minas en las nuevas islas; en plano, bajo una fina capa de tierra, yace el precioso metal en muchos campos. Resulta sencillísimo desenterrarlo con una pala corriente. Más al sur hay reinos cuyos reyes beben en vasos de oro y donde este metal se considera menos valioso que el plomo en España. El rey, siempre necesitado de riquezas, escucha extasiado el relato sobre esta nueva Ofir que es suya; todavía nadie conoce lo suficiente a Colón y su sublime locura como para desconfiar de sus promesas. De inmediato se apareja una gran flota para el segundo viaje y esta vez no se necesitan reclutadores ni pregoneros para enrolar las tripulaciones. La noticia de la recién descubierta Ofir, donde el oro puede obtenerse con las manos, alborota toda España: a cientos, a miles, afluyen las gentes para viajar a El Dorado, la tierra del oro.

Pero qué turbia es la marea que atrae la ambición desde todas las ciudades, pueblos y aldeas. No solo se alistan nobles honrados y deseosos de dorar a fondo su escudo, no solo aventureros audaces y valientes soldados; también flotan hacia Palos y Cádiz toda la chusma y toda la escoria de España. Ladrones marcados al hierro, salteadores y bandoleros que buscan en la tierra del oro un oficio más lucrativo; morosos y maridos que ansían huir de sus acreedores y de sus coléricas esposas; todos los maleantes y fracasados, los marcados a fuego y los perseguidos por la justicia se enrolan en la flota, una variopinta banda de almas malogradas decididas a enriquecerse de golpe y dispuestas a cometer para ello cualquier barbaridad y cualquier crimen. Tan fantásticamente se han contado unos a otros el delirio de Colón de que en esas tierras basta clavar la pala en la tierra y ya relucen los terrones de oro que los más adinerados de entre los emigrados se acompañan de sirvientes y mulos para poder llevarse enseguida el preciado metal en grandes cantidades. Quien no logra que lo acepten en la expedición se busca otro camino: sin interesarse especialmente en obtener el permiso real, salvajes aventureros aparejan barcos por cuenta propia para cruzar el océano lo antes posible y apoderarse del oro, oro, oro. De la noche a la mañana, España se ve liberada de individuos amorales y limpia de la peor morralla.

El gobernador de La Española (posteriormente llamada Santo Domingo o Haití) mira con horror a los huéspedes indeseados que inundan la isla a él confiada. Año tras año los barcos traen nuevos cargamentos y tipos cada vez más indomables. Pero también los recién llegados se sienten amargamente decepcionados, puesto que en absoluto se encuentra el oro alegremente por las calles, y a los pobres indígenas, sobre los que estas bestias se abalanzan, ya no se les puede arrancar ni una pepita más. Así, esas hordas patrullan sin rumbo, ganduleando y rapiñando, una pesadilla para los desdichados indígenas y una pesadilla para el gobernador. En vano intenta convertirlos en colonos asignándoles tierras, y reparte animales e incluso ganado humano en abundancia; en concreto, entre sesenta y setenta indígenas esclavizados a cada uno. Sin embargo, ni los hidalgos de alta cuna ni los antiguos salteadores están dc humor para llevar una granja. No han venido hasta aquí para cultivar trigo y criar ganado; en lugar de ocuparse de la siembra y la cosecha, martirizan a los desdichados indígenas (en no muchos años habrán exterminado a toda la población) o se pasan el día en las tabernas. En poco tiempo la mayoría de ellos se endeuda tanto que, tras el resto de sus bienes, deben vender la capa, el sombrero y hasta la última camisa, y se ven entrampados hasta el cuello con comerciantes y prestamistas.

Buena noticia, por tanto, para esa partida de fracasados de La Española que un hombre respetado de la isla, un abogado, el bachiller Martín Fernández de Enciso, en 1510 pertreche un barco para acudir en ayuda de su colonia en Tierra Firme con una nueva tripulación. En 1509 dos afamados aventureros, Alonso de Ojeda y Diego de Nicuesa, habían obtenido del rey Fernando el privilegio de fundar una colonia cerca del istmo de Panamá y la costa de Venezuela, que con bastante precipitación denominaron Castilla del Oro; fascinado por el sonoro nombre y seducido por los cuentos maravillosos, aquel experto en leyes e inexperto en la vida había invertido toda su fortuna en esa empresa. Pero de la nueva colonia de San Sebastián, en el golfo de Urabá, no llega oro, sino angustiosos gritos de socorro. La mitad de los hombres ha caído víctima de las luchas contra los indígenas, y la otra mitad, víctima del hambre. Para recuperar el dinero invertido, Enciso arriesga el resto de su fortuna y organiza una expedición de auxilio. En cuanto se enteran de que necesita soldados, todos los maleantes y los haraganes de La Española se apresuran a aprovechar la oportunidad para marcharse con él. ¡Largarse de allí, librarse de los acreedores y de la vigilancia del estricto gobernador! Pero los prestamistas son avispados. Comprenden que sus deudores más importantes pretenden escabullirse para siempre, y por ello acosan al gobernador para que no permita marcharse a nadie sin un permiso especial. Este cede a sus peticiones. Se establece una estrecha vigilancia y el barco de Enciso debe permanecer fondeado fuera de puerto mientras las barcas del gobierno patrullan para impedir que cualquiera que no esté alistado se cuele a bordo. Y así, todos esos maleantes que temen menos a la muerte que al trabajo honrado o a la prisión por deudas contemplan con inmenso enojo cómo el barco de Enciso pone rumbo a la aventura con las velas hinchadas y sin ellos.

EL HOMBRE EN EL CAJÓN

A toda vela, el barco de Enciso parte de La Española rumbo al continente americano, enseguida los contornos de la isla se hunden en el horizonte azul. Es un viaje tranquilo sin nada reseñable, excepción hecha de un gran perrazo de especial fuerza (hijo del afamado perro de guerra Becerrillo y célebre él mismo bajo el nombre de Leoncico) que, inquieto, se pasea arriba y abajo por la cubierta olisqueándolo todo. Nadie sabe a quién pertenece el poderoso animal, ni cómo ha llegado a bordo. Al final se observa que no se aparta de un cajón de provisiones extraordinariamente grande que se cargó el último día. Y hete aquí que, por sorpresa, el cajón se abre solo y de él sale, pertrechado con espada, casco y escudo como Santiago, el patrón de Castilla, un hombre de unos treinta y cinco años. Es Vasco Núñez de Balboa, quien de esta manera demuestra por primera vez sus admirables osadía e ingenio. Nacido en Jerez de los Caballeros, hijo de una familia noble, había viajado al Nuevo Mundo como soldado raso con Rodrigo de Bastidas y, tras varias numerosas peripecias, su barco acabó naufragando frente a La Española. En vano intentó el gobernador hacer de él un buen colono; al cabo de pocos meses abandonó las tierras que le fueron asignadas y ahora se encuentra tan endeudado que no sabe cómo librarse de los acreedores. Pero mientras los demás morosos contemplan desde la playa, con los puños apretados, las barcas del gobierno que les impiden alcanzar el salvador navío de Enciso, Núñez de Balboa consigue burlar el cerco de Diego Colón escondiéndose en un cajón de provisiones y haciendo que unos cómplices lo carguen a bordo; en el ajetreo de la partida, nadie se percata de la atrevida estratagema. Solo cuando se asegura de que el barco se ha alejado tanto de la costa que no regresará por su culpa el polizón se da a conocer. Ahí está.

El bachiller Enciso es un hombre de leyes y, como la mayoría de los letrados, no posee un espíritu especialmente romántico. Como alcalde, como jefe de policía de la nueva colonia, no piensa tolerar caraduras ni personas de dudosa moralidad. Sin contemplaciones, explica a Núñez de Balboa que ni por un momento se plantea aceptarlo a bordo y que lo arrojará en la playa de la próxima isla por la que pasen, esté o no esté habitada.

Pero eso no llega a suceder. Mientras el navío prosigue su avance hacia Castilla del Oro, se encuentra (un milagro en aquellos tiempos, cuando tan solo unas decenas de barcos surcaban esos mares aún desconocidos) con una embarcación sobrecargada de pasajeros y comandada por un hombre cuyo nombre no tardará en resonar por todo el globo: Francisco Pizarro. Sus tripulantes provienen de la colonia de Enciso, San Sebastián, y al principio los toman por desertores que han abandonado su puesto sin autorización. Pero, para horror de Enciso, cuentan lo siguiente: San Sebastián ya no existe, ellos son los últimos de la colonia; el comandante Ojeda se marchó con un barco; y los demás, que tan solo disponían de dos bergantines, debieron esperar a verse diezmados hasta ser setenta para poder embarcarse en los pequeños navíos. De los dos bergantines, uno naufragó y ahora los treinta y cuatro hombres de Pizarro son los últimos supervivientes de Castilla del Oro. ¿Qué hacer? Tras el relato de Pizarro, la tripulación de Enciso se siente poco inclinada a exponerse al malsano clima pantanoso del asentamiento abandonado y a las flechas envenenadas de los indígenas; regresar a La Española les parece la única posibilidad. En ese difícil momento, Vasco Núñez de Balboa da un paso al frente. Explica que conoce toda la costa de Centroamérica gracias a su primer viaje con Rodrigo de Bastidas, y recuerda haber descubierto una región llamada Darién, a orillas de un río rico en oro, habitada por indígenas amistosos. Allí, y no en el desgraciado lugar al que se dirigían, deben fundar el nuevo enclave.

Enseguida todos los hombres se muestran a favor de Núñez de Balboa. Siguiendo su sugerencia, ponen rumbo a Darién, en el istmo de Panamá; una vez allí ejecutan la habitual matanza de indígenas y, puesto que entre las posesiones expoliadas hay oro, los forajidos deciden fundar un asentamiento y, en señal de piadosa gratitud, dan a la nueva ciudad el nombre de Santa María de la Antigua del Darién.

ASCENSO PELIGROSO

Muy pronto el desdichado financiador de la colonia, el bachiller Enciso, lamenta profundamente no haber arrojado a tiempo por la borda el cajón con Núñez de Balboa dentro, pues a las pocas semanas este hombre audaz tiene todo el poder en sus manos. Letrado educado en las ideas de la disciplina y el orden, Enciso intenta, en su calidad de alcalde mayor de un gobernador por el momento ilocalizable, administrar la colonia en beneficio de la Corona española y promulga sus edictos desde una miserable cabaña indígena con la misma pulcritud y severidad que si se encontrara en su despacho de Sevilla. En aquella selva nunca hollada por el hombre prohíbe a los soldados malcomprarles oro a los indígenas porque lo considera una reserva de la Corona; y, aunque intenta inculcar orden y leyes al indisciplinado grupo, los aventureros apoyan por instinto al hombre de la espada y se sublevan contra el hombre de la pluma. Pronto Balboa es el verdadero señor de la colonia. Para salvar la vida, Enciso debe huir; y cuando Nicuesa, uno de los gobernadores de Tierra Firme designados por el rey, por fin aparece para poner orden, Balboa le impide desembarcar. El desventurado Nicuesa, expulsado de la tierra que le ha otorgado el rey, se ahoga en el viaje de vuelta.

Ahora Núñez de Balboa, el hombre salido del cajón, es el amo de la colonia. Pero, a pesar del triunfo, sus presentimientos no son buenos. Ha cometido un acto de abierta rebelión contra el rey y no tiene motivo para esperar el perdón, pues el gobernador designado ha muerto por su culpa. Sabe que el huido Enciso se encuentra camino de España para acusarlo y que tarde o temprano se habrá de celebrar un juicio por rebelión. Sin embargo, en realidad

España está muy lejos y dispone de mucho tiempo mientras un barco va y vuelve surcando dos veces el océano. Tan inteligente como intrépido, busca el único modo de mantenerse todo lo posible en el usurpado poder. Sabe que en esos tiempos los triunfos justifican cualquier delito y que una gran contribución de oro al tesoro real puede apaciguar o aplazar cualquier procedimiento penal. De modo que lo primero es conseguir oro, porque el oro es poder. Junto con Francisco Pizarro, subyuga y expolia a los indígenas de la zona y, en la habitual matanza, logra un triunfo decisivo. Viéndose al borde de la muerte, uno de los caciques, llamado Careta, a quien pérfidamente ha atacado contraviniendo todas las leyes de la hospitalidad, le sugiere que, más que enemistarse con los indios, le convendría sellar una alianza con su tribu; como garantía de su fidelidad, le ofrece a su hija. Núñez de Balboa comprende la importancia de contar con un amigo fiable y poderoso entre los indígenas; acepta la oferta y, lo que es más sorprendente, permanece hasta el último momento de su vida profundamente encariñado con la joven india. Gracias a la ayuda de Careta somete a todos los indígenas de la zona y gana tal autoridad entre ellos que finalmente el cacique más poderoso, llamado Comagre, le envía humildemente una invitación.

La visita al poderoso jefe propiciará la decisión histórica en la vida de Vasco Núñez de Balboa, quien hasta ese momento no es más que un maleante y un osado rebelde enemigo de la Corona, destinado al patíbulo o al hacha de los tribunales de Castilla. El cacique Comagre lo recibe en una amplia casa de piedra cuya riqueza provoca el mayor asombro en Balboa y, espontáneamente, regala a su huésped cuatro mil onzas de oro. Pero ahora es el cacique quien se asombra. Pues en cuanto ven el oro, aquellos hijos del cielo, aquellos poderosos extranjeros que parecen dioses y a quienes ha recibido con tanta reverencia, toda su dignidad desaparece. Como perros desatados, se arrojan unos contra otros, sacan las espadas, cierran los puños, gritan y se empujan, todos reclaman su parte del oro. Con sorpresa y desprecio, el cacique observa el tumulto: es la eterna sorpresa que experimentan los hijos de la naturaleza en cualquier rincón del mundo frente al hombre civilizado, a quien un puñado de metal amarillo le parece más valioso que todos los avances espirituales y técnicos de su civilización.

Por último, el jefe se dirige a ellos y, con estremecimiento codicioso, los españoles escuchan la traducción del intérprete. Qué extraño, dice Comagre, que os peleéis entre vosotros por minucias como estas y que expongáis vuestras vidas a las mayores incomodidades y peligros por un metal tan corriente. Más allá, al otro lado de esas montañas, hay un mar inmenso y todos los ríos que desembocan en él arrastran oro. Allí vive un pueblo que navega en barcos con velas y remos como los vuestros, y sus reyes comen y beben en recipientes de oro. Allí encontraréis el metal amarillo, tanto como deseéis. Es un camino peligroso, pues sin duda los caciques os impedirán el paso. Pero es un trayecto que se cubre en pocas jornadas.

A Vasco Núñez de Balboa le da un vuelco el corazón. Por fin ha encontrado la pista de la legendaria tierra del oro con la que sueñan desde hace tantos años. En todos los lugares, al norte y al sur, han creído divisarla sus predecesores y ahora, si el cacique dice la verdad, se encuentra a tan solo unos días de distancia. Por fin se confirma también la existencia de ese otro océano cuyo camino han buscado en vano Colón, Caboto, Corte Real, todos los grandes y afamados navegantes: con esto se descubre la vía para dar la vuelta al globo terráqueo. El primero que divise ese nuevo mar y se apodere de él para su patria puede estar seguro de que su nombre nunca desaparecerá de la faz de la tierra. Balboa toma conciencia de la proeza que deberá llevar a cabo para librarse de todas sus deudas y para alcanzar la gloria imperecedera: ser el primero en cruzar el istmo y llegar al mar del Sur que conduce a las Indias, y conquistar la nueva Ofir para la Corona española. La hora transcurrida en casa del cacique Comagre ha sellado su destino. Desde ese momento, la vida del azaroso aventurero cobra un elevado sentido que trasciende el tiempo.

HUIDA HACIA LA INMORTALIDAD

No hay mayor felicidad en el destino de un hombre que, mediada su vida, en los años más productivos, encontrar la verdadera misión de su existencia. Núñez de Balboa sabe bien lo que se juega: o bien una muerte miserable en el cadalso, o bien la inmortalidad. Para empezar, debe comprar la paz con la Corona y después legitimar y legalizar su delito, la usurpación del poder. Por ello, como el más diligente de los súbditos, el antiguo rebelde envía a Pasamonte, el tesorero real de La Española, no solo la quinta parte del regalo de Comagre que legalmente corresponde a la Corona, sino que, además, demostrándose más diestro en las costumbres mundanas que el estirado letrado Enciso, añade en privado al envío oficial una considerable suma para el propio tesorero con la petición de que lo confirme en el cargo de capitán general de la colonia. Pasamonte carece de facultades para hacerlo, pero, a cambio de esa buena cantidad de oro, le envía a Balboa un documento provisional que, en realidad, carece de todo valor. Al mismo tiempo, Balboa, que quiere asegurar todos los flancos, ha enviado a España a dos de los hombres en los que más confía para que relaten sus esfuerzos en favor de la Corona y transmitan la importantísima información que ha obtenido del cacique. Tal como han de decir sus emisarios en Sevilla, tan solo necesita una tropa de mil hombres; con ella se compromete a hacer por Castilla más de lo que ningún español ha hecho antes que él. Asegura que descubrirá el nuevo mar y que se hará con la por fin hallada tierra del oro, que Colón había prometido en vano tantas veces y que ahora él conquistará.

Todo parece haberse puesto a favor del hombre perdido, rebelde y maleante. Pero el siguiente barco procedente de España trae malas noticias. Uno de sus cómplices en la rebelión, a quien había enviado previamente para contrarrestar las acusaciones del expoliado Enciso, lo informa de que las cosas se están poniendo peligrosas y de que incluso su vida corre peligro. El vapuleado bachiller ha logrado abrirse paso hasta el tribunal español con su demanda contra los usurpadores, y se ha condenado a Balboa a pagarle una compensación. Las noticias del cercano mar del Sur, que podrían haberlo salvado, no se han recibido todavía; y en el próximo barco llegará un enviado de los tribunales para pedir responsabilidades a Balboa y, o bien juzgarlo allí mismo, o bien devolverlo a España, encadenado.

Vasco Núñez de Balboa comprende que está perdido. La condena se ha producido antes de que se reciban sus informaciones sobre el cercano mar del Sur y la costa del oro. Por supuesto, alguien les sacará provecho mientras su cabeza rueda por la arena: alguien, un cualquiera, llevará a cabo su hazaña, la hazaña con la que soñaba; ya no puede esperar nada de España. Todos saben que empujó a la muerte al gobernador legítimo y que expulsó violentamente de su puesto al alcalde... Benévola habría de parecerle cualquier sentencia que lo condenara tan solo al calabozo, y no a pagar su audacia con la decapitación. Ya no puede contar con amigos poderosos, puesto que él mismo se ha quedado sin poder, y su mejor valedor, el oro, tiene aún poca fuerza para conseguirle clemencia. Solo hay una cosa que puede salvarlo del castigo por su osadía: otra osadía aún mayor. Si descubre el nuevo mar y la nueva Ofir antes de que lleguen los enviados del tribunal y los alguaciles lo capturen y encadenen, podrá salvarse. Allí, en el límite del mundo habitado, solo tiene una escapatoria: la huida hacia una hazaña grandiosa, la huida hacia la inmortalidad.

De modo que Núñez de Balboa decide no esperar a los mil hombres que ha pedido a España para la conquista del océano desconocido, y menos aún a la llegada de los enviados judiciales. ¡Es preferible adentrarse en la inmensidad con unos pocos hombres tan arrojados como él! Es preferible morir con honor en una de las empresas más valientes de todos los tiempos que ser vergonzosamente arrastrado al cadalso con las manos atadas. Reúne a toda la colonia, expone, sin ocultar los obstáculos, sus intenciones de cruzar el istmo y pregunta quién desea seguirlo. Su valor alienta a los demás. Ciento noventa soldados, casi todos los hombres aptos para las armas de la colonia, se muestran dispuestos. No es necesario preparar muchos pertrechos, porque en realidad viven en guerra permanente. Y así, el 1 de septiembre de 1513, con el fin de escapar del patíbulo o del calabozo, Núñez de Balboa, héroe y bandido, aventurero y rebelde, emprende su camino a la inmortalidad.

UN INSTANTE ETERNO

La travesía del istmo de Panamá comienza en la región de Coiba, el pequeño reino del cacique Careta, cuya hija es la compañera de Balboa. Este no ha escogido, como se descubrirá después, la sección más estrecha del istmo, y debido a esa ignorancia ha alargado en varios días el peligroso trayecto.

Sin embargo, para emprender un salto a lo desconocido tan temerario, al parecer considera fundamental contar con la seguridad de una tribu india aliada que facilite refuerzos o la retirada. En diez grandes canoas navega la expedición desde Darién hasta Coiba, ciento noventa soldados armados con lanzas, espadas, arcabuces y ballestas, acompañados por una imponente manada de los temibles perros de guerra. El cacique aliado proporciona indios como porteadores y guías, y el 6 de septiembre comienza la célebre travesía del istmo, que pone a prueba la fuerza de voluntad incluso de aventureros tan intrépidos y experimentados. En medio de un calor tropical sofocante y aplastante, los españoles deben atravesar primero las llanuras, cuyos pantanos malsanos se cobraron, varios siglos después, las vidas de miles de trabajadores durante la construcción del canal de Panamá. Desde el primer momento es necesario abrir camino hacia tierras nunca holladas con hachas y espadas que van cortando la venenosa maraña de lianas. Como en una inmensa mina vegetal, los adelantados de la tropa van horadando en la espesura una estrecha galería que después recorre la expedición de conquistadores, un hombre tras otro, en una fila interminable; siempre con las armas dispuestas y siempre, día y noche, con todos los sentidos alerta para rechazar un ataque por sorpresa de los indígenas. El calor resulta asfixiante bajo la cúpula oscura, bochornosa y llena de vapores de los árboles gigantes, bañados por un sol inclemente. Empapados en sudor y con los labios resecos, se arrastran los hombres milla a milla en sus pesadas armaduras. De pronto, el cielo se abre en lluvias torrenciales y en un instante los arroyos se convierten en ríos desbordados que es necesario vadear o bien cruzar mediante bamboleantes puentes de rafia rápidamente improvisados por los indios. Los españoles no tienen más sustento que un puñado de maíz; insomnes, hambrientos, sedientos, asaeteados por nubes de insectos chupasangres, se abren camino con la ropa desgarrada por las espinas y los pies magullados, con los ojos febriles y las mejillas hinchadas por los zumbones mosquitos; no descansan durante el día y no duermen por la noche: pronto estarán totalmente agotados. Tras solo una semana de travesía ya hay una gran parte de la expedición que no puede soportar las penurias, y Núñez de Balboa, consciente de que los verdaderos peligros aún están por llegar, ordena que los enfermos de fiebres y los exhaustos se queden atrás. Desea emprender la aventura definitiva únicamente con lo mejor de su tropa.

Por fin el terreno comienza a ascender. La jungla, solo capaz de desplegar la potencia de su exuberancia tropical en terrenos pantanosos, comienza a clarear. Pero ahora que la sombra no los protege, el sol vertical del Ecuador golpea, cegador y abrasador, sus pesadas armaduras. Despacio y en etapas cortas, los extenuados hombres consiguen subir, paso a paso, por el terreno ondulado en dirección a la sierra que divide la estrecha franja de tierra entre los dos mares como una espina vertebral de piedra. Gradualmente las vistas se despejan, de noche el aire refresca. Tras dieciocho días de heroico esfuerzo, parece que el peor obstáculo ha sido superado: ya se alza ante ellos la cresta de la sierra, desde cuyas cumbres, según los guías indios, se pueden contemplar los dos océanos, el Atlántico y el aún desconocido e innombrado Pacífico. Pero precisamente ahora que la resistencia pertinaz e imprevisible de la naturaleza parece vencida, se les presenta un nuevo enemigo: el cacique de esa región, acompañado por cien de sus guerreros para impedir el avance de los extranjeros. Núñez de Balboa tiene experiencia sobrada en la lucha contra los indios. Basta con descargar una salva de arcabuces y sus relámpagos y truenos vuelven a obrar el ya probado efecto sobre los indígenas. Huyen entre gritos de espanto, perseguidos por los españoles y los perros de presa. Balboa, en lugar de alegrarse por la fácil victoria, la envilece según la costumbre de todos los conquistadores españoles desplegando una crueldad espantosa, permitiendo a la ávida jauría (a falta de corridas de toros y luchas de gladiadores) desmembrar, despedazar y desgarrar en vida a varios prisioneros desarmados y maniatados. Una matanza abyecta mancilla la noche previa al día inmortal de Núñez de Balboa.

Extraordinaria e inexplicable contradicción en el carácter y la naturaleza de aquellos conquistadores españoles. Piadosos y creyentes como solo en aquel entonces eran los cristianos, invocan fervorosamente a Dios al tiempo que, en su nombre, cometen las atrocidades más infames de la Historia. Capaces de las más grandiosas y heroicas muestras de valor, sacrificio y resistencia, se mienten y pelean entre ellos del modo más rastrero; pero a la vez, en medio de esa indignidad, poseen un fuerte sentido del honor y una conciencia milagrosa, realmente admirable, de la grandeza histórica de su tarea. El propio Núñez de Balboa, que la noche anterior ha arrojado a los perros a inocentes prisioneros atados e inermes y que quizás acarició satisfecho los hocicos de las bestias aún empapados en sangre humana, es plenamente consciente de la importancia de su hazaña para la Historia de la Humanidad; y en el momento decisivo lleva a cabo uno de esos gloriosos actos que permanecen imborrables por todos los tiempos. Sabe que ese 25 de septiembre será un día histórico y, con fantástico patetismo español, el rudo aventurero sin escrúpulos demuestra hasta qué punto ha comprendido el sentido de su imperecedera misión.

Magnífico acto el de Balboa: esa noche, poco después del baño de sangre, un indígena le señala una cumbre cercana y le dice que desde ella se puede divisar el océano, el desconocido mar del Sur. Enseguida Balboa da las órdenes necesarias. Deja a los hombres heridos y a los exhaustos en el pueblo saqueado y ordena a quienes aún pueden caminar (sesenta y siete quedan en total de los ciento noventa con quienes emprendió la travesía en Darién) el ascenso a la montaña. Hacia las diez de la mañana se aproximan a la cima. Solo queda ascender una cumbre pelada y la vista podrá perderse en el infinito.

En ese momento, Balboa ordena al grupo que se detenga. Nadie debe seguirlo, pues no desea compartir con nadie el primer avistamiento del océano desconocido. Solitario y único, quiere ser y seguir siendo para siempre el primer español, el primer europeo, el primer cristiano que, tras surcar el gigantesco océano de nuestro mundo, el Atlántico, ahora divise el otro, el aún desconocido Pacífico. Despacio, con el corazón desbocado, profundamente consciente de la trascendencia del momento, asciende con la bandera en la zurda y la espada en la diestra, una silueta solitaria recortada contra la inmensidad. Va subiendo despacio, sin apresurarse, porque la verdadera tarea ya está cumplida. Tan solo unos pasos, pocos, cada vez menos y, en efecto, al alcanzar la cumbre se abre ante él una vista grandiosa. Más allá de las faldas de las montañas y de las colinas verdes y selváticas se extiende hacia el infinito una lámina colosal de reflejos metálicos: el mar, el nuevo mar;

desconocido, hasta ahora solo soñado y nunca visto, legendario, el mar que Colón y todos sus sucesores buscaron en vano durante años y cuyas olas bañan América, la India y China. Vasco Núñez de Balboa mira y mira sin parar, tomando conciencia con orgullo y dicha de que sus ojos son los primeros de un europeo en reflejar el azul infinito de ese océano.

Extasiado, Núñez de Balboa contempla la lejanía durante mucho tiempo. Solo después llama a sus camaradas para compartir su alegría y su orgullo. Inquietos, impacientes, jadeando y gritando corren, suben y trepan por la montaña y se quedan fascinados señalando a lo lejos con la mirada llena de entusiasmo. De pronto, el sacerdote Andrés de Vara entona el *Te Deum laudamus* y súbitamente se acallan el ruido y los gritos; las voces duras y roncas de aquellos soldados, aventureros y bandidos se unen en piadoso coro. Los indios miran asombrados cómo, siguiendo las indicaciones del sacerdote, talan un árbol para erigir una cruz, en cuya madera tallan las iniciales del rey de España. Al alzarse la cruz, es como si sus brazos quisieran abrazar los dos océanos, el Atlántico y el Pacífico, hasta sus más lejanos confines.

En el silencio reverente, Núñez de Balboa da un paso adelante y se dirige a sus soldados. Harían bien en dar gracias a Dios por concederles ese honor y esa gracia, y en pedirle que siga ayudándolos para conquistar esé mar y todas esas tierras. Si lo siguen fielmente como han hecho hasta ahora, regresarán de esas nuevas Indias siendo los más ricos de los españoles. Con solemnidad ondea la bandera hacia los cuatro vientos para tomar posesión, en nombre de España, de cuantos confines atraviesan esos vientos. Después llama al escribano, Andrés de Valderrábano, para que redacte un acta que deje constancia por todos los tiempos del solemne acontecimiento. Andrés de Valderrábano desenrolla un pergamino que ha transportado a través de la selva junto con tinteros y plumas en un cofre sellado, y conmina a todos los nobles y caballeros y soldados (señores e hidalgos y hombres de bien) «que se encontraban presentes en el momento del descubrimiento del mar del Sur por el eminente y respetado capitán Vasco Núñez de Balboa, gobernador de Su Alteza», que confirmaran que «el señor Vasco Núñez fue el primero que vio ese mar y se lo mostró a los demás».

Después, los sesenta y siete descienden de la montaña, y en ese 25 de septiembre de 1513 la Humanidad supo del último océano aún desconocido de la Tierra.

ORO Y PERLAS

Ya tienen la certeza. Han visto el océano. Ahora han de bajar hasta la orilla para sentir sus aguas, tocarlas, palparlas, probarlas y apoderarse de los tesoros de sus playas. El descenso dura dos días; para saber en el futuro qué camino baja más deprisa de las montañas al mar, Núñez de Balboa divide a sus hombres en grupos. El tercero de ellos, guiado por Alonso Martín, es el primero en alcanzar la orilla; incluso los soldados rasos de esa cuadrilla de aventureros se encuentran tan poseídos por la vanidad de la fama, por la sed de inmortalidad, que Alonso Martín, hombre sencillo, ordena al escribano dejar constancia, negro sobre blanco, de haber sido el primero en meter el pie y la mano en esas aguas aún sin nombre. Solo tras asegurar así a su modesta existencia una chispa de inmortalidad, envía mensaje a Balboa de que ha llegado al mar y ha tocado sus aguas con sus propias manos. Al instante, este se prepara para otro acto teatral. Al día siguiente, san Miguel según el santoral, se presenta en la playa acompañado solo de veintidós hombres para, pertrechado de armas y coraza como el propio santo, tomar posesión del nuevo océano en solemne ceremonia. No se mete en el mar de inmediato, sino que, como su dueño y señor, espera orgullosamente descansando bajo un árbol a que suba la marea y con sus olas le lama los pies como un perro obediente. Solo entonces se incorpora, se echa a la espalda el escudo, que brilla al sol como un espejo, empuña en una mano su espada y en la otra el pendón de Castilla con la imagen de la Virgen y se adentra en el agua. Cuando las olas le llegan a la cintura, ya bien dentro de aquel inmenso mar desconocido, Núñez de Balboa, hasta ayer rebelde y bandido y hoy fidelísimo servidor de su rey y triunfador, ondea el estandarte en todas direcciones mientras grita con voz poderosa: «Vivan los muy altos y poderosos reyes Fernando y Juana de Castilla, de León y de Aragón, en cuyo nombre y por la Corona real de Castilla tomo posesión verdadera, corporal y permanente de todos estos mares y tierras y costas y puertos e islas. Y en caso de que algún príncipe u otro capitán, cristiano o pagano, de cualquier credo o rango, pretendiera reclamar algún derecho sobre estas tierras y mares, juro protegerlos en nombre de los reyes de Castilla, a quienes pertenecen, ahora y por todos los tiempos, mientras el mundo exista y hasta el día del Juicio Final».

Los españoles repiten el juramento y por un momento sus palabras tapan el fuerte rugido de las olas. Todos se mojan los labios y de nuevo el escribano Andrés de Valderrábano levanta acta de la toma de posesión y cierra el documento con las siguientes palabras: «Estos veintidós y el escribano Andrés de Valderrábano fueron los primeros cristianos que los pies pusieron en la mar del Sur, y con sus manos todos ellos probaron el agua y la metieron en sus bocas para ver si era salada como la del otro mar. Y cuando vieron que así era, dieron gracias a Dios».

La gran proeza se ha realizado. Ahora se trata de sacar partido terrenal a la heroica misión. Los españoles arrebatan o intercambian algo de oro a los nativos. Pero una nueva sorpresa los aguarda en su triunfo. Porque los indios les traen puñados repletos de ricas perlas, que se encuentran por miles en las islas cercanas; entre ellas una, llamada Peregrina, a la que cantaron Cervantes y Lope de Vega por ser una de las más hermosas y por haber adornado las coronas reales de España e Inglaterra. Los españoles llenan a rebosar todas las bolsas y todos los sacos con esas maravillas, que los indígenas no valoran más que las conchas o la arena, y cuando preguntan codiciosos por lo que consideran más valioso del mundo, por el oro, uno de los caciques señala hacia el sur, donde la línea de las montañas se difumina en el horizonte. Allí, explica, hay un reino con tesoros inconmensurables donde los señores dan banquetes con vajillas de oro y unos grandes animales de cuatro patas (se refiere a las llamas) transportan los cargamentos más preciosos hasta la cámara del tesoro del rey. Menciona el nombre de ese reino que se encuentra más al sur, más allá del mar, tras las montañas. Suena como «Birú», melódico y exótico.

Siguiendo la dirección indicada por el brazo del cacique, Vasco Núñez de Balboa mira fijamente a la lejanía, donde las montañas palidecen y se funden con el cielo. Birú, la palabra suave y seductora, se le ha grabado en el alma de inmediato. El corazón se le acelera. Por segunda vez en su vida ha recibido una gran promesa inesperada. La primera, las noticias de Comagre sobre el océano cercano, se ha materializado. Ha encontrado la playa de las perlas y el mar del Sur. Quizás también logre lo segundo: descubrir y conquistar el Imperio inca, la tierra del oro en este mundo.

LOS DIOSES CASI NUNCA CONCEDEN...

La mirada anhelante de Núñez de Balboa continúa clavada en la lejanía. Como una campanita dorada repica en su alma la palabra «Birú», Perú. Pero (¡triste renuncia!) esta vez no puede lanzarse a más exploraciones. Con dos o tres decenas de hombres exhaustos no es posible conquistar reinos. De modo que han de regresar a Darién para después, con fuerzas renovadas, emprender el camino ahora hallado hacia la nueva Ofir. Pero el regreso no resulta menos fatigoso. De nuevo los españoles deben abrirse paso por la jungla, de nuevo deben resistir los ataques de los indígenas. Ya no constituyen una tropa militar, sino que es un pequeño pelotón de hombres enfermos de fiebres y que se tambalean con sus últimas fuerzas (el propio Balboa se encuentra al borde de la muerte y los indios deben transportarlo en una hamaca) el que llega a Darién el 19 de enero de 1514, tras cuatro meses soportando las más espantosas penalidades. Pero se ha consumado una de las mayores gestas de la Historia. Balboa ha cumplido su promesa, todos aquellos que se adentraron con él en lo desconocido se han hecho ricos; sus soldados regresan con tesoros de la costa del mar del Sur como jamás vieron Colón y los otros conquistadores; y todos los demás colonos también reciben su parte. Un quinto se reserva para la Corona y a nadie le parece mal que el triunfador, en el reparto del botín, considere a su perro Leoncico igual que a cualquier otro guerrero y lo cubra con quinientos pesos de oro como recompensa por despedazar tan valerosamente a los desdichados indígenas. Tras semejante éxito, ya nadie en la colonia discute su autoridad como gobernador. El aventurero y rebelde es festejado como un dios, y con orgullo despacha a España la noticia de que, desde Colón, ha culminado la empresa más importante para la Corona de Castilla. En su fulgurante ascenso, el sol de la fortuna ha disipado las nubes que se cernían sobre su vida. Ahora se encuentra en su cénit.

Pero la suerte de Balboa se desvanece pronto. Pocos meses después, en un espléndido día de junio, la población de Darién se agolpa asombrada en la orilla. Ha aparecido una vela en el horizonte, y ya solo eso es como un milagro en este rincón perdido del mundo. Pero hete aquí que divisan una segunda, una tercera, una cuarta, una quinta, y al poco tiempo son ya diez, o quince, o veinte, una flota completa que avanza rumbo al puerto. Enseguida lo entienden: todo esto lo ha ocasionado la carta de Núñez de Balboa, pero no la noticia de su triunfo (que aún no ha llegado a España), sino aquel mensaje anterior que hablaba por primera vez de las informaciones del cacique sobre el cercano mar del Sur y la tierra del oro, y en el que solicitaba un ejército de mil hombres para conquistar esas tierras. Para esa expedición, la Corona española no ha dudado en disponer una flota tan numerosa. Sin embargo, ni en Sevilla ni en Barcelona desean confiar una misión de tal importancia a un aventurero y rebelde de mala reputación como Núñez de Balboa. Se envía a un gobernador, un hombre de sesenta años rico, noble y respetado, Pedro Arias Dávila, conocido como Pedrarias, para que, en calidad de gobernador del rey, por fin ponga orden en la colonia, imparta justicia por los crímenes cometidos, encuentre ese mar del Sur y conquiste la augurada tierra del oro.

A Pedrarias se le plantea una situación muy desagradable. Por un lado, tiene la misión de pedir cuentas al rebelde Núñez de Balboa por la expulsión del anterior gobernador y, o bien encadenarlo en caso de que se demuestre su culpabilidad, o bien exonerarlo; por otro lado, tiene la encomienda de descubrir el mar del Sur. Pero apenas su barco toca tierra se entera de que precisamente ese Núñez de Balboa a quien ha de llevar ante los tribunales ha culminado por sus propios medios la gloriosa hazaña; que ese rebelde ya ha celebrado el triunfo a él destinado y ha prestado a la Corona española el mayor servicio desde el descubrimiento de América. Evidentemente, no puede mandar al cadalso a semejante hombre como si se tratara de un delincuente común; debe saludarlo con educación y felicitarlo sinceramente.

Pero desde ese momento Núñez de Balboa está perdido. Pedrarias jamás perdonará a su rival haber llevado a cabo él solo la proeza para la que lo han enviado y que le habría asegurado renombre hasta el fin de los tiempos. Para no enojar antes de tiempo a los colonos debe ocultar el odio que siente por el héroe; así, las pesquisas se aplazan e incluso finge una falsa paz prometiendo a su hija, que continúa en España, con Balboa. Sin embargo, su envidia no se aplaca en absoluto, sino que aumenta al llegar un decreto de España, donde por fin se ha conocido la gesta de Balboa, en el que al antiguo rebelde por fin se le concede el cargo que le corresponde, además de nombrarlo adelantado y de ordenar a Pedrarias que consulte con él cualquier asunto importante. Esa tierra es demasiado pequeña para dos gobernadores: uno tendrá que retirarse, uno tendrá que hundirse. Vasco Núñez de Balboa siente que la espada pende sobre él, porque el poder militar y la justicia están en manos de Pedrarias. De modo que intenta por segunda vez la huida que tan gloriosamente acabó en la primera ocasión: la huida hacia la inmortalidad. Solicita a Pedrarias permiso para organizar una expedición con el fin de explorar la costa del mar del Sur y expandir los márgenes de la conquista. Sin embargo, la intención oculta del antiguo rebelde es independizarse de todo control a la otra orilla del mar, construir él solo una flota, convertirse en señor de su propia provincia y, si es posible, conquistar la legendaria Birú, esa Ofir del Nuevo Mundo. Pedrarias concede pérfidamente el permiso. Si Balboa fracasa miserablemente en esa empresa, tanto mejor. Y si logra su objetivo, siempre habrá tiempo de deshacerse de ese hombre demasiado ambicioso.

Así, Núñez de Balboa emprende su nueva huida hacia la inmortalidad; su segunda hazaña resulta tal vez más grandiosa que la primera, aunque la Historia, que solo encumbra a los triunfadores, no le haya concedido la misma relevancia. En esta ocasión, Balboa atraviesa el istmo no solo con su tropa, sino que además, con ayuda de miles de indígenas, hace transportar por las montañas la madera, los tablones, las velas, las anclas y los cabrestantes para cuatro bergantines. Porque, con una flota al otro lado, podrá apoderarse de todas las costas y conquistar las islas de las perlas y Perú, el legendario Perú. Sin embargo, esta vez el destino se opone al intrépido aventurero, que

topa una y otra vez con distintos obstáculos. Durante la marcha por la húmeda selva, los gusanos carcomen la madera y los tablones llegan podridos e inservibles. Sin descorazonarse, Balboa ordena talar árboles en el golfo de Panamá y preparar nuevos tablones. Su energía obra verdaderos milagros: al final parece que todo ha ido bien y ya están listos los bergantines, los primeros del océano Pacífico. Y entonces las lluvias huracanadas originan violentas crecidas de los ríos en que se encuentran los barcos. Recién terminados, se ven arrastrados y acaban destrozados en el mar. Es necesario empezar por tercera vez, y finalmente se consigue construir dos bergantines. Solo dos, tres más necesita Balboa para hacerse a la mar y conquistar las tierras con que sueña día y noche desde que aquel cacique extendió el brazo hacia el sur y él oyó por primera vez la cautivadora palabra «Birú». Solo queda reunir a unos cuantos oficiales valientes, solicitar un buen refuerzo de hombres, y podrá fundar su reino. Con unos meses más y un poco de fortuna que se hubiera sumado a su intrínseca osadía, la Historia mundial no se referiría a Pizarro como dominador de los incas y conquistador de Perú, sino a Núñez de Balboa.

Pero el destino nunca se muestra demasiado benévolo, ni siquiera con sus favoritos. Los dioses casi nunca conceden a los mortales más que la realización de una única hazaña para la posteridad.

LA CAÍDA

Con férrea energía ha preparado Núñez de Balboa su gran empresa. Pero precisamente este resuelto logro atrae al peligro, ya que los desconfiados ojos de Pedrarias vigilan inquietos las intenciones de su subordinado. Quizás algún traidor le ha llevado noticia de los ambiciosos sueños de dominación de Balboa, o quizá simplemente teme, envidioso, un segundo triunfo del antiguo rebelde. En cualquier caso, inesperadamente le envía una carta muy cordial pidiéndole que, antes de partir en su expedición de conquista, acuda a Acla, una ciudad cercana a Darién, para una entrevista. Balboa, que espera de Pedrarias un refuerzo de hombres, acepta la invitación y regresa de inmediato. Ante las puertas de la ciudad, un pequeño pelotón le sale al encuentro, al parecer para saludarlo; alegre, acelera el paso para abrazar al cabecilla, su hermano de armas desde hace tantos años, su compañero en el descubrimiento del mar del Sur, su buen amigo Francisco Pizarro.

Pero Pizarro le apoya pesadamente la mano en el hombro y le anuncia que está preso. También él ansía la inmortalidad, también él anhela conquistar la tierra del oro, y seguramente no le viene mal quitarse de en medio a un pionero tan arrojado. El gobernador Pedrarias abre una causa por supuesta rebelión; el proceso se desarrolla a toda prisa y de manera injusta. A los pocos días, Vasco Núñez de Balboa se encamina al cadalso con sus compañeros más fieles; la espada del verdugo brilla en lo alto y, en un instante, en la cabeza cortada, se apagan para siempre los ojos de quien por primera vez en la Humanidad contempló al mismo tiempo los dos océanos que abrazan nuestra Tierra.

LA RESURRECCIÓN DE GEORG FRIEDRICH HÄNDEL

21 DE AGOSTO DE 1741

✦

El criado de Georg Friedrich Händel pasaba la tarde del 13 de abril de 1737 sentado ante la ventana de la planta baja de la casa de Brook Street, absorto en una curiosa ocupación. Molesto, se había dado cuenta de que no le quedaban reservas de su tabaco barato; en realidad, solo necesitaba recorrer dos calles para comprar más picadura en el tenducho de su amiga Dolly, pero no se atrevía a salir por miedo a su irascible amo y señor. Georg Friedrich Händel había regresado del ensayo reventando de ira, con la cara encarnada por el hervor de la sangre y las venas de las sienes hinchadas; cerró la puerta principal de un golpe, y ahora el sirviente lo oía, daba vueltas por la primera planta con tal furia que el techo retemblaba: en días de cólera como aquel no le convenía descuidar sus tareas.

De modo que el criado se había buscado una ocupación que lo distrajera del tedio y, en lugar de dibujar caracoles de humo azul con su corta pipa de barro, hacía pompas de jabón. Había preparado un cuenquito de agua jabonosa y se entretenía lanzando a la calle tornasoladas burbujas. Los transeúntes se paraban y, divertidos, pinchaban con el bastón una o dos de las coloridas esferas; se reían y saludaban, pero en ningún caso se extrañaban. Porque de esa casa de Brook Street ya esperaban cualquier cosa; allí de pronto atronaba el clavicémbalo en plena noche, o bien se oían el llanto y los sollozos de las cantantes cuando el colérico alemán las abroncaba hecho un basilisco por cantar una octava demasiado arriba o demasiado abajo. Hacía tiempo que los habitantes de Grosvernor Square consideraban el inmueble de Brook Street 25 una verdadera casa de locos.

Concentrado, el criado creaba sin parar las burbujas multicolores. En poco tiempo perfeccionó su habilidad notablemente, las irisadas pompas salían cada vez más grandes y más finas, cada vez ascendían más altas y ligeras; una incluso sobrepasó el tejado de la casa de enfrente. Pero de pronto sufrió un gran sobresalto porque un golpazo sordo hizo temblar toda la vivienda. La cristalería tintineó, las cortinas se movieron; algo muy compacto y pesado se había derrumbado en el piso de arriba. El sirviente se levantó como un resorte y, de un tirón, subió las escaleras hasta el estudio.

La silla en la que el maestro trabajaba estaba vacía, la estancia estaba vacía, y ya se disponía a revisar la alcoba cuando descubrió a Händel en el suelo, inmóvil, con los ojos fijos; y entonces, aún paralizado por el susto, el criado percibió un estertor ronco y pesado. El robusto hombre yacía de espaldas y gemía, o más bien los gemidos se le escapaban en cortos espasmos cada vez más débiles.

Se muere, pensó aterrado, y se arrodilló precipitadamente para ayudar a su amo casi inconsciente. Intentó levantarlo para llevarlo al sofá, pero el inmenso cuerpo era demasiado macizo, demasiado pesado. De modo que hubo de contentarse con quitarle el apretado pañuelo del cuello y al momento cesaron los estertores.

Entonces subió desde la planta baja Christof Schmidt, el fámulo, el ayudante del maestro, que acababa de llegar para copiar algunas arias; también él se había sobresaltado por la caída. Entre los dos levantaron al corpulento hombre (cuyos brazos colgaban como los de un muerto) y lo recostaron con la cabeza en alto.

—Desvístelo —ordenó Schmidt al criado—, voy a buscar al médico. Refréscalo con agua hasta que se despierte.

Christof Schmidt echó a correr sin chaqueta, no se tomó ni el tiempo de ponérsela, por toda Brook Street en dirección a Bond Street, haciendo

señas a cuantos carruajes pasaban con trote solemne sin prestar la menor atención a aquel hombre gordo que jadeaba en mangas de camisa. Por fin uno se detuvo, era el carruaje de lord Chandos. El cochero había reconocido a Schmidt, quien, olvidando toda etiqueta, abrió de golpe la portezuela.

—¡Händel se muere! —gritó al duque, a quien conocía por ser un gran aficionado a la música y el mejor mecenas de su maestro—. ¡Necesito un médico!

El duque lo hizo subir al instante, los caballos probaron el acerado látigo y así sacaron al doctor Jenkins de su consulta de Fleet Street, donde se encontraba ocupado con una muestra de orina urgente. El doctor partió enseguida con Schmidt en su ligero *hansom cab* en dirección a Brook Street.

—Es culpa de los disgustos —se lamentaba el fámulo, desesperado, mientras el carruaje avanzaba—. Entre todos han acabado con él: los malditos cantantes y los *castrati,* los gacetilleros y los criticastros, toda esa panda de sabandijas. Cuatro óperas ha escrito este año para salvar el teatro, pero los otros se ganan el favor de las damas y de la corte. Sobre todo ese italiano que los vuelve locos, ese maldito castrado, ese mono aullador. ¡Ay, qué le han hecho a nuestro buen Händel! Ha invertido todos sus ahorros, diez mil libras, y ahora lo asfixian hasta la muerte agobiándolo con pagarés. Jamás un hombre logró algo tan sublime, jamás se entregó tanto... y tal esfuerzo puede acabar incluso con un gigante. ¡Oh, qué hombre! ¡Qué genio!

El doctor Jenkins, frío y callado, escuchaba. Antes de entrar en la casa dio una última calada a la pipa y sacudió la ceniza de la cazoleta.

—¿Cuántos años tiene?

—Cincuenta y dos —contestó Schmidt.

—Mala edad. Ha trabajado como una bestia. Aunque también es fuerte como una bestia. En fin, veremos qué se puede hacer.

El criado sostuvo una palangana, Christof Schmidt levantó el brazo de Händel y el médico procedió a sajar la vena. El chorro salió disparado, sangre muy roja y caliente, y al momento los apretados labios dejaron escapar un suspiro de alivio. Händel tomó aire profundamente y abrió los ojos. Los tenía cansados, extraviados y sin conciencia. Su brillo se había apagado.

El médico le vendó el brazo. No había mucho más que hacer. Ya se disponía a levantarse cuando percibió que los labios se movían. Se aproximó. En voz muy baja, casi en un suspiro, Händel resolló:

—Se acabó... Estoy acabado..., sin fuerzas... No quiero vivir sin fuerza...

El doctor Jenkins se inclinó aún más. Observó que un ojo, el derecho, estaba inerte, mientras que el otro se movía. Probó a levantarle el brazo derecho. Cayó a plomo, como muerto. Después le levantó el izquierdo, que permaneció en la nueva posición. Aquello le proporcionó información suficiente.

Al abandonar la estancia Schmidt lo siguió hasta la escalera, temeroso y agitado.

—¿Qué tiene?

—Apoplejía. El lado derecho está paralizado.

—¿Y...? —A Schmidt se le atragantaban las palabras—. ¿... Se pondrá bien?

El doctor Jenkins tomó con parsimonia una pizca de rapé. Le disgustaban esas preguntas.

—Tal vez. Todo es posible.

—¿Quedará paralizado?

—Probablemente, salvo que suceda un milagro.

Pero Schmidt, fiel a su maestro con cada fibra de su ser, no desistía.

—¿Y podrá..., podrá al menos volver a trabajar? Es incapaz de vivir sin crear.

El doctor Jenkins estaba ya en la escalera.

—Eso nunca más —repuso en voz baja—. Quizá logremos salvar al hombre, pero al músico lo hemos perdido. El ataque ha afectado al cerebro.

Schmidt se lo quedó mirando fijamente. Sus ojos reflejaban tan inmensa desesperación que el médico se conmovió.

—Como he dicho —repitió—, salvo que ocurra un milagro. Aunque, para ser sincero, yo todavía no he visto ninguno.

Cuatro meses vivió Georg Friedrich Händel sin fuerzas, y la fuerza era su vida. El lado derecho de su cuerpo permanecía muerto. No podía caminar, ni escribir, ni tocar una sola tecla con la mano derecha. No podía hablar, la mitad de su boca caía torcida desde la terrible línea que le dividía el cuerpo, y solo entre ininteligibles balbuceos le salían las palabras de los labios. Cuando sus amigos tocaban para él, una chispa de luz iluminaba sus ojos y el pesado cuerpo indolente se removía como un enfermo en sueños; intentaba seguir el ritmo, pero tenía los miembros congelados, una rigidez total, los tendones y los músculos no le obedecían; aquel hombre que una vez fue un gigante se sentía indefenso, enterrado sin remedio en una tumba invisible. En cuanto la música terminaba, se le cerraban pesadamente los párpados y volvía a yacer como un cadáver. Al final, el doctor aconsejó, por hacer algo (pues resultaba evidente que el maestro no tenía cura), enviar al enfermo a las termas de Aquisgrán, que quizá proporcionaran cierta mejoría.

Sin embargo, bajo la rígida carcasa, de modo parecido a las misteriosas fuentes calientes que manan bajo la tierra, latía una fuerza increíble: la voluntad de Händel, la fuerza elemental de su ser, que no se había visto afectada por el ataque destructor y se negaba a que lo inmortal se perdiera junto con el cuerpo mortal. Aquel hombre gigantesco no se daba por vencido, aún deseaba, aún anhelaba vivir, quería crear, y esa voluntad obró un milagro que desafió todas las leyes de la naturaleza. En Aquisgrán los médicos le desaconsejaron vivamente tomar las aguas calientes más de tres horas, pues su corazón no lo soportaría y podría morir. Pero la voluntad se enfrentó a la muerte por el bien de la vida y del anhelo más salvaje: la recuperación. Nueve horas diarias permanecía Händel en los baños, para espanto de los doctores, y con la voluntad surgió en él también la fuerza. Transcurrida la primera semana, ya era capaz de arrastrarse; a la segunda, de mover el brazo y, fabuloso triunfo de la voluntad y la esperanza, una vez más logró liberarse del paralizador hechizo de la muerte para abrazar la vida, más cálida, más brillante que nunca, con ese deleite indescriptible que solo conocen quienes han sanado.

El último día, ya dueño absoluto de su cuerpo, cuando partía de Aquisgrán, Händel se detuvo ante la iglesia. Nunca había sido especialmente piadoso, pero ahora, mientras ascendía hacia la galería del órgano con el paso liberado que de manera tan misericordiosa le había sido devuelto, se sintió conmovido por lo inconmensurable. A modo de prueba, tocó las teclas con la mano izquierda. Sonaron. Liberaron un sonido claro y limpio que atravesó el expectante espacio. Luego, titubeante, probó con la derecha, durante tanto tiempo cerrada y rígida. Y hete aquí que también brotó un sonido como de fuente argentina. Poco a poco comenzó a jugar, a fantasear, y se vio arrastrado por el gran caudal. De un modo maravilloso se construían y apilaban los invisibles sillares sonoros; gloriosamente se erigían los aéreos edificios sin sombra de su genio, una claridad sin esencia, una luz sonora. Allá abajo lo escuchaban monjas y feligreses anónimos. Jamás habían visto a un mortal tocar de ese modo. Y Händel, con la cabeza inclinada humildemente, tocaba sin parar. Había reencontrado su lenguaje, una lengua que hablaba con Dios, con la eternidad y con los hombres. Podía tocar de nuevo, podía crear de nuevo. Solo entonces se sintió curado.

—He regresado del Hades —declaró Georg Friedrich Händel orgulloso, con el ancho pecho henchido y los poderosos brazos extendidos, al galeno londinense, a quien no le quedó más remedio que reconocer aquel milagro de la medicina. Y con toda su energía, con su violenta furia creadora, el convaleciente se lanzó al trabajo de inmediato y con ansias redobladas. A sus cincuenta y tres años, la antigua belicosidad había despertado de nuevo.

Escribe una primera ópera (la mano curada obedece de maravilla), una segunda, una tercera, los grandes oratorios *Saúl* e *Israel en Egipto* y *L'allegro ed il penseroso;* el ansia creadora emerge inagotable como de un manantial largo tiempo remansado. Pero el momento no le es favorable. La muerte de la reina interrumpe las funciones, después comienza la guerra con España, la multitud se congrega a diario en las plazas públicas gritando y cantando, pero el teatro se queda vacío y las deudas se acumulan. Y entonces llega el crudo invierno. Sobre Londres se desploma un frío tan extremo que el Támesis se hiela y los trineos recorren su espejada superficie entre tintineos y cascabeleos; durante esos duros tiempos cierran todas las salas, pues no hay música celestial capaz de hacer frente a las gélidas temperaturas de las estancias. Después, los cantantes enferman y las funciones deben cancelarse una tras otra; la desfavorable situación de Händel es cada vez más complicada. Los acreedores lo atosigan, los críticos se burlan, el público permanece mudo e indiferente; poco a poco se resquebraja el ánimo del desesperado luchador. Una representación benéfica lo ha salvado de la prisión por deudas, pero ¡qué ignominia ganarse la vida como un mendigo! Händel se aísla cada vez más, su humor se torna más y más sombrío. ¿Acaso no era mejor tener la mitad del cuerpo paralizada y no toda el alma, como ahora? En el año 1740 se siente de nuevo derrotado, golpeado, tan solo la escoria y las cenizas de su antigua gloria. Trabajosamente compone piezas a partir de fragmentos de otras anteriores, y de vez en cuando alcanza pequeños logros. Pero el gran caudal se ha secado, la fuerza elemental ha desaparecido del cuerpo sanado; por primera vez se siente cansado el gigante, por primera vez vencido el gran luchador, por primera vez se ha interrumpido, se ha agotado el sagrado caudal de la capacidad creadora que inunda el mundo desde hace treinta y cinco años. De nuevo es el fin, de nuevo. En su desesperación lo sabe, o cree saberlo: es el final definitivo. «¿Para qué», suspira, «me ha resucitado Dios de mi enfermedad si ahora los hombres vuelven a enterrarme? Preferiría haber muerto que arrastrarme por la indiferencia y el vacío de este mundo como una sombra de lo que fui.» Y, en su furia, repite a veces las palabras del Crucificado: «Dios mío, Dios mío, ¿por qué me has abandonado?».

Como un hombre perdido y desesperado, cansado de sí mismo, descreído de su fuerza y quizá descreído de Dios, durante esos meses Händel deambula por Londres de noche. Solo se atreve a salir de casa muy tarde, pues durante el día los acreedores aguardan a la puerta para apremiarlo con sus pagarés, y por la calle lo asquean las miradas, indiferentes y desdeñosas, de los transeúntes. A veces se plantea huir a Irlanda, donde aún creen en su fama (ah, poco adivinan que la fuerza se ha quebrado en su cuerpo), o a Alemania o a Italia; quizás allí la escarcha interior se deshiele, quizá, incitada por el dulce viento del sur, la melodía surja de nuevo del árido peñascal de su alma. No, no soporta no poder crear, no poder trabajar; Georg Friedrich Händel no soporta estar vencido. A veces se detiene ante una iglesia. Pero sabe que las palabras no le ofrecen consuelo. A veces se mete en una cantina; pero a quien ha conocido el elevado éxtasis, feliz y límpido, de la creación le repugnan los licores baratos. Y a veces, desde el puente, mira fijamente al Támesis, a sus aguas calladas y negras como la noche, y se pregunta si no sería mejor arrojarlo todo de un empujón decidido. No cargar más con el peso de aquel vacío, ni con la horrible soledad de saberse abandonado por Dios y por los hombres.

Aquella noche también anduvo dando vueltas. Había sido un día de fuego aquel 21 de agosto de 1741, el cielo se cernía sobre Londres caliginoso y ardiente como metal fundido; solo muy tarde salió Händel para respirar un poco de aire fresco en Green Park. Allí, cobijado en la impenetrable sombra de los árboles, donde nadie podía verlo ni atormentarlo, se sentó agotado, porque aquel cansancio pesaba sobre él como una enfermedad: cansancio al hablar, escribir, tocar, pensar, cansancio de sentir cansancio y de vivir cansado. Porque... ¿para qué, para quién? Como un borracho recorrió el camino a casa, a lo largo de Pall Mall y de Saint James's Street, movido solo por un pensamiento obsesivo: dormir, dormir, no saber nada, solo reposar, descansar, a ser posible para siempre. En la casa de Brook Street no quedaba nadie despierto. Muy despacio (ay, qué cansado estaba, cómo lo habían perseguido hasta la extenuación) subió la escalera, la madera chirriaba con cada abatido paso. Por fin alcanzó la estancia de trabajo. Con el mechero prendió la vela del escritorio: lo hizo sin pensar, de modo automático, como llevaba años haciendo antes de sentarse a trabajar. Porque en aquel entonces (un suspiro melancólico escapó de sus labios) recogía de cada paseo una melodía, un tema que se llevaba a casa, y se apresuraba a plasmarlo para que la composición no se perdiera en el sueño. Ahora, sin embargo, la mesa aparecía vacía. Ni una partitura. La sagrada noria permanecía inmovilizada; el canal, congelado. No había nada que empezar, nada que terminar. La mesa estaba vacía.

Aunque no, ¡no lo estaba! ¿Acaso no destacaba un objeto en el cuadrado iluminado, algo blanco y de papel? Händel lo cogió. Era un paquete, notó que contenía papeles escritos. Rápidamente rompió el sello. Encima de todo encontró una carta, una carta de Jennens, el poeta que le había escrito los textos de *Saúl* y de *Israel en Egipto*. En ella, explicaba que le remitía una nueva creación y esperaba que el elevado genio de la música, el *phoenix musicae,* en su gran misericordia se apiadara de sus pobres palabras y las transportara en sus alas por el éter de la inmortalidad.

Händel se sobresaltó como si algo repugnante lo hubiera tocado. ¿Es que Jennens pretendía reírse de él, de él, que estaba acabado y exhausto? Rasgó la carta, hizo una bola con ella, la tiró al suelo y la pisoteó.

—¡Será canalla! ¡Bellaco! —bramó.

Aquel inepto había metido el dedo en la llaga más dolorosa y profunda, se la había abierto hasta las vísceras, hasta la más amarga de las amarguras de su alma. Furioso sopló la vela, se dirigió a tientas y desorientado hasta la alcoba y se desplomó en el lecho: de pronto, las lágrimas brotaron de sus ojos y todo su cuerpo empezó a temblar con la rabia generada por la impotencia. ¡Qué mundo este, en el que los desposeídos deben aguantar burlas y los dolientes son martirizados! ¿Por qué requerirlo ahora, cuando se le ha helado el corazón y le han robado las fuerzas? ¿Por qué pedirle una obra cuando tiene el alma paralizada y los sentidos debilitados? ¡Ahora solo desea dormir como un animal, olvidarse, dejar de existir! Abandonado yacía en su lecho aquel hombre perdido y angustiado.

Pero no podía dormir. Lo embargaba una inquietud agitada por la rabia como la tormenta agita el mar, un desasosiego malsano y misterioso. Se revolvía en la cama y se sentía cada vez más despierto. ¿Y si se levantara y leyera el texto? Pero ¿qué efecto podía obrar sobre él, si era un muerto en vida? No, para él ya no había consuelo, Dios lo había dejado caer en el abismo y lo había separado de las sagradas corrientes de la vida. Y, sin embargo, aún latía en su interior una fuerza inquisitiva y misteriosa que lo impulsaba y que la impotencia no era capaz de sofocar. Händel se levantó, regresó a la estancia y prendió de nuevo la vela con la mano temblorosa de emoción. ¿Acaso un milagro no lo había liberado de la parálisis del cuerpo? Quizá Dios también le ofreciera curación y consuelo para el alma. Acercó la luz a las hojas escritas. «The Messiah», ponía en la primera página. ¡Uf, otro oratorio! Los últimos habían sido un fracaso. Pero, inquieto como estaba, volvió la portada y comenzó a leer.

Las primeras palabras lo conmocionaron: «Comfort ye», así comenzaba el texto. «Consuélate», como un hechizo era aquella frase; no, no era una frase, era una respuesta proveniente de la divinidad, una palabra angelical bajada del cielo nublado a su desalentado corazón. «Comfort ye», cómo resonaba, cómo sacudía al alma amedrentada esa frase creadora y engendradora. Y ahora, apenas leída, apenas comprendida, Händel la oía en forma de música, flotando en tonos como una llamada, un susurro, un canto. ¡Oh, felicidad! Las puertas se abrían de nuevo, ¡sentía, oía de nuevo la música!

Le temblaban las manos al pasar página tras página. Sí, se sentía exhortado, concernido, cada palabra lo agarraba con un poder irresistible. «Thus saith the Lord» (Así dice el Señor), ¿no se lo decía a él y solo a él? ¿No era la misma mano que lo había arrojado al suelo la que ahora, dichosamente, lo levantaba de la tierra? «And he shall purify» (Él te purificará), sí, justo eso le había sucedido: de pronto había desaparecido la oscuridad de su corazón para dar paso a la claridad y a la pureza cristalina de la luz sonora. ¿Quién tenía poder para insuflar semejantes palabras liberadoras en la pluma del pobre Jennens, aquel poetastro de Gopsall, si no Él, el único conocedor de su desgracia? «That they may offer unto the Lord» (Y ellos presentarán al Señor ofrendas), sí, con su corazón incendiado prender una llama sacrificial que se eleve hasta el cielo; dar una respuesta, responder a esa gloriosa llamada. Iba dirigido a él y solo a él ese «eleva fuerte la voz». Oh, sí, elevarla, elevarla con la fuerza de los retumbantes trombones, del resonante coro, con el estruendo del órgano, de modo que, como en el primer día, la palabra, el sagrado *logos,* despierte a los hombres; a todos, también a quienes continúan desesperados y sumidos en la oscuridad, porque en verdad «behold, darkness shall cover the earth», la oscuridad aún cubre la Tierra y ellos todavía son ajenos al gozo de la salvación de la que Händel está siendo objeto en ese momento. Apenas leído y ya resonaba en su interior, perfectamente acabado, el agradecimiento: «wonderful, counsellor, the mighty God», sí, así debía ser alabado ese ser maravilloso que ofrecía consejos y actos, Él, que proporcionaba paz al corazón destrozado. «Se les presentó el ángel del Señor», así era, había aparecido en la estancia con sus alas de plata y lo había tocado y redimido. Cómo no mostrarse agradecido, cómo no gritar de alegría y júbilo con mil voces reunidas en una única voz, la suya, cómo no cantar y ensalzar: «¡Glory to God!».

Händel inclinaba la cabeza sobre las páginas como ante una gran tormenta. Todo el cansancio había desaparecido. Jamás había sentido su fuerza de tal modo, nunca se había visto atravesado de ese modo por la voluptuosidad de la creación. Las palabras caían sin cesar sobre él como aguaceros de luz tibia y liberadora, todas dirigidas a su corazón, evocadoras, redentoras. «Rejoice» (Regocíjate). Al surgir gloriosamente ese canto del coro, sin darse cuenta alzó la cabeza y abrió los brazos. «Él es el verdadero Salvador.» Sí, de eso deseaba dejar constancia como ningún mortal había hecho antes; como una tabla luminosa quería alzar su testimonio ante el mundo. Solo quien ha sufrido mucho conoce la alegría, solo el castigado adivina la bondad última del perdón; es su misión dar testimonio ante los hombres de la resurrección, por la muerte experimentada. Cuando Händel leyó las palabras «he was despised» (fue despreciado) le sobrevino un amargo recuerdo que se transformó en sonidos oscuros y angustiosos. Lo habían dado por vencido, lo habían enterrado en vida y perseguido con escarnio, «and they that see him, laugh», se habían reído al verlo. «Y no había nadie que diera consuelo al afligido.» Nadie lo había ayudado, nadie lo había confortado en su impotencia, pero, maravillosa fuerza, «he trusted in God», confió en Dios y hete aquí que este no lo dejó en la tumba, «but thou didst not leave his soul in hell». Ni en la tumba de su desesperación ni en el infierno de su impotencia había abandonado Dios su alma de hombre encadenado y casi desaparecido. Al contrario, lo había reclamado de nuevo para que transmitiera a los hombres su mensaje de gozo. «Lift up your heads» (Levantad la cabeza), ¡cómo resonaba al manar de su interior aquella orden de anunciación! De pronto se estremeció, pues allí, escrito por la mano del pobre Jenner, ponía: «the Lord gave the word».

Se quedó sin aliento. Aquella era una gran verdad formulada por una boca mortal: el Señor le había enviado la palabra; le había llegado desde arriba. «The Lord gave the word»: ¡de Él provenía la palabra, de Él provenían la música y la gracia! Y a Él debía regresar, hasta Él debía verse elevada por la marea del corazón. Alabarlo a Él por medio de himnos era el deleite y la obligación de todo creador. Oh, atrapar la palabra y retenerla y elevarla y hacerla vibrar, estirarla y extenderla para dotarla de la amplitud del mundo, para que abarque todo el júbilo de la existencia, para hacerla tan grande como Dios, que la ha otorgado. Oh, mediante la belleza y un fervor infinito volver a transformar en eternidad la palabra mortal y efímera. Y allí estaba escrita, allí vibraba la palabra infinitas veces repetible y transmutable. Esa palabra era: ¡Aleluya! ¡Aleluya! ¡Aleluya! Sí, unificar en ella todas las voces de este mundo, las claras y las oscuras, las obstinadas de los hombres y las transigentes de las mujeres, llenarlas y elevarlas y transformarlas, unirlas y liberarlas en coros rítmicos, hacerlas subir y bajar por la escalera de Jacob de los tonos, apaciguarlas con la suave caricia de los violines, enardecerlas con el acerado ímpetu de las fanfarrias, hacerlas bramar en el tronar del órgano: ¡Aleluya! ¡Aleluya! ¡Aleluya! ¡Crear a partir de esa palabra, de ese agradecimiento, un grito de júbilo que resonara desde la tierra hasta el Creador del universo!

Las lágrimas velaron los ojos de Händel, con tal fuerza apremiaba el fervor en su fuero interno. Aún quedaban páginas por leer, la tercera parte del oratorio. Pero tras ese «aleluya, aleluya» no lograba continuar. El júbilo de voces estallaba en su interior, dolía como un fuego líquido que deseaba fluir, desbordarse. Oh, cómo lo acuciaba y pugnaba por salir de él, por regresar a los cielos. Con premura, Händel agarró la pluma y escribió las notas, a una velocidad mágica surgía signo tras signo. No podía parar, se veía arrastrado más y más como un barco en cuyas velas se ha enredado la tempestad. A su alrededor la noche callaba, muda se cernía la oscuridad húmeda sobre

la gran ciudad. Pero en su interior la luz manaba a raudales y, de modo inaudible, la habitación reverberaba con la música del universo.

Cuando al día siguiente el criado entró discretamente, Händel continuaba trabajando en el escritorio. No respondió cuando Christof Schmidt, su ayudante, se ofreció con timidez para copiar alguna cosa, se limitó a soltar un gruñido ronco y amenazante. Nadie más se atrevió a acercársele y él no abandonó la estancia durante tres semanas; cuando le llevaban la comida, arrancaba algunos pellizcos de pan con la mano izquierda mientras seguía escribiendo con la derecha. Porque no podía parar, se sentía como preso de una gran borrachera. Cuando se levantaba y daba vueltas por la estancia, cantando en voz alta y marcando el compás, tenía la mirada extraviada; al hablarle se sobresaltaba y sus respuestas eran inciertas y confusas. El criado pasó unos días muy difíciles. Acudían acreedores para cobrar sus pagarés, acudían cantantes para solicitar cantatas festivas, acudían mensajeros para invitar a Händel al palacio real; y a todos los debía despedir el criado, pues si intentaba dirigir aunque fuera una palabra al arrebatado compositor, su furia colérica se abalanzaba sobre él como un león. Georg Friedrich

Händel perdió en esas semanas la noción del tiempo y de las horas, no distinguía el día de la noche, vivía sumergido por completo en esa esfera que mide el tiempo exclusivamente en ritmo y compás, flotaba arrastrado por la corriente que manaba de su interior, más salvaje y más impetuosa cuanto más se acercaba a los sagrados rápidos de la composición: a su final. Prisionero de sí mismo, medía con pasos fuertes y acompasados la cárcel que se había construido en la estancia, cantaba, tocaba el clavicémbalo y luego volvía a sentarse y escribía sin parar hasta que le ardían los dedos; nunca en su vida le había sobrevenido semejante ataque de creatividad, jamás había vivido y sufrido así con la música.

Por fin, transcurridas apenas tres semanas (¡es increíble aún hoy día y lo será por toda la eternidad!), el 14 de septiembre la obra estuvo terminada. La palabra se había convertido en música, las frases secas y estériles ahora florecían y sonaban para no marchitarse jamás. El alma llameante había obrado el milagro de la voluntad como antes el cuerpo paralizado había obrado el milagro de la resurrección. Todo estaba escrito, creado, estructurado, desarrollado en melodía y potencia. Solo faltaba una palabra, la última de toda la obra: amén. Y de ese amén, de aquellas sílabas breves y rápidas, se ocupó ahora Händel, a fin de convertirlas en una escalinata sonora que ascendiera a los cielos. Adjudicó aquellas dos sílabas a unas voces y a otras en coros alternos, las alargaba y las separaba continuamente para después unirlas de nuevo con más ardor y, como el aliento de Dios, penetró su fervor en la palabra final de su grandiosa oración, que se hizo tan extensa como el mundo y plena de su abundancia. Esa única palabra, esa palabra final no lo abandonaba, y él tampoco a ella; en una fuga formidable construyó ese amén sobre la primera vocal, la vibrante «a», el sonido originario del comienzo, hasta crear una cúpula, resonante y perfecta, cuya cúspide alcanzaba el cielo, una cúpula que subía cada vez más alto y luego descendía para volver a ascender y finalmente era arrollada por la tempestad del órgano, arrastrada hacia lo alto por la potencia de las voces unidas, completando todas las esferas; finalmente fue como si ese cántico de agradecimiento lo entonaran también los ángeles y las vigas parecieron saltar, hechas pedazos, sobre la cabeza de Händel al retumbar el eterno ¡amén!, ¡amén!, ¡amén!

Händel se levantó trabajosamente. La pluma le resbaló de la mano. No sabía dónde estaba. Ya no veía, ya no oía nada. Solo sentía cansancio, un cansancio infinito. Se tambaleaba de tal modo que necesitó apoyarse en las paredes. Su fuerza se había evaporado, su cuerpo estaba exhausto, y sus sentidos, confusos. Como un ciego, avanzó tanteando la pared. Se dejó caer en la cama y durmió como un muerto.

El criado abrió sigilosamente la puerta tres veces a lo largo de la mañana. El maestro dormía; inmóvil, como tallado en pálida piedra, se veía su rostro impenetrable. A mediodía el sirviente trató de despertarlo por cuarta vez. Carraspeó con fuerza y llamó a la puerta de forma más que audible. Pero ningún sonido se abría camino y ninguna palabra penetraba en la insondable profundidad de aquel sueño. Christof Schmidt acudió por la tarde para ayudar y encontró a Händel sumido en aquella inmovilidad. Se inclinó sobre el durmiente: yacía como un héroe muerto tras la victoria en el campo de batalla, fulminado por la extenuación tras una hazaña indescriptible. Pero Christof Schmidt y el criado nada sabían de la hazaña ni de la victoria; y solo los embargó el espanto al verlo yacer tanto tiempo y con una inmovilidad tan preocupante, pues temían que otro ataque había vuelto a derribarlo. Y cuando al caer la tarde, a pesar de las muchas sacudidas, Händel no se despertó (llevaba diecisiete horas en aquel estado de rigidez), Christof Schmidt corrió de nuevo a buscar al médico. No lo encontró enseguida, pues el doctor Jenkins, aprovechando el tibio atardecer, se había ido a pescar a la orilla del Támesis y, una vez encontrado, gruñó ante la molesta interrupción. Solo al enterarse de que se trataba de Händel guardó el sedal y los aparejos de pesca, fueron a recoger (en esto se perdió bastante tiempo) su instrumental quirúrgico para realizar la más que probable sangría, y por fin el poni trotó llevándolos a ambos en dirección a Brook Street.

Allí los esperaba el criado, que les hacía señas con los brazos.

—¡Se ha levantado! —les gritó en plena calle—. Y ahora está comiendo como seis estibadores. Se ha zampado medio jamón de Yorkshire en un abrir y cerrar de ojos, le he servido ya cuatro pintas de cerveza y aún quiere más.

En efecto, allí estaba Händel sentado como un rey ante una espléndida mesa. Del mismo modo que en una noche y un día había recuperado el sueño de tres semanas, ahora comía y bebía con el ansia y la potencia de su gigantesco cuerpo como si quisiera recobrar de golpe las fuerzas que durante semanas había invertido en su obra. En cuanto vio al doctor, prorrumpió en carcajadas monstruosas, retumbantes, atronadoras, hiperbólicas. Schmidt recordó que durante aquellas semanas no había visto una sola sonrisa en los labios de Händel, únicamente tensión y cólera; ahora estallaba la alegría retenida, la alegría primordial de su naturaleza, batía como el oleaje contra las rocas, espumeaba y rugía con sonidos guturales. Jamás en su vida se había reído Händel de un modo tan elemental como entonces, mirando al médico y sabiéndose sano como nunca mientras la voluptuosidad de la existencia lo recorría embriagadoramente. Levantó la jarra en gesto de saludo hacia aquel visitante vestido de negro.

—¡Que me aspen! —se asombró el doctor Jenkins—. ¿Qué os ha pasado? ¿Qué elixir habéis tomado? ¡Rebosáis de vida! ¿Qué os ha sucedido?

Händel lo miró entre risas, con ojos centelleantes. Luego recobró la seriedad poco a poco. Se incorporó despacio y se acercó al clavicémbalo. Se sentó y pasó las manos sobre las teclas, sin tocarlas. Después se giró, sonrió enigmáticamente y entonó, medio hablando y medio cantando, la melodía del recitativo *Behold, I tell you a mystery* (Mirad, os revelaré un secreto). Eran palabras de *El Mesías,* que al principio pronunció a modo de broma. Pero apenas los dedos atravesaron el aire tibio, se vio absorbido. Al empezar a tocar, Händel se olvidó de los demás y de sí mismo, gloriosamente lo arrastró su corriente interior. De pronto se encontró de nuevo inmerso en la obra, cantaba y tocaba los últimos coros, que hasta ese momento solo había esbozado en sueños; ahora los oía por primera vez estando despierto: «Oh death where is thy sting» (Sí, muerte, dónde está tu aguijón); los sentía en su fuero interno, atravesado por la impetuosidad de la vida, y alzó aún más la voz, convertido él mismo en coro alborozado y jubiloso; y siguió y siguió tocando hasta llegar al ¡amén!, ¡amén!, ¡amén! Aquellos sonidos casi echaron abajo la estancia, de tan enérgicamente, de tan furiosamente como volcaba su fuerza en la música.

El doctor Jenkins se encontraba como atontado. Y cuando Händel por fin se levantó, dijo con temerosa admiración, solo por decir algo:

—Vaya, jamás he oído cosa igual. Tenéis el diablo en el cuerpo.

El rostro de Händel se ensombreció. También él se sentía asustado por la composición y por la gracia que le había sobrevenido como en sueños. También él sentía cierta vergüenza. Les volvió la espalda y dijo en voz tan baja que apenas pudieron oírlo:

—Más bien creo que Dios me ha visitado.

Varios meses después, dos señores muy bien vestidos llamaban a la puerta de la casa de alquiler de Abbey Street donde el distinguido huésped de Londres, el gran maestro Händel, había fijado su residencia en Dublín. Con gran respeto le presentaron su petición: en aquellos meses Händel había deleitado a la capital de Irlanda con unas composiciones tan sublimes como nunca sonaran en su patria. Los caballeros habían oído decir que ahora planeaba estrenar allí su nuevo oratorio, *El Mesías;* sería un gran honor que quisiera conceder a esa ciudad, antes que a Londres, el estreno de su obra más reciente y, tomando en consideración lo extraordinario de aquel concierto, sin duda cabía esperar una elevada recaudación. Por eso venían a preguntar si el maestro, dada su conocida generosidad, no desearía destinar los ingresos de esa primera interpretación a las instituciones benéficas a las que tenían el honor de representar.

Händel los miró con simpatía. Sentía cariño por aquella ciudad porque lo había tratado con cariño, y se le abrió el corazón. Le parecía muy bien, contestó con una sonrisa, quizá tendrían la bondad de indicarle a qué causas se destinaría la recaudación.

—Al socorro de los presos de las distintas cárceles —respondió el primero, un hombre amable de cabello blanco.

—Y a los enfermos del hospital Mercier —añadió el segundo.

Por supuesto, explicaron, aquella magnánima donación solo provendría de los ingresos de la primera representación, todos los demás pertenecerían al maestro.

Pero Händel se negó:

—No —contestó en voz baja—, no quiero dinero por esta obra. Jamás aceptaré dinero por ella, nunca. Estoy en deuda con otro. Todo se destinará a los enfermos y a los presos. Porque yo estaba enfermo y ella me sanó, yo estaba prisionero y ella me liberó.

Los hombres lo miraron, algo perplejos. No lo entendían del todo. Pero después expresaron su agradecimiento, hicieron una reverencia y se marcharon a difundir la buena nueva por Dublín.

El 7 de abril de 1742, por fin se había fijado el último ensayo. Solo se permitió acceder a unos pocos familiares de los cantantes de los coros de ambas catedrales y, para ahorrar, se había iluminado muy débilmente la sala del Music Hall, situado en Fishamble Street. Aislados y dispersos se sentaban en los bancos vacíos aquí una pareja y allá un grupito para escuchar la nueva obra del maestro de Londres; brumosa, oscura y fría estaba la sala. Algo extraño sucedió en cuanto los coros, como cataratas sonoras, comenzaron a retumbar. Sin darse cuenta, los grupitos aislados se aproximaron en los bancos y poco a poco se congregaron en un único bloque oscuro que escuchaba conmocionado, pues cada uno sentía que, como individuo, la potencia de aquella música nunca oída era excesiva; como si lo fuera a arrastrar y barrer. Se acercaban cada vez más, era como si desearan escuchar con un solo corazón, como si quisieran recibir el mensaje de esperanza siendo una comunidad piadosa; un mensaje de esperanza que, pronunciado y conformado de mil formas distintas, partía de las voces sinuosas y encontraba eco en ellos. Cada uno se sentía débil ante aquella fuerza primigenia y, al mismo tiempo, felizmente atrapado y transportado por ella, y un estremecimiento de voluptuosidad los recorrió a todos como a un único cuerpo. Cuando el aleluya reverberó por primera vez, una persona se puso en pie y todos lo imitaron a la vez; sentían que no podían continuar pegados a la tierra; atraídos por aquella fuerza, se incorporaron para aproximar sus voces una pulgada más a Dios y para rendirle servicial veneración. Y después se marcharon y contaron de puerta en puerta que se había creado una composición musical como ninguna otra sobre la Tierra. La ciudad entera temblaba de emoción y alegría por escuchar aquella obra maestra.

Seis días después, el 13 de abril, al atardecer, una multitud se agolpaba ante las puertas. Las mujeres habían prescindido del miriñaque y los caballeros, de la espada, a fin de que en la sala cupiera más público; setecientas personas, una cifra nunca vista, accedieron entre empujones: tan deprisa se había extendido la fama anticipada de la obra. Sin embargo, al comenzar la música no se oía ni una respiración, y la atenta escucha se fue haciendo cada vez más silenciosa. Entonces estallaron los coros con fuerza huracanada y los corazones se estremecieron. Händel se encontraba junto al órgano. Aunque pretendía vigilar y guiar su obra, esta escapó a su control y de nuevo se encontró perdido en ella: le resultaba extraña, como si jamás la hubiera oído, como si nunca la hubiera creado y conformado; de nuevo se sintió arrastrado por su propia corriente. Y cuando al final se elevó el amén, movió los labios inconscientemente y cantó con el coro, cantó como nunca en su vida. Después, cuando el júbilo de los presentes llenó atronadoramente la sala, se marchó con discreción para evitar dar gracias a quienes lo buscaban para dárselas, con el fin de dedicárselas a la gracia que le había concedido aquella obra.

La compuerta se había abierto. La corriente sonora fluyó durante años y años. Desde ese momento, nada pudo doblegar a Händel, nada volvió a derribar al resucitado. De nuevo, la compañía de ópera que había fundado en Londres cayó en bancarrota, de nuevo los acreedores lo apremiaron con deudas. Pero él se mantenía firme y soportaba todas las adversidades; con paso sereno el sexagenario recorría su camino, festoneado por los hitos de sus distintas obras. Si le causaban dificultades las vencía de modo glorioso. La vejez minaba lentamente sus fuerzas, se le entumecían los brazos, la gota le agarrotaba las piernas, pero él continuaba creando y creando con su alma incansable. Al final le falló la vista: mientras componía *Jefté* se quedó ciego. Pero incluso con los ojos velados, como Beethoven con los oídos cerrados, siguió y siguió creando, incansable, invencible, y tanto más humilde ante Dios cuanto más gloriosos eran sus triunfos sobre la Tierra.

Como los artistas auténticos y cabales, nunca elogiaba sus propias obras. Pero había una que amaba, *El Mesías;* amaba esa obra por puro agradecimiento, porque lo había salvado del abismo y se había redimido en ella. Año tras año la presentaba en Londres y cada vez la recaudación completa, cada vez quinientas libras, la donaba a beneficio del hospital; del sanado a los enfermos, del liberado a quienes continuaban prisioneros. Y con esa obra con la que había regresado del Hades quiso también despedirse. El 6 de abril de 1759, ya muy enfermo, aquel hombre de setenta y cuatro años se hizo conducir una vez más al podio del Covent Garden. Y allí se alzaba el gigante ciego, rodeado de sus fieles, rodeado de los músicos y cantantes; sus ojos vacíos y apagados no podían verlos. Pero cuando en impetuosos embates resonantes las olas sonoras rompieron sobre él, cuando recibió el júbilo de la esperanza que surgía como un huracán de cientos de voces, entonces el cansado rostro se iluminó y resplandeció. Mecía los brazos al compás, cantó tan seria y fervorosamente como si fuera el párroco a la cabeza de su propio féretro, y rezó junto a los demás por su redención y la de todos. Solo una vez, cuando en la llamada de «The Trumpet shall sound» (La trompeta sonará) las trompetas prorrumpieron con estridencia, se sobresaltó y levantó al cielo los ojos velados, como si ya se encontrara ante el Juicio Final. Sabía que había hecho bien su tarea. Podía comparecer ante Dios con la cabeza alta.

Conmovidos, los amigos acompañaron al ciego a casa. También ellos eran conscientes: había sido una despedida. Ya en la cama, Händel movía lentamente los labios. Deseaba morir el Viernes Santo, murmuraba. Los médicos se extrañaron, no podían comprenderlo porque ignoraban que aquel Viernes Santo era 13 de abril, el día en que la pesada mano lo había derribado y el día en que su *Mesías* había sonado por primera vez en este mundo. El mismo día en que todo murió en su interior había resucitado. Y el día en que había resucitado deseaba morir, para tener la certeza de la resurrección a la vida eterna.

Y en efecto, al igual que sobre la vida, también sobre la muerte tuvo poder aquella voluntad única. El 13 de abril las fuerzas abandonaron a Händel. Ya no veía, ya no oía; inmóvil yacía en los almohadones el fornido cuerpo, una concha vacía y pesada. Pero del mismo modo que en la caracola resuena el rugido del mar, así en su fuero interno reverberaba una música inaudible, la más extraña y gloriosa que jamás había escuchado. Poco a poco, su fuerte ímpetu fue desprendiendo el alma del cuerpo extenuado para fundirla en la ingravidez; la corriente en la corriente, la música eterna en la esfera eterna. Y al día siguiente, cuando aún no habían despertado las campanas de Pascua, se apagó cuanto de mortal había en Georg Friedrich Händel.

EL GENIO DE UNA NOCHE

LA MARSELLESA, 25 DE ABRIL DE 1792

✦

1792. Dos y tres meses lleva dudando ya la Asamblea Nacional Francesa para decidir entre dos opciones: o bien la guerra contra la coalición del emperador y los reyes, o bien la paz. El propio Luis XVI está indeciso, adivina el peligro de una victoria de los revolucionarios y al mismo tiempo adivina el peligro de su derrota. Inseguros se muestran también los partidos. Los girondinos empujan a la guerra para conservar el poder; Robespierre y los jacobinos luchan por la paz para, entretanto, hacerse con ese mismo poder. La situación se tensa día tras día, los periódicos azuzan las polémicas, en los clubs se discute, los rumores son cada vez más disparatados y la opinión pública está cada vez más encendida. Como en todas las decisiones largo tiempo demoradas, supone una especie de liberación el hecho de que el 20 de abril el rey de Francia declare por fin la guerra al emperador de Austria y al rey de Prusia.

Abrumadora y perturbadora se ha cernido sobre París durante semanas y semanas la eléctrica tensión; pero aún más agobiante, aún más amenazadora resulta la opresión en las ciudades fronterizas. En todos los campamentos se han reunido ya las tropas, en cada pueblo, en cada ciudad, los voluntarios y milicianos se equipan y las fortalezas se rearman. En Alsacia se es consciente de que la primera decisión, como siempre sucede entre Francia y Alemania, se tomará en su suelo. A orillas del Rin se encuentra el enemigo, el adversario. Aquí no se trata de un difuso concepto dramático y retórico como en París, sino que es una presencia visible y palpable; porque desde la cabecera de puente fortificada, desde la torre de la catedral, se observa a simple vista cómo se aproximan los regimientos de los prusianos. De noche, el viento arrastra el fragor de los carros de artillería enemigos, el entrechocar de las armas y los toques de corneta por encima de la corriente de agua que brilla impasible bajo la luz de la luna. Todos lo saben: basta una sola palabra, un solo decreto, y las calladas bocas de los cañones prusianos lanzarán relámpagos y truenos. Y la lucha milenaria entre Alemania y Francia habrá estallado de nuevo... Esta vez, en nombre de la nueva libertad, por un lado, y del viejo orden, por el otro.

Día inolvidable, por tanto, el 25 de abril de 1792, cuando las estafetas llevan de París a Estrasburgo la noticia de que se ha proclamado la declaración de guerra. Al momento, desde todas las callejuelas y desde todas las casas se echa el pueblo a las plazas públicas; preparada para la guerra marcha al completo la guarnición en su último desfile, regimiento tras regimiento.

En la gran plaza la aguarda el alcalde Dietrich, envuelto en la banda tricolor y con la escarapela en el sombrero, que ahora agita para saludar a los soldados. Las trompetas y los tambores ordenan guardar silencio. Con voz fuerte lee Dietrich, en esa y en todas las plazas de la ciudad, en francés y en alemán, el texto de la declaración de guerra. Tras sus últimas palabras los músicos del regimiento tocan el primer himno bélico, provisional, de la revolución: el *Ça ira,* que es en realidad una pieza de baile chispeante, traviesa y burlona a la que las pisadas metálicas y atronadoras de los regimientos desfilando otorgan un compás militar. Después, la multitud se dispersa y se lleva el inflamado entusiasmo a todas las callejas y casas. En los cafés, en los clubs se pronuncian discursos incendiarios y se difunden proclamas. «Aux armes, citoyens! L' étendard de la guerre est déployé. Le signal est donné», así y con llamamientos similares comienzan todos ellos. Y por todas partes, en todos los discursos, en todos los periódicos, en todos los carteles y en todos los labios se repiten proclamas tan contundentes y sonoras como: «Aux armes, citoyens! Qu'ils tremblent donc, les despotes couronnés! Marchons, enfants de la liberté», y las masas vitorean sin pausa esas impetuosas palabras.

Cuando se produce una declaración de guerra, las masas demuestran su júbilo en calles y plazas; sin embargo, en esos momentos de regocijo callejero también se alzan otras voces, más débiles y arrinconadas: también el miedo, también la preocupación se despiertan con una declaración de guerra, lo que sucede es que se susurran en casa a escondidas o se acallan en los pálidos labios. En todos los tiempos y en todos los lugares hay madres que se preguntan si los soldados extranjeros asesinarán a sus hijos; en todos los países hay campesinos preocupados por sus bienes, sus campos, sus cabañas, su ganado y su cosecha. ¿Las brutales hordas pisotearán la siembra, saquearán la casa, abonarán sus campos con sangre? Pero el alcalde de Estrasburgo, el barón Friedrich Dietrich (en realidad es un aristócrata, pero, como la mejor aristocracia de la Francia de aquella época, está entregado en cuerpo y alma a la causa de la nueva libertad), desea que tan solo se oigan las voces fuertes y sonoras de la esperanza; con plena consciencia transforma el día de la declaración de guerra en una fiesta pública. Con la banda sobre el pecho corre de una asamblea a otra para enardecer a la población. Ordena repartir vino y comida a los soldados que marchan y por la noche invita a su espacioso palacete de la Place de Broglie a todos los generales, oficiales y altos cargos administrativos para una fiesta de despedida, a la que el entusiasmo otorga el carácter de una anticipada celebración de la victoria. Los generales, siempre seguros de vencer, presiden; los jóvenes oficiales, que hallan en la guerra el sentido de su vida, se expresan con libertad. Se alientan unos a otros. Blanden los sables, se abrazan, beben a la salud de los demás, al calor del buen vino los discursos son cada vez más apasionados. Y en todas las arengas aparecen las mismas palabras estimulantes de los periódicos y las proclamas: «¡A las armas, ciudadanos! ¡Marchemos! ¡Salvemos la patria! Pronto temblarán los déspotas coronados. Ahora que la bandera de la victoria se ha desplegado, ha llegado el día de llevar la tricolor por todo el mundo. ¡Todos deben dar lo mejor por el rey, por la bandera, por la libertad!». En momentos así, todo el pueblo, todo el país anhela convertirse en una unidad sagrada, ligada por la fe en la victoria y por el entusiasmo que genera la causa de la libertad.

De pronto, en mitad de los discursos y los brindis, el alcalde Dietrich se dirige a un joven capitán de la fortificación llamado Rouget, que se sienta a su lado. Ha recordado que ese agradable oficial, no especialmente gallardo pero simpático, medio año atrás, con motivo de la proclamación de la Constitución, había escrito un himno realmente bueno dedicado a la libertad, al que Pleyel, el músico del regimiento, enseguida puso música. La sencilla composición resultó fácil de cantar, la banda militar se la aprendió sin dificultades y la habían interpretado en la plaza pública y cantado con el coro. ¿Acaso la declaración de guerra y la partida de las tropas no ofrecían la ocasión ideal para organizar una celebración parecida? De modo que el alcalde Dietrich pregunta confiadamente al capitán Rouget (quien de manera totalmente injustificada se ha ennoblecido a sí mismo y se hace llamar Rouget de Lisle), como quien le pide un favor a un buen amigo, si no querría aprovechar aquella ocasión patriótica y escribir un canto para las tropas, un himno de guerra para el ejército del Rin que al día siguiente ha de partir para enfrentarse al enemigo.

Rouget, un hombre modesto e insignificante que nunca ha creído ser un gran artista (sus versos no han visto la imprenta, sus óperas han sido rechazadas), sabe que los poemas de circunstancias fluyen fácilmente de su pluma. Deseoso de mostrarse servicial con el alto cargo y buen amigo acepta la petición. Sí, lo intentará. «Bravo, Rouget», bebe a su salud un general que tiene enfrente y que lo insta a enviarle enseguida la canción al campo de batalla; al ejército del Rin le iría muy bien una marcha patriótica que lo ayude a aligerar el paso. Entretanto, alguien empieza otro discurso. De nuevo se proponen brindis, se arma jaleo, se bebe. Una fuerte oleada de entusiasmo se extiende más allá de ese breve diálogo incidental. La comilona se vuelve más exaltada, más ruidosa y más frenética, y ya es muy pasada la medianoche cuando los invitados abandonan la casa del alcalde.

Es mucho más allá de medianoche. El 25 de abril, el día de la declaración de guerra tan crucial para Estrasburgo, ha terminado; en realidad, el 26 ha comenzado ya. La oscuridad nocturna envuelve las casas; pero es una oscuridad engañosa, pues la ciudad continúa presa de una excitación febril. En los cuarteles, los soldados se aprestan para la partida y algunos prudentes, con las contraventanas cerradas, tal vez se preparen en secreto para la huida. Por las calles marchan pelotones aislados, entre los que resuenan los cascos de mensajeros a caballo; después se distingue el ruido metálico de un convoy de artillería, y constantemente se repite la monótona señal de los centinelas, de un puesto de vigilancia a otro. El enemigo está demasiado cerca; demasiado insegura y nerviosa se encuentra el alma de la ciudad como para conciliar el sueño en un momento tan decisivo.

También Rouget, que ha subido la escalera de caracol hasta su pobre cuartito de la Grande Rue 126, se siente extrañamente emocionado. No ha olvidado su promesa de componer lo antes posible una marcha, un himno de guerra para el ejército del Rin. Inquieto, da vueltas arriba y abajo por la angosta habitación. ¿Cómo empezar? ¿Cómo empezar? Las palabras de aliento de las proclamas, los discursos y los brindis se le amontonan caóticamente en la cabeza. «Aux armes, citoyens! Marchons, enfants de la liberté! Écrasons la tyrannie! L'étendard de la guerre est déployé!» Pero también recuerda otras palabras que ha oído de paso, las voces de las mujeres que temen por sus hijos, la preocupación de los campesinos de que los ejércitos extranjeros arrasen los campos franceses y los abonen con sangre. De modo casi inconsciente escribe las dos primeras líneas, que son tan solo eco, resonancia, repetición de aquellas frases:

Allons, enfants de la patrie,
le jour de gloire est arrivé!

Se detiene, sorprendido. Suena bien. El comienzo es bueno. Ahora debe encontrar el ritmo adecuado, la melodía para esa letra. Saca el violín del armario y prueba. Y, oh, maravilla: ya desde los primeros compases el ritmo se adapta perfectamente a las palabras. Sigue escribiendo a toda prisa, ahora transportado, arrastrado por una fuerza que ha surgido en él. Y de pronto todo fluye de una vez: todos los sentimientos desatados en ese momento, todas las palabras que ha oído por la calle y en el banquete, el odio a los tiranos, el temor por el suelo patrio, la confianza en la victoria, el amor a la libertad. Rouget no necesita crear nada, inventar nada, tan solo ha de hacer rimar, de acompasar en el ritmo cautivador de su melodía las palabras que durante ese día tan excepcional han pasado de boca en boca. Ha recogido todo, ha expresado todo, ha cantado todo lo que la nación siente en lo más íntimo de su ser. Y tampoco necesita componer, pues por las contraventanas cerradas se filtra el ritmo de la calle, del momento; ese ritmo de resistencia y desafío que late en el paso de los soldados, en el resonar de las trompetas, en el sonido metálico de los cañones. Quizás él no lo capta, al menos no con su terrenal oído despierto; pero el genio del momento que, solo por esa noche, ha tomado posesión de su cuerpo mortal, sí que lo percibe. Y la melodía obedece cada vez más dócilmente a ese compás martilleante y jubiloso, que es el latido de todo un pueblo. Como al dictado, Rouget escribe deprisa, cada vez más deprisa, las palabras y las notas. Ha caído sobre él una tormenta como jamás cruzara su pequeña alma burguesa. Una exaltación, un entusiasmo que no son suyos sino una potencia mágica, condensada en un instante explosivo, eleva al pobre diletante cien mil veces por encima de su propia capacidad y lo lanza como un cohete (convertido por un segundo en luz y llamas centelleantes) hasta las estrellas. Por una noche se le concede al capitán hermanarse con los inmortales: de lo que ha tomado prestado, de las frases rescatadas de calles y periódicos, emerge una expresión creadora que crece hasta configurar una estrofa cuya formulación poética es tan imperecedera como eterna es su melodía:

> Amour sacre de la patrie,
> conduis, soutiens nos bras vengeurs!
> Liberté, liberté chérie,
> combats avec tes défenseurs!

Después llega una quinta estrofa, la última. Fruto de la exaltación, forjada de una pieza y uniendo magistralmente letra y melodía, la canción inmortal está terminada antes del amanecer. Rouget apaga la luz y se deja caer en la cama. Algo, no sabe qué, lo ha elevado hasta una claridad de los sentidos jamás experimentada; y ahora algo lo hace caer en un sordo agotamiento. Se sume en un sueño abismal, como en una muerte. Y es que, en efecto, el creador, el poeta, el genio han muerto en él. Pero en la mesa descansa la obra completada, independiente de ese hombre dormido al que

el milagro ha sobrevenido en forma de éxtasis sagrado. Apenas queda constancia en la historia de los pueblos de que se hayan creado la música y letra de una canción simultáneamente, tan deprisa y de un modo tan perfecto.

Las campanas de la catedral anuncian como siempre el nuevo día. De vez en cuando el viento trae ecos de disparos de la otra orilla del Rin, han comenzado las primeras escaramuzas. Rouget se despierta. Con muchas dificultades logra salir del abismo del sueño. Siente de manera imprecisa que algo ha sucedido, le ha pasado algo que solo recuerda vagamente. Entonces se fija en la hoja recién terminada que está en la mesa. «¿Versos? ¿Cuándo los he escrito? ¿Música, de mi propia mano? ¿Cuándo la he compuesto? ¡Ah, sí! Es la canción que me pidió ayer mi amigo Dietrich, la marcha para el ejército del Rin.» Rouget lee sus versos tarareando la melodía, pero, como todos los creadores ante una obra recién terminada, se siente muy inseguro. En el cuarto contiguo se aloja un camarada de regimiento; a él le enseña la canción y se la canta. Al amigo le agrada y solo sugiere pequeños cambios. Esa primera aprobación infunde a Rouget cierta confianza. Con la impaciencia propia de los autores, y orgulloso de su promesa tan prestamente cumplida, se presenta al momento en casa del alcalde Dietrich, que está dando su paseo matutino por el jardín mientras medita un nuevo discurso. ¿Cómo dice, Rouget? ¿Que ya está lista? Bueno, pues habrá que escucharla ahora mismo. Ambos pasan del jardín al salón, Dietrich se sienta al piano y toca el acompañamiento mientras Rouget canta la letra. Atraída por la inesperada música matinal, la esposa del alcalde acude a la estancia; se compromete a preparar copias de la nueva canción y, puesto que ha estudiado música, también a realizar los arreglos que necesita el acompañamiento para que se pueda interpretar en la velada de esa misma noche ante los amigos de la casa, junto con otras piezas. El alcalde Dietrich, orgulloso de su buena voz de tenor, afirma que ensayará a fondo la canción y, así, el 26 de abril, al declinar el mismo día en cuya madrugada se escribió y compuso la marcha, se interpreta por primera vez en el salón del alcalde ante un círculo de oyentes elegido por el azar.

Al parecer los presentes aplaudieron con amabilidad y sin duda no faltaron todo tipo de educados elogios para el autor, que se hallaba en el salón.

Sin embargo, los invitados al palacete Hôtel de Broglie, situado en la gran plaza de Estrasburgo, no tenían la menor idea de que, con sus alas invisibles, una melodía eterna se había aparecido ante sus presencias terrenales. Los contemporáneos rara vez reconocen en el primer momento la grandeza de un hombre o la trascendencia de una obra. Y de lo poco consciente que fue la señora alcaldesa de ese momento sublime deja constancia una carta dirigida a su hermano en la que reduce el milagro a un mero acontecimiento social: «Ya sabes que recibimos mucho en casa y siempre hay que inventar algo para dar variedad a la conversación. Por eso mi marido tuvo la idea de mandar componer una canción. El capitán del cuerpo de ingenieros Rouget de Lisle, un amable poeta y compositor, ha creado muy deprisa la música de un himno de guerra. Mi marido, que tiene buena voz de tenor, enseguida cantó la pieza, que es muy atractiva y tiene cierto encanto. Es del estilo de Gluck pero mejor, más viva y más animada. Por mi parte, he utilizado mis dotes para la orquestación y he arreglado la partitura para piano y otros instrumentos, con mucho trabajo. La pieza se interpretó en nuestra casa, para gran satisfacción de todos los presentes».

«Para gran satisfacción de todos los presentes» nos resulta hoy de una indiferencia sorprendente. Pero esa opinión meramente cortés, esa aprobación simplemente tibia es lógica porque, en su primera ejecución, *La Marsellesa* no ha podido desplegarse en toda su potencia. *La Marsellesa* no es una composición para una agradable voz de tenor y no está destinada a interpretarse en un salón pequeñoburgués entre romanzas y arias italianas a una sola voz. Una canción que se eleva con el compás martilleante y elástico del «Aux armes, citoyens» es para una masa, para una multitud, y su verdadera orquestación son el entrechocar de las armas, las estridentes trompetas y el avance de los regimientos. No se concibió para unos espectadores que la escuchen agradablemente sentados y la disfruten con deleite, sino para los compañeros de armas y los soldados. No ha de cantarla una única soprano o un tenor, sino una multitud de mil gargantas, pues se trata de una marcha ejemplar, el canto de victoria, de muerte, de la patria, el himno nacional de todo un pueblo. Solo la exaltación, de la que nació en un primer momento, dotará a la canción de Rouget de su fuerza arrebatadora. Todavía no se ha inflamado, todavía la letra y la melodía no han alcanzado el alma de la nación con su mágica resonancia, todavía el ejército ignora su himno, su canto de victoria; todavía la Revolución no ha conocido su cántico eterno.

El propio Rouget de Lisle, en quien inesperadamente se obró el milagro, imagina tan poco como los demás la magnitud de su obra, creada en una sola noche casi en sueños y guiado por un geniecillo traicionero. Por supuesto, el manso y amable diletante se alegra de corazón de que los invitados aplaudan con fuerza y de que lo elogien como autor. Con la nimia vanidad del hombre insignificante se propone aprovechar su pequeño éxito en su minúsculo círculo provinciano. Canta en los cafés a sus camaradas la nueva melodía, encarga copias y las envía a los generales del ejército del Rin. Mientras tanto, por orden del alcalde y recomendación de las autoridades militares, el cuerpo de música de Estrasburgo ha ensayado el *Canto de guerra para el ejército del Rin* y cuatro días después, con motivo de la partida de las tropas, esta banda de la Guardia Nacional de Estrasburgo interpreta la nueva marcha en la gran plaza. Movido por el patriotismo, el editor de esta ciudad se compromete a imprimir el *Chant de guerre pour l'armée du Rhin,* muy respetuosamente dedicado al general Luckner por su subordinado creador. Pero ni uno solo de los generales de dicho ejército piensa realmente en tocar o cantar la nueva melodía durante sus avances; y así parece que, como todos los intentos anteriores de Rouget, el éxito de salón del «Allons, enfants de la patrie» se reducirá a un triunfo pasajero, a un asunto provinciano que, como tal, será olvidado.

Pero la fuerza originaria de una composición no se deja ocultar o aprisionar por mucho tiempo. Una obra de arte puede olvidarse con el paso del tiempo, puede ser prohibida o enterrada, pero lo esencial siempre logra vencer sobre lo efímero. Durante un par de meses no se oye hablar del canto de guerra del ejército del Rin. Los ejemplares impresos y manuscritos quedan por ahí tirados o pasan de mano en mano, a cual más indiferente. No obstante, basta que la obra de arte entusiasme de veras a una única persona, porque el auténtico entusiasmo es en sí mismo productivo. En otro lugar de Francia, en Marsella, la Sociedad de los Amigos de la Constitución ofrece el 22 de junio un banquete para los voluntarios que partirán a luchar.

A las largas mesas se sientan quinientos hombres jóvenes e impetuosos que lucen sus uniformes nuevos de la Guardia Nacional; en el ambiente se respira el mismo espíritu que el 25 de abril en Estrasburgo, pero más ardiente, fogoso y apasionado debido al temperamento sureño de los marselleses, y ya no tan seguro de la victoria como en aquellas primeras horas tras la declaración de guerra. Porque, al contrario de lo que se figuraban aquellos generales, las tropas revolucionarias francesas no lograron cruzar rápidamente el Rin para ser recibidas en todas partes con los brazos abiertos. Por el contrario, el enemigo ha penetrado en profundidad en tierras francesas, la libertad está amenazada, la causa de la libertad corre peligro.

De pronto, en mitad del banquete, un joven (se llama Mireur y es estudiante de Medicina en la Universidad de Montpellier) hace tintinear la copa y se levanta. Todos guardan silencio y lo miran, esperando un discurso o una arenga. Pero, en lugar de eso, el joven alza la mano derecha y entona una canción, una nueva melodía que a nadie le suena y que nadie sabe cómo ha llegado a sus manos, «Allons, enfants de la patrie». Y en ese momento la chispa prende como si hubiera caído en un barril de pólvora. Sentimiento con sentimiento, los polos eternos se han tocado. Todos esos jóvenes que partirán en breve, que anhelan luchar por la libertad y están dispuestos a morir por la patria, sienten que su voluntad más profunda, sus pensamientos más íntimos, se reflejan en esas palabras. De un modo irresistible el ritmo los eleva en un éxtasis de entusiasmo unánime. Cada estrofa es ovacionada. Una segunda vez, y otra más, debe repetirse la canción; enseguida aprenden la melodía, ya entonan juntos el estribillo, de pie, emocionados y alzando las copas. «Aux armes, citoyens! Formez vos bataillons!» Curiosos, los viandantes entran de la calle para descubrir qué se canta con tanto fervor y rápidamente se unen al cántico; al día siguiente la melodía está en miles y decenas de miles de bocas. Se difunde una nueva impresión y, al partir los voluntarios el 2 de julio, la canción marcha con ellos. Cuando los invade el cansancio en los caminos, cuando el paso pierde fuerza, basta que uno entone el himno y su compás arrebatador les insufla un nuevo ímpetu. Cuando atraviesan un pueblo y los campesinos asombrados y los habitantes curiosos salen a verlos pasar, lo cantan a coro. Se ha convertido en su cántico; sin saber que estaba destinado al ejército del Rin y sin importarles quién lo compuso o cuándo, se han apropiado del himno para su batallón, como una declaración de vida y de muerte. Les pertenece del mismo modo que les pertenece la bandera, y en su avance apasionado desean llevarlo por todo el mundo.

La primera gran victoria de *La Marsellesa* (pues pronto el himno de Rouget será así conocido) se produce en París. El 30 de julio el batallón atraviesa los *faubourgs,* los arrabales, con la bandera y la marcha al frente. Miles y miles de personas aguardan en las calles para recibirlos con júbilo y cuando los marselleses se aproximan, quinientos hombres cantando sin cesar a una sola voz y al compás de sus pasos, escuchan con toda atención. ¿Qué himno vibrante y arrebatador es ese que cantan? ¡Qué sonido de trompetas! ¡Ese «Aux armes, citoyens» se apodera de todos los corazones, acompañado del retumbar de los tambores! Transcurridas tan solo dos o tres horas el estribillo ya se canta en todas las callejuelas. Olvidado queda el *Ça ira,* olvidadas las viejas marchas, los desgastados cuplés: la Revolución ha reconocido su voz, la Revolución ha encontrado su himno.

Su expansión es como un alud y su éxito, imparable. Se canta en los banquetes, en los teatros y en los clubs; después incluso en las iglesias tras el *Te Deum* y pronto en lugar del *Te Deum.* En uno o dos meses, *La Marsellesa* se ha convertido en la canción del pueblo y del ejército en pleno. Servan, el primer ministro de la Guerra de la República, se percata con inteligencia de la fuerza vigorizante y exaltadora de un canto nacional tan excepcional. Rápidamente ordena que se envíen cien mil ejemplares a todas las unidades del ejército, y en dos o tres noches la canción de un desconocido alcanza mayor difusión que todas las obras de Molière, Racine y Voltaire. Ninguna fiesta se cierra sin *La Marsellesa,* no hay batalla en que la banda militar no entone el canto de guerra de la libertad. En Jemappes y Neerwinden los regimientos se preparan para el ataque definitivo cantando a coro y los generales enemigos, que para estimular a sus soldados solo cuentan con la vieja receta de una ración doble de aguardiente, comprenden asustados que no tienen nada con lo que enfrentarse a la fuerza explosiva de ese «horrible» himno cuando, cantado al unísono por miles y miles de hombres, arremete como una resonante ola contra sus filas. Como Niké, la alada diosa de la victoria, *La Marsellesa* sobrevuela todas las batallas de Francia, arrastrando a innumerables soldados al entusiasmo y a la muerte.

Mientras tanto, en una pequeña guarnición de Huningue, un capitán de fortificaciones totalmente desconocido, Rouget, se dedica aplicadamente a planificar murallas y baluartes. Quizá ya ha olvidado el *Canto de guerra para el ejército del Rin* que compuso en aquella evanescente noche del 26 de abril de 1792; y ni se atreve a imaginar, al leer en las gacetas las referencias a ese otro himno, a ese cántico de guerra que toma París por asalto, que esa victoriosa «canción de los marselleses» no es otra cosa, palabra por palabra y compás por compás, que el milagro que, aquella noche, sucedió en él y mediante él. Porque, cruel ironía del destino, mientras esta melodía retumba por el vasto cielo y asciende hacia las estrellas, hay un único hombre al que no eleva, y es precisamente el hombre que la compuso. Nadie en toda Francia piensa en el capitán Rouget de Lisle; la gloria más grande que jamás ha conseguido una canción se reserva para ella misma, y ni una gota recae en su creador. Su nombre no se imprime en los textos y su persona habría pasado totalmente inadvertida a los grandes señores del momento si no fuera porque él mismo se encarga de hacerse notar de modo bien enojoso. Y es que (genial paradoja, como solo la Historia sabe crearlas) el compositor del himno de la Revolución no es un revolucionario; al contrario: quien la ha impulsado como nadie con su cántico inmortal ahora desea con todas sus fuerzas refrenarla. Cuando la plebe marsellesa y parisina (con su canción en los labios) asalta las Tullerías y el rey es depuesto, Rouget de Lisle se harta de la Revolución. Se niega a pronunciar el juramento a la República y prefiere renunciar a su puesto antes que servir a los jacobinos. Las palabras «liberté chérie», la amada libertad de su himno, no son palabras vacías para este hombre íntegro: no aborrece menos a los nuevos tiranos y déspotas de la Convención Nacional de lo que odiaba a los coronados y ungidos más allá de las fronteras. Declara abiertamente su descontento con el Comité de Salvación Pública cuando su amigo el alcalde Dietrich, padrino de *La Marsellesa,* el general Luckner, a quien iba dedicada, y todos los oficiales y nobles que fueron sus primeros oyentes aquella velada son arrastrados a la guillotina; y pronto se produce la grotesca circunstancia de que el poeta de la Revolución es encarcelado por contrarrevolucionario y de que, precisamente a él, se le abre un proceso acusado de traición a la patria. Solo el 9 del mes de termidor, que abrió las prisiones al producirse la caída de Robespierre, evitó a la Revolución francesa la vergüenza de haber pasado por la «cuchilla de afeitar nacional» al compositor de su cántico inmortal.

Con todo, eso habría supuesto una muerte heroica y no un desvanecimiento en la oscuridad tan patético como aquel al que Rouget está condenado. Porque el desventurado capitán sobrevive durante más de cuarenta años, durante miles y miles de días, a la única noche realmente creativa de su existencia. Le han arrebatado el uniforme, le han retirado la pensión; los poemas, las óperas, los textos que escribe no se imprimen ni se representan. El destino no le perdona al diletante haberse colado en las filas de los genios inmortales. Este hombre pequeño va sacando adelante su pequeña vida con todo tipo de negocios, no siempre limpios. En vano intentan ayudarlo Carnot y después Bonaparte, movidos por la compasión. Pero el carácter de Rouget se ha envenenado y torcido sin remedio, debido a la crueldad de una providencia que le permitió ser dios y genio durante tres horas y después lo devolvió cruelmente a su insignificancia. Se enzarza con todos los poderes y presenta quejas sin fin; escribe a Bonaparte, que deseaba ayudarlo, cartas impertinentes y patéticas mientras alardea en público de haber votado contra él en el plebiscito. Sus negocios lo enredan en asuntos turbios, y por el impago de una letra de cambio da con sus huesos en la cárcel de morosos de Sainte-Pélagie. Mal recibido en todas partes, acosado por los acreedores, siempre vigilado por la policía, al final decide ocultarse en el campo; como si ya se hallara en su tumba, solitario y olvidado, observa desde allí el destino de su canción inmortal. Así, es testigo de cómo *La Marsellesa* conquista toda Europa con los ejércitos vencedores; y de cómo, apenas proclamado emperador, Napoleón la hace retirar de todos los programas por demasiado revolucionaria; y también de que los Borbones la prohíben totalmente. Solo se reserva una alegría al amargado anciano y es cuando, transcurrida una generación, estalla la revolución de 1830 y en las barricadas de París su letra y su melodía resucitan en toda su antigua potencia; y el Rey Ciudadano Luis Felipe I le concede una exigua pensión por ser su creador. A este hombre olvidado y postergado le parece un sueño que todavía se acuerden de él; pero se trata de un recuerdo muy vago y, para cuando fallece en 1836 en Choisy-le-Roi, a los setenta y seis años, ya nadie pronuncia ni conoce su nombre. De nuevo ha de transcurrir una generación completa: durante la Guerra Mundial, cuando *La Marsellesa* (declarada himno nacional hace ya mucho tiempo) resuena belicosamente en todos los frentes de Francia, se ordena que los restos del pequeño capitán Rouget se entierren bajo la cúpula de los Inválidos, el mismo lugar donde descansan los del pequeño teniente Bonaparte. De este modo, descansando en el panteón de militares ilustres de su patria, el compositor menos célebre que jamás creara una canción eterna se resarce por fin de la desilusión de no haber sido creador más que por una noche.

EL MINUTO UNIVERSAL DE WATERLOO

NAPOLEÓN, 18 DE JUNIO DE 1815

E l Destino se encapricha con los poderosos y con los violentos. Durante años se somete con servil obediencia a un solo hombre: César, Alejandro, Napoleón, porque ama al hombre elemental que es similar a él, elemento inaprehensible.

A veces, no obstante, aunque muy raramente en el transcurso de los tiempos, se entrega con extraña veleidad a una persona sin importancia. A veces (y estos son los momentos más asombrosos de la historia universal), durante un minuto trepidante el hilo del Destino queda en manos completamente anodinas. Esa persona se siente más aterrada que jubilosa por el alud de responsabilidad que la empuja al heroico tablero universal y, estremecida, casi siempre se le escurre de las manos el destino que le ha caído encima. Solo en muy contadas ocasiones alguien agarra con bravura la ocasión y la honra, elevándose a sí mismo con ella. Porque la grandeza solo se ofrece al insignificante durante un segundo; a quien la deje escapar no se le aparecerá una segunda vez.

Entre los bailes, amoríos, intrigas y disputas del Congreso de Viena estalla como un cañonazo silbante y ensordecedor la noticia de que Napoleón,
el león encadenado, se ha escapado de su jaula de Elba; y poco tardan en
llegar más mensajeros: ha conquistado Lyon, ha expulsado al rey, las tropas se le unen bajo fanáticas banderas, ha entrado ya en París, ya está en
las Tullerías; de nada han servido Leipzig y veinte años de guerra cruen-
ta. Los ministros, que no paraban de discutir y de gimotear, se estre-
mecen como sacudidos por una garra. Al ejército inglés, al prusiano, al
austriaco, al ruso se les exige con apremio que derriben de nuevo, de una
vez para siempre, al usurpador del poder. Nunca la Europa legitimista de
los emperadores y de los reyes estuvo más unida que en esa primera hora
de pavor. Desde el norte Wellington baja hacia Francia, a su lado avanza
para ayudarlo un ejército prusiano comandado por Blücher, en el Rin se
apresta Schwarzenberg y, como refuerzo, los regimientos rusos atraviesan
Alemania lenta y pesadamente.

Napoleón es consciente al instante del riesgo mortal. Sabe que no puede
dar tiempo a la jauría para que se reúna. Debe dividirla, atacarla por separado, a los prusianos, a los ingleses, a los austriacos, antes de que se conviert-
tan en un ejército europeo y con ello hundan su imperio. Debe apresurarse
porque, de lo contrario, se revolverán los descontentos dentro de su propio
país; necesita proclamarse vencedor antes de que los republicanos se hagan
fuertes y pacten con los realistas; antes de que Fouché, siempre ambiguo e
impenetrable, tras aliarse con Talleyrand, su oponente y su vivo reflejo, lo
apuñale por la espalda. Con un único movimiento, mientras dure el exaltado
entusiasmo del ejército, debe atacar a sus enemigos. Cada día es una pérdida;
cada hora, un riesgo. De modo que lanza los dados en el campo de batalla
más sangriento de Europa, en Bélgica. El 15 de junio, a las tres de la mañana,
las avanzadillas del gran (y único) ejército de Napoleón cruzan la frontera.
El 16 cargan en Ligny contra las tropas prusianas y las obligan a retroceder. Es
el primer zarpazo del león en libertad; terrible, pero no mortal. Vencido, aunque no aniquilado, el ejército prusiano se repliega hacia Bruselas.

Napoleón toma impulso para el segundo golpe, esta vez contra Wellington. No puede pararse a respirar porque cada día llegan refuerzos al enemigo y el país que lo apoya, el pueblo francés desangrado y revuelto, necesita ser embriagado con el enardecedor aguardiente que destilan los boletines de victoria. El mismo 17 marcha con todo su ejército hasta los altos de Quatre-Bras, donde Wellington, el frío oponente de nervios de acero, se ha hecho fuerte. Jamás la planificación de Napoleón fue más cautelosa, ni sus órdenes militares más claras que en aquellos días: no solo calcula el ataque, sino también las amenazas; en concreto, que las tropas de Blücher, vencidas pero no aniquiladas, puedan unirse a las de Wellington. Para evitarlo, separa una parte de su ejército con el objetivo de que persiga de cerca a las tropas prusianas y, así, frustre su encuentro con los ingleses.

Al mando de esta unidad de persecución pone al mariscal Grouchy. Grouchy es un hombre mediano, disciplinado, íntegro, valiente, de fiar, un capitán de caballería de valía varias veces probada, pero nada más que eso: un capitán de caballería. No es un fiero jinete como Murat, ni un estratega como Saint-Cyr o Berthier, ni un héroe como Ney. No le adorna el pecho la coraza guerrera, ningún mito rodea su figura, no posee cualidades visibles que le den fama y posición en el heroico mundo de las leyendas napoleónicas; solo su infortunio, solo su desgracia lo han hecho conocido. Durante veinte años ha luchado en todas las batallas, de España a Rusia, de Holanda a Italia, lentamente ha ascendido en el escalafón hasta el rango de mariscal, no sin merecerlo, pero sin mayores hazañas. Las balas de los austriacos, el sol de Egipto, las dagas de los árabes y el frío de Rusia han eliminado a sus predecesores: a Desaix en Marengo, a Kléber en El Cairo, a Lannes en Wagram: no ha conquistado por méritos propios el rango más alto, sino que veinte años de guerra le han dejado el camino expedito.

Que en Grouchy no tiene un héroe ni un estratega, sino solo un hombre de confianza, fiel, disciplinado y sensato, lo sabe muy bien Napoleón. Pero la mitad de sus mariscales yacen bajo tierra y los demás se han retirado desalentados a sus fincas, cansados de la permanente vida de campaña. Por tanto, no le queda otro remedio que confiarle una acción decisiva a un hombre mediano.

El 17 de junio a las once de la mañana, un día después de la victoria de Ligny y un día antes de Waterloo, Napoleón coloca al mariscal Grouchy por primera vez al frente de una unidad independiente. Por un momento, por un día, el modesto Grouchy se apea de la jerarquía militar y planta el pie en la historia universal. Tan solo es un momento, pero ¡qué momento! Las órdenes de Napoleón son explícitas. Mientras él carga contra los ingleses, Grouchy deberá perseguir a los prusianos con un tercio de las tropas. Es esta una encomienda sencilla, directa y clara, pero al mismo tiempo flexible, y de doble filo como una espada. Pues, además de llevar a cabo la persecución, se espera de Grouchy que se mantenga en contacto permanente con el ejército principal.

Dubitativo, el mariscal acata las órdenes. No está acostumbrado a actuar por su cuenta, su prudencia carente de iniciativa solo se siente a salvo si la genial visión del emperador le asigna una misión concreta. Además, nota en la nuca el descontento de sus generales. Y quizá también, solo quizá, el oscuro aleteo del Destino. Tan solo lo tranquiliza la proximidad del cuartel general, pues tres horas de marcha rápida separan su ejército de las tropas imperiales.

Grouchy se despide en medio de una lluvia torrencial. Lentamente, avanzando por el suelo embarrado y blando, sus soldados salen en pos de los prusianos o, al menos, en la dirección que creen que han tomado Blücher y los suyos.

LA NOCHE EN CAILLOU

Las lluvias del norte caen sin cesar. Como un rebaño empapado, los regimientos de Napoleón trotan en la oscuridad, cada hombre con dos libras de barro en las suelas; no hay refugio en ningún sitio, no se ven casas ni tejados. Los jergones mojados están reblandecidos, de modo que los soldados se apiñan en grupos de diez o doce y duermen sentados, espalda contra espalda, bajo la lluvia torrencial. El propio emperador tampoco encuentra descanso. Es presa de un nerviosismo febril porque las salidas para reconocer el terreno fracasan debido a la impenetrable cortina de agua; los informes de los observadores son muy confusos. Aún no sabe si Wellington aceptará la batalla y carece de noticias sobre los prusianos por parte de Grouchy. De modo que recorre los puestos avanzados a la una de la madrugada (desafiando al inacabable aguacero) y se acerca a tiro de cañón al campamento de los ingleses, desde donde de vez en cuando surge en la niebla una luz mortecina y humeante. Está planeando el ataque. Solo con las primeras luces del alba regresa a la pequeña granja de Caillou, a su humilde cuartel general, donde encuentra los primeros mensajes de Grouchy: noticias poco claras sobre la retirada de los prusianos junto con la tranquilizadora promesa de perseguirlos. Poco a poco, la lluvia va amainando. Impaciente, el emperador da vueltas por la habitación y escruta el horizonte amarillento, esperando que por fin la atmósfera se aclare y, con ella, la decisión.

A las cinco de la mañana (la lluvia ha cesado) se desvanecen también las nubes de las dudas internas. Se da la orden de que a las nueve se presente todo el ejército, preparado para el ataque. Enseguida los tambores redoblan llamando a formar. Solo entonces Napoleón se echa en su catre para dormir dos horas.

LA MAÑANA DE WATERLOO

Son las nueve, pero las tropas aún no están completas. El suelo, reblandecido por tres días de lluvia, dificulta cualquier movimiento y obstaculiza el avance de la artillería. Muy lentamente va mostrándose el sol, que brilla atenuado por un viento cortante. Pero no es el sol de Austerlitz, resplandeciente y prometedor, sino una luz norteña que ilumina de mala gana con un resplandor amarillento. Por fin las tropas están preparadas y ahora, antes de comenzar la batalla, Napoleón recorre de nuevo todo el frente con su yegua blanca. Las águilas de las banderas se inclinan como ante una fuerte ráfaga de viento, la caballería blande marcialmente sus sables y la infantería, a modo de saludo, levanta los altos gorros de piel de oso en la punta de las bayonetas. Los tambores redoblan frenéticos y las trompetas lanzan su estridente alegría hacia el comandante en jefe, pero sobre todos esos brillantes sonidos se impone el sonoro grito de júbilo que sobrevuela todos los regimientos, proveniente de las gargantas de setenta mil soldados: «Vive l'Empereur!».

Ninguna revista de tropas en los veinte años de Napoleón resultó más grandiosa ni más entusiasta que esta, la última. Apenas apagados los gritos, a las once (dos horas más tarde de lo planeado, ¡dos funestas horas demasiado tarde!) la artillería recibe la orden de abrir fuego contra los casacas rojas, que se han hecho fuertes en la colina. Después avanza Ney, «le brave des braves», el valiente entre los valientes, con la infantería; el momento decisivo de Napoleón ha comenzado. Innumerables veces se ha narrado esta batalla, pero nadie se cansa de leer sus emocionantes altibajos, ya sea en la épica descripción de Walter Scott o en la superficial representación de Stendhal. Resulta grandiosa y polifacética tanto de cerca como de lejos, sea desde la colina del comandante en jefe o desde la silla de montar del coracero. Es una obra maestra de la tensión y del dramatismo, con su incesante alternancia de miedo y esperanza, que de repente se precipita en un abismo de catástrofe total. Es el paradigma de una verdadera tragedia, pues con ese destino individual se decidió el destino de Europa; una vez más, los espléndidos fuegos artificiales de la existencia de Napoleón recorren los cielos como cometas, antes de extinguirse para siempre en una caída estremecedora.

Desde las once hasta la una los regimientos franceses asaltan las colinas y toman pueblos y posiciones; son rechazados, pero vuelven a la carga. Muy pronto, diez mil muertos cubren los embarrados altozanos de esa tierra vacía y aún no se ha ganado nada, salvo agotamiento por ambas partes. Ambos ejércitos están cansados; ambos comandantes, inquietos. Los dos saben que la victoria pertenecerá a quien antes reciba refuerzos, Wellington de Blücher y Napoleón de Grouchy. Napoleón echa mano del catalejo a cada momento y envía un mensajero tras otro; si su mariscal llega a tiempo, el sol de Austerlitz brillará de nuevo sobre Francia.

Entretanto, siguiendo sus órdenes, Grouchy (quien, sin saberlo, tiene en sus manos el destino de Napoleón) parte el día 17 de junio a última hora de la tarde en la dirección que le han indicado, en pos de los prusianos. La lluvia ha cesado. Despreocupadas, como en terreno pacífico, deambulan las jóvenes compañías que el día anterior probaron la pólvora por primera vez: el enemigo sigue sin mostrarse, continúa sin haber ni rastro del derrotado ejército prusiano.

De pronto, mientras el mariscal toma un rápido desayuno en una granja, el suelo se estremece bajo sus pies con un sonido apagado. Aguzan el oído. Una y otra vez aparece y se apaga el rumor sordo: son cañones, baterías que disparan en la lejanía; aunque en realidad no están tan lejos, como mucho a unas tres horas. Unos cuantos oficiales pegan la oreja al suelo, como los indios, para dilucidar la dirección de la que viene el ruido. El lejano sonido retumba sin parar. Es el bombardeo de Saint-Jean, el comienzo de Waterloo. Grouchy convoca consejo. Acalorado e impetuoso, Gérard, su subcomandante, exige: «Il faut marcher au canon», ¡debemos acudir adonde se oye el cañoneo! Otro oficial está de acuerdo: ¡marchemos hacia allá a toda prisa! Todos tienen claro que el emperador ha cargado contra los ingleses y ha comenzado una dura batalla. Grouchy se siente inseguro. Acostumbrado a obedecer, se atiene temeroso a la letra escrita, a la orden del emperador de perseguir a los prusianos en retirada. Al verlo dudar, Gérard insiste con mayor determinación: «Marchez au canon!». El apremio del subcomandante, formulado ante veinte oficiales y civiles, suena como una orden y no como una petición. Y esto molesta a Grouchy. Con énfasis y firmeza, explica que no puede desviarse de su deber mientras no reciba una contraorden del emperador. Los oficiales se muestran decepcionados y los cañonazos resuenan en un amargo silencio.

Entonces Gérard ofrece una última opción: suplica permiso para acudir al campo de batalla, al menos con su división y algunos efectivos de caballería, y se compromete a regresar a tiempo a su puesto. Grouchy reflexiona. Reflexiona durante un segundo.

Durante un segundo reflexiona Grouchy, y ese segundo sella su destino, el de Napoleón y el del mundo. Ese instante en la granja de Walhain determina todo el siglo XIX, y pende (inmortal) en los labios de un hombre muy disciplinado y muy anodino; ese segundo se encuentra, abierto, en las manos que nerviosamente estrujan la funesta orden del emperador. Si ahora Grouchy pudiera reunir el valor, mostrarse arrojado, desobedecer la orden confiando en sí mismo y en las señales que han visto, Francia estaría salvada. Pero los subordinados obedecen siempre a lo que se les ordena, nunca a la llamada del Destino.

De modo que Grouchy hace un gesto de rechazo. No, sería una irresponsabilidad dividir otra vez una milicia tan reducida. Su misión es perseguir a los prusianos, nada más que eso. Y se niega a contradecir la orden del emperador. Los oficiales callan, contrariados. Se hace el silencio alrededor de Grouchy. Y en ese silencio se pierde sin remedio algo que ni las palabras ni los hechos podrán devolver jamás: el segundo decisivo. Wellington ha vencido.

Y así continúan su marcha, Gérard y Vandamme con los puños furiosamente apretados, Grouchy pronto inquieto y más inseguro cada hora que pasa: resulta extraño que siga sin haber rastro de los prusianos, es evidente que han abandonado el camino de Bruselas. Al poco tiempo, los mensajeros comunican indicios que hacen sospechar que su retirada se ha convertido en un avance hacia el campo de batalla. Aún habría tiempo, con un último esfuerzo, de acudir en ayuda del emperador; y con creciente impaciencia espera Grouchy el mensaje, la orden, de regresar. Pero no se recibe ninguna misiva. Tan solo se oye el retumbar cada vez más lejano de los cañones sobre la tierra estremecida: el rodar los dados de hierro sobre Waterloo.

LA TARDE DE WATERLOO

Entretanto ya es la una del mediodía. Aunque rechazados, cuatro ataques sucesivos han logrado debilitar notablemente el centro de Wellington.

Napoleón ya se prepara para el asalto decisivo. Ordena reforzar la artillería ante la posada de Belle-Alliance y, antes de que la nube de humo de los disparos cubra las colinas, examina una última vez el campo de batalla.

Entonces divisa hacia el nordeste una sombra oscura que se acerca, que parece salir de los bosques: ¡más tropas! Al instante, todos los binoculares apuntan a esa dirección: ¿es Grouchy, que ha desobedecido audazmente las órdenes y aparece como un milagro justo en el momento adecuado? No es así: un prisionero al que interrogan revela que se trata de la avanzadilla del ejército del general Von Blücher, son tropas prusianas. Por primera vez se le ocurre pensar al emperador que el vencido ejército prusiano ha burlado a sus perseguidores para reunirse con los ingleses antes de tiempo; y eso mientras un tercio de sus tropas maniobra inútilmente por terrenos desiertos. Enseguida escribe una misiva a Grouchy con el mandato de mantener el contacto a cualquier precio y de impedir que los prusianos participen en la batalla.

Al mismo tiempo, el mariscal Ney recibe la orden de atacar. Es imprescindible derrotar a Wellington antes de la llegada de los prusianos: a esas alturas, ninguna maniobra parece demasiado arriesgada si se tienen en cuenta las exiguas posibilidades. Durante todo el mediodía se suceden las fuertes arremetidas contra el altozano, con infantería que se va renovando. La tropa asalta los pueblos bombardeados y es rechazada una y otra vez; pero una y otra vez la ola se alza con ondeantes banderas contra los cuadros de infantería ya muy maltrechos. Sin embargo, Wellington resiste y continúan sin llegar noticias de Grouchy. «¿Dónde está Grouchy? ¿Dónde se mete?», murmura nervioso el emperador al ver llegar lentamente a los prusianos e intervenir en la batalla. También los comandantes bajo su mando se impacientan. Decidido a poner fin a la batalla, el mariscal Ney, que es tan temerario como prudente es Grouchy (tres caballos han caído tiroteados bajo su silla), ordena cargar a toda la caballería francesa en un único ataque. Diez mil coraceros y dragones acometen esa mortal arremetida, desbaratan los cuadros de infantería, arrollan a los artilleros y penetran en las primeras líneas. Aunque son rechazados, la fuerza del ejército inglés está extinguiéndose, el puño que rodea las colinas empieza a aflojarse. Y cuando la diezmada caballería francesa debe retroceder ante el fuego enemigo, entra en acción con paso lento y pesado la última reserva de Napoleón, la Vieja Guardia, para asaltar el altozano de cuya conquista depende el destino de Europa.

LA DECISIÓN

En ambos bandos, cuatrocientos cañones retumban sin cesar desde la mañana. En el frente, la caballería carga con estrépito contra los cuadros de infantería, que les disparan; las baquetas golpean con estruendo la tensa piel de los tambores, ¡toda la llanura reverbera con el fragor de la batalla! Pero, cada uno en la cima de una colina, los dos comandantes en jefe no escuchan esa tempestad humana. Prestan atención a un sonido mucho más débil.

En sus manos, como dos corazones de pajarillo, dos relojes emiten su débil tictac y ocultan el fragor de los ejércitos. Napoleón y Wellington miran continuamente sus cronómetros y cuentan las horas y los minutos que faltan para que llegue la ayuda final y definitiva. Wellington sabe que Blücher está cerca, y Napoleón pone sus esperanzas en Grouchy. Ambos han agotado los refuerzos; quien antes llegue decidirá la batalla. Ambos vigilan con el catalejo la linde del bosque, donde la avanzadilla prusiana comienza a acumularse como leves nubecillas. Pero ¿se trata solo de la vanguardia o es el ejército propiamente dicho, que huye de Grouchy? Aunque los ingleses luchan ya con sus últimas fuerzas, también el ejército francés se encuentra exhausto. Como dos luchadores jadeantes, se quedan frente a frente con los brazos entumecidos, recobrando el aliento antes de atacarse por última vez: el inevitable asalto decisivo ha llegado.

Entonces por fin resuenan cañonazos en el flanco prusiano: ¡escaramuzas, fuego de fusilería! «Enfin Grouchy!», ¡por fin Grouchy!, suspira aliviado Napoleón. Confiando en que ese flanco está cubierto, reúne a sus últimos efectivos y los arroja una vez más contra el centro de Wellington con la intención de hacer saltar el cerrojo que protege Bruselas y forzar así las puertas de Europa.

Pero esos disparos eran solo una esca-
ramuza en la que los prusianos, confundi-
dos por el uniforme, se han enzarzado por
error con los hannoverianos. Enseguida
cesan los disparos y un numeroso y potente pelotón sale en masa del bosque. No, no
es Grouchy quien avanza con sus tropas,
sino Blücher y, con él, la catástrofe. La
noticia corre a toda prisa entre el ejército
imperial, que comienza a retroceder man-
teniendo aún cierto orden. Y Wellington
sabe aprovechar ese instante crucial.
Cabalga hasta el borde de la bien defendi-
da colina, se quita el sombrero y lo agita
hacia el enemigo en retirada. Al momento,
los suyos comprenden el gesto de triunfo.
De golpe reviven los restos de las tropas
inglesas y se abalanzan sobre las disper-
sas columnas en fuga. Al mismo tiempo,
la caballería prusiana carga por el flanco
contra ese ejército exhausto y desbarata-
do. Se eleva un grito de muerte: «Sauve qui
peut!», ¡sálvese quien pueda! En cuestión
de minutos, la Grande Armée se ha convertido en un torrente desbocado por el
miedo que lo arrastra todo a su paso, incluido a Napoleón. La caballería enemiga
se interna en esa rápida corriente en retirada como en aguas indefensas y pasivas;
sin la menor dificultad capturan de entre
el torbellino de miedo y espanto el carruaje de Napoleón, el tesoro del regimiento
militar y toda la artillería. Solo la caída de

la noche permite al emperador conservar la vida y la libertad. Sin embargo, quien esa medianoche, sucio y aturdido, se deja caer agotado en la silla de una mísera posada de pueblo ya no es un emperador. Su imperio, su dinastía, su destino han llegado a su fin: la falta de valor de una persona pequeña e insignificante ha destruido la obra levantada durante veinte heroicos años por el más osado y clarividente de los hombres.

VUELTA A LA NORMALIDAD

Napoleón acaba de ser derrotado por el ataque inglés y ya un hombre casi desconocido vuela en un carruaje por la carretera de Bruselas; y desde Bruselas alcanza la costa, donde lo aguarda un barco. Navega hasta Londres, desembarca antes que los despachos oficiales del gobierno y consigue, gracias a esa noticia que nadie más conoce, hacer saltar la bolsa. Se trata de Rothschild, quien, con esa maniobra genial, funda un nuevo imperio, una nueva dinastía. Al día siguiente Inglaterra se entera de la victoria y, en París, el eterno traidor Fouché conoce la derrota. En Bruselas y en Alemania repican triunfantes las campanas.

Solo hay una persona que a la mañana siguiente aún no sabe nada de Waterloo, a pesar de encontrarse a tan solo cuatro horas del lugar crucial: el desdichado Grouchy. Siguiendo exactamente sus órdenes, tal como estaba planeado, ha buscado con obstinación a los prusianos. Pero extrañamente no aparecen por ningún sitio, lo que llena de inseguridad su ánimo. Los cañones siguen retumbando cerca, cada vez con más encono, como si bramaran pidiendo socorro. Todos sienten temblar la tierra y cada cañonazo les llega al corazón. Bien saben que no se trata de escaramuzas, sino que se ha desatado una batalla épica, la batalla decisiva.

Nervioso, Grouchy cabalga entre sus oficiales. Todos evitan discutir con él, puesto que ya ha desoído sus consejos.

Por ello supone un alivio encontrar por fin en Wavre a una solitaria tropa prusiana, la retaguardia de Blücher. Ciegos de furia cargan contra el atrincheramiento, Gérard a la cabeza; es como si, impelido por un oscuro presagio, buscara la muerte. Una bala lo derriba: el más obstinado de los disconformes ha enmudecido. A la caída de la noche toman el pueblo, pero en realidad ya intuyen que esa mínima victoria carece de importancia porque, de repente, ya no se oye nada allá a lo lejos, en el campo de batalla. Es un silencio alarmante, mudo, espeluznantemente tranquilo, un silencio horrible como de muerte. Para todos, el retumbar de la artillería era mejor que esa incertidumbre que les destroza los nervios. La batalla debe de haberse decidido, la batalla de Waterloo desde la que Grouchy por fin (¡demasiado tarde!) ha recibido una nota de Napoleón en la que le pide auxilio. La brutal contienda debe de estar decidida, pero ¿a favor de quién? Aguardan toda la noche, ¡en vano! No llega ningún mensaje. Es como si el Gran Ejército se hubiera olvidado de ellos y ahora anduvieran perdidos en la oscuridad, sin misión y sin rumbo. Por la mañana levantan el campamento y retoman el camino, exhaustos y conscientes de que todas sus marchas y maniobras han sido en vano. Por fin, a las diez, un oficial del estado mayor se les aproxima al galope. Lo ayudan a desmontar y lo acribillan a preguntas. Pero él, con el rostro demudado por el horror, el pelo pegado a las sienes y temblando por el esfuerzo sobrehumano, tan solo balbucea palabras incomprensibles, palabras que no entienden, que no pueden y no quieren entender. Lo toman por loco y por borracho cuando afirma que ya no hay emperador ni ejército imperial y que Francia está perdida. Pero poco a poco le van sacando la verdad, el demoledor informe de la batalla que los deja conmocionados. Grouchy palidece y necesita apoyarse, temblando, en el sable. Comprende que allí comienza el martirio de su existencia. Pero resuelve echar enteramente sobre sus hombros la ingrata carga de la culpa. Aquel individuo siempre subordinado e indeciso que fracasó en el grandioso segundo decisivo se convierte ahora, enfrentado al peligro cercano, de nuevo en un hombre y casi en un héroe. Sin tardanza, reúne a sus oficiales y pronuncia un breve discurso (con los ojos arrasados en lágrimas de rabia y desconsuelo) en el que justifica y también lamenta sus vacilaciones. En silencio lo escuchan los oficiales que el día anterior le guardaban rencor. Cualquiera de ellos podría lanzarle reproches y jactarse de haber tenido razón. Pero ninguno se atreve, ni desea hacerlo. Se mantienen callados. La profunda desesperación los hace enmudecer.

Y en ese momento, pasado el grandioso segundo perdido, despliega Grouchy (demasiado tarde) todas sus dotes militares. Sus grandes virtudes, la sensatez, la eficiencia, la cautela y la exactitud, salen a relucir cuando confía en sí mismo y no en un papel con órdenes escritas. Rodeado del ejército victorioso, cinco veces superior, repliega su unidad a través de las fuerzas enemigas sin perder un solo cañón ni un solo hombre (un logro táctico magistral) y así salva al último ejército de Francia, del Imperio. Pero a su regreso no hay un emperador que le dé las gracias, ni un enemigo al que enfrentar sus tropas. Ha llegado demasiado tarde, demasiado tarde para siempre. Y, aunque exteriormente su carrera aún alcance ascensos, aunque lo nombren comandante en jefe y par de Francia, por mucho que demuestre hombría y capacidad en el desempeño de todos sus puestos, nada puede devolverle ese instante único que lo habría hecho dueño del Destino y a cuya altura no supo estar.

Esa es la terrible venganza que el grandioso segundo decisivo (que muy raramente desciende sobre los mortales) ejerce contra quien, por ser injustamente elegido, no ha sabido aprovecharlo. Las virtudes burguesas, la prudencia, la obediencia, el empeño y la mesura, todas se evaporan impotentes ante la llama del grandioso instante del Destino, que solo favorece al genio porque busca una imagen duradera. Con desprecio, aparta al indeciso. Tan solo al intrépido, nuevo dios sobre la Tierra, lo eleva en sus brazos de fuego hasta el cielo de los héroes.

LA ELEGÍA DE MARIENBAD

GOETHE ENTRE KARLSBAD
Y WEIMAR, 5 DE SEPTIEMBRE DE 1823

✦

El 5 de septiembre de 1823, un carruaje avanza lentamente por el camino que une Karlsbad y Eger: la mañana ya se estremece con el frío otoñal y un viento cortante azota los campos cosechados, pero el cielo se extiende azul sobre los amplios paisajes. En el coche de punto viajan tres hombres: el consejero privado del gran duque de Sajonia-Weimar, Von Goethe (así de egregiamente lo consigna la lista de huéspedes del balneario de Karlsbad), y sus compañeros más leales, su viejo sirviente Stadelmann y el secretario John, cuya mano ha copiado por primera vez casi todas las obras de Goethe creadas en el nuevo siglo. Ninguno de los dos dice una palabra, pues desde la partida de Karlsbad, donde las mujeres jóvenes y las muchachas abrumaron al viajero con adioses y besos, los labios del anciano no se han abierto. Permanece sentado inmóvil, y solo la mirada reflexiva y ensimismada revela un movimiento interior. En la primera casa de postas se apea y sus compañeros de viaje lo ven escribir precipitadamente a lápiz en una hoja suelta; lo mismo sucede el resto del trayecto hasta Weimar, tanto durante la marcha como en las paradas. Ya sea recién llegado a Zwotau o al día siguiente en el castillo de Hartenberg, ya sea en Eger o más adelante en Pößneck, en todas partes su primera tarea es plasmar por escrito, a toda prisa, lo que ha pensado mientras viajaban. Su diario solo consigna lacónicamente: «Corrección del poema» (6 de septiembre), «Continuación del poema el domingo» (7 de septiembre), «Otra revisión del poema, realizada por el camino» (12 de septiembre). Al alcanzar Weimar, su destino, la obra está terminada: nada menos que *La elegía de Marienbad,* su poema más importante, el más personal e íntimo y, por ello, el preferido de su vejez; una despedida épica y un heroico renacer.

«Diario de circunstancias íntimas» es como denominó Goethe este poema durante una conversación, y quizá ninguna página de su diario nos resulta tan evidente, tan clara en su origen y creación, como esta plasmación trágicamente inquisitiva, trágicamente quejumbrosa, de sus sentimientos más íntimos: ningún arrebato lírico de sus años de juventud brotó tan directamente de una ocasión o acontecimiento, no hay otra obra cuya génesis podamos observar de semejante manera, aliento a aliento, estrofa a estrofa, hora tras hora, como este «fabuloso canto que nos prepara», como este poema tardío, el más profundo, maduro y brillantemente otoñal del artista de

setenta y cuatro años. «Fruto de un estado de apasionamiento», como los denominó ante Eckermann, los versos demuestran al mismo tiempo el más elevado dominio de la forma: y así, de manera evidente y al mismo tiempo misteriosa, el momento vital más ardoroso queda transmutado en creación poética. Aún hoy, transcurridos más de cien años, nada se ha marchitado ni oscurecido en esta magnífica página de su muy prolífica vida, y durante siglos se preservará ese 5 de septiembre en la memoria y el sentimiento de las generaciones alemanas venideras.

Sobre esta página, este poema, este hombre y este momento brilla la excepcional estrella del renacer. En febrero de 1822, Goethe sufrió una grave enfermedad: intensos escalofríos de fiebre le sacuden el cuerpo; en muchos momentos la conciencia se pierde, y él parece también perdido. Los médicos, incapaces de reconocer síntomas claros pero conocedores del peligro, están desorientados. Sin embargo, la enfermedad desaparece tan repentinamente como se presentó. En junio, Goethe viaja a Marienbad totalmente cambiado, casi pareciera que aquella afección fuera síntoma de un rejuvenecimiento interior, de una «nueva pubertad». Tras varias décadas, el hombre reservado, endurecido y pedante en el que la poesía se había anquilosado hasta casi convertirse en erudición vuelve a obedecer únicamente al sentimiento. La música «lo abre en canal», como él mismo dice; apenas puede oír el piano, sobre todo si lo toca una mujer tan bella como la Szymanowska, sin que se le llenen los ojos de lágrimas; busca la juventud con el impulso más profundo y, fascinados, sus acompañantes observan al septuagenario flirtear hasta medianoche con las señoras; después de tantos años lo ven participar en los bailes donde, como él mismo relata con orgullo, «en el cambio de parejas le tocan las niñas más hermosas». La rigidez de su ser se ha fundido mágicamente ese verano y, abierta como se encuentra, su alma sucumbe de nuevo al viejo hechizo, a la eterna magia. Indiscreto, su diario revela «sueños conciliadores»; en su fuero interno, el «viejo Werther» ha vuelto a despertar: la proximidad de las mujeres lo anima a componer poemas breves, juegos y bromas, como hiciera medio siglo atrás con Lili Schönemann. Aún vacila en la elección de la fémina: si bien al principio recae en la bella pianista polaca, después es por la joven Ulrike von Levetzow, de diecinueve años, por quien se inclina su corazón recién sanado. Hace quince años amó y adoró a su madre y, desde hace uno, se burlaba paternalmente de «la hijita»; pero de repente ese cariño se transforma en pasión, en una nueva afección que se apodera de todo su ser y lo arroja al volcánico mundo de los sentimientos, que lo sacude con más fuerza que ninguna otra experiencia desde hace muchos años. El septuagenario se encapricha como un pimpollo: en cuanto oye la risueña voz por el paseo, abandona su trabajo y corre, sin sombrero ni bastón, al encuentro de la alegre muchacha. Pero también la corteja como un joven, como un hombre: da comienzo un grotesco espectáculo, con cierto matiz satírico añadido a lo trágico. Tras consultarlo en secreto con el médico, Goethe se confiesa ante el más antiguo de sus camaradas, el gran duque, y le ruega que solicite en su nombre la mano de Ulrike a la señora Levetzow. Y el gran duque, recordando más de una francachela rodeados de mujeres hace cincuenta años atrás, quizá con una sonrisilla maliciosa inspirada por el hombre al que Alemania y Europa veneran como el más sabio entre los sabios, como el espíritu más maduro y mesurado del siglo, el gran duque, decíamos, se prende con solemnidad en el pecho cruces y condecoraciones y se presenta ante la madre para pedirle la mano de una muchacha de diecinueve años para un hombre de setenta y cuatro. Nada concreto se sabe de la respuesta, al parecer fue poco clara y dilatoria. Por ello, Goethe se convierte en un pretendiente sin certezas que ha de contentarse con besos fugaces y palabras cariñosas mientras su deseo de volver a poseer la juventud en una encarnación tan hermosa se hace cada vez más apasionado. De nuevo el eterno impaciente trata de ganarse el favor del destino: sigue fielmente a su amada de Marienbad a Karlsbad, pero una vez más solo encuentra incertidumbre ante el ardor de sus deseos. Y con el declinar del verano aumenta su tormento. Se acerca la despedida, poco halagüeña, nada prometedora, y cuando finalmente el carruaje se pone en marcha la intuición de este gran hombre le dice que algo inmenso ha concluido en su vida. Pero, eterno compañero del dolor más profundo, en esa hora oscura se le aparece el viejo consuelo: el genio se inclina sobre el hombre afligido y quien no encuentra alivio terrenal se encomienda al dios. Como en infinidad de ocasiones anteriores, aunque ahora por última vez, Goethe se refugia de los acontecimientos en la poesía y, en maravillado agradecimiento por esa última gracia, el septuagenario encabeza el poema con los versos de su Tasso, escritos cuarenta años atrás. Y los experimenta de nuevo con fascinación:

> Cuando suele enmudecer el hombre en su tormento,
> a mí me ha dado un dios expresar lo que padezco.

El anciano va reflexionando mientras el carruaje avanza, disgustado por la incertidumbre de las preguntas que bullen en su interior. Esa misma mañana, Ulrike y su hermana se han precipitado sobre él en la «tumultuosa despedida», y los jóvenes y amados labios lo han besado. Pero ¿era ese un beso de afecto? ¿O era solo un gesto filial? ¿Será ella capaz de amarlo? ¿No lo olvidará? Su hijo y su nuera, que, inquietos, acechan la cuantiosa herencia, ¿permitirán la boda? Y el mundo, ¿se reirá de él? El año próximo, ¿no será ya demasiado viejo para ella? Y cuando al fin la vea, ¿qué puede esperar del reencuentro?

Desasosegantes lo asaltan las preguntas. Y de pronto una, la fundamental, cobra forma de línea, de estrofa... La incertidumbre, el dolor, se convierten en poema, el dios le ha concedido «expresar lo que padezco». De manera sencilla, casi desnuda, el grito irrumpe en el poema, violento embate del tumulto interno:

> ¿Qué me cabe esperar del reencuentro,
> de la flor de este día aún cerrada?
> Se abre ante ti el paraíso o el infierno;
> y se te estremece el alma acobardada.

El dolor se derrama en estrofas cristalinas, maravillosamente depuradas de la confusión interna. Y mientras el poeta atraviesa el caótico desgarro de su fuero interno, esa «atmósfera opresiva», casualmente levanta la mirada. Desde el carruaje en marcha contempla el paisaje de Bohemia bajo la tranquila luz de la mañana, una paz divina que se opone a su agitación; y al momento esa imagen recién percibida fluye en el poema:

> Pero ¿no te queda aún el mundo? Los collados,
> ¿no siguen coronados por sombras sagradas?
> ¿Es que la cosecha no madura? Un verde prado,
> ¿no bordea el río entre pastizales y matas?
> Y la inmensidad, ¿su bóveda el mundo no envuelve,
> ya sea rica en formas o informe tantas veces?

Pero ese mundo le resulta vacío. En un momento de tal apasionamiento solo es capaz de comprenderlo todo poniéndolo en relación con su amada. Y mágicamente su recuerdo se materializa en una radiante evanescencia:

> Qué leve y frágil, sutilmente entretejida,
> surge seráfica de entre las nubes oscuras
> sobre el azul del cielo, a ella parecida,
> una figura etérea de cristalina bruma.
> Así veías dominando el alegre baile
> a la más bella de las criaturas adorables.
> Mas solo unos instantes puedes resignarte
> a retener a un espejismo en su lugar;
> ¡vuelve al corazón! Es una sede más fiable,
> en la que ella se agita en metamorfosis tenaz;
> Entre miles de formas, se te impone solo una,
> cada vez más hermosa en su proteica figura.

Apenas conjurada, esa imagen de Ulrike cobra también forma tangible. Así, él describe cómo lo recibió y cómo lo hizo «a cada instante más dichoso», cómo, tras el último beso, le selló los labios con otro «más último» y, sumido en el recuerdo del feliz deleite, el viejo maestro compone del modo más sublime una de las estrofas más bellas dedicadas al sentimiento de entrega y amor jamás escritas en lengua alemana o en cualquier otra:

En lo más puro del pecho palpita el afán
de a un ser más puro, desconocido y extraño
entregarse agradecido, con total libertad,
penetrando el enigma del eterno Innombrado.
¡Lo llamamos devoción! De tal magnificencia
siento que participo cuando estoy con ella.

Pero, aun sumido en ese estado de felicidad, este hombre abandonado sufre por la separación presente y entonces se desencadena un dolor que casi destruye el sublime tono elegiaco del exquisito poema, una franqueza de sentimientos como solo permite, una vez cada muchos años, la plasmación espontánea de una experiencia inmediata. El lamento es estremecedor:

Y ahora, ¡lejos estoy ya! A este momento,
¿qué le corresponde? No sabría expresarlo.
Motivos me ofrece para gozar de lo bello,
mas de este lastre quiero verme librado.
Me mueve solo una indomable añoranza
y salida no veo más que las lágrimas.

Entonces, cuando ya no parecía posible que se incrementara, se eleva el último lamento, el más terrible:

¡Dejadme aquí, compañeros de camino!
A solas entre rocas, pantanos y desiertos.
¡Adelante! El mundo os abre su sentido,
ancha la tierra y excelso el firmamento.
Ved, investigad, y acumulad detalles,
seguid persiguiendo los misterios naturales.

Yo, que un día favorito de los dioses fuera,
me he perdido a mí mismo y al universo.
Pues me enviaron a Pandora como prueba,

rica en dones y aún más rica en riesgos.
Hacia sus labios dadivosos me impelieron,
y al separarme de ellos, me destruyeron.

Jamás había compuesto este hombre reservado una estrofa similar. Quien supo ocultarse de joven y contenerse al ser adulto, quien solo a medias mostraba su íntimo secreto mediante juegos de espejos, palabras cifradas y símbolos, ahora, ya anciano, revela por primera vez sus sentimientos con una libertad grandiosa. Desde hacía cincuenta años el hombre sensible, el gran poeta lírico que hay en él no había estado más vivo que en esa página inolvidable, en ese memorable punto de inflexión vital.

También el propio Goethe ha experimentado este poema como un misterio, como una extraordinaria merced del destino. Nada más regresar a Weimar, su primer interés, antes que cualquier otro trabajo o asunto doméstico, es caligrafiar cuidadosamente, de su propia mano, una bella copia de la elegía. Como un monje en su celda, durante tres días traslada el poema a un papel cuidadosamente seleccionado, en grandes letras solemnes, y lo oculta como un secreto incluso a las personas más cercanas, incluso a aquellos en quienes más confía. Hasta de la encuadernación se encarga él mismo, para evitar que alguna lengua indiscreta lo dé a conocer antes de tiempo; une el manuscrito con un cordel de seda a unas tapas de tafilete rojo (que más adelante mandará sustituir por un maravilloso entelado azul que aún hoy puede verse en el Archivo de Goethe y Schiller). Los días son desagradables y enojosos, en su familia los planes de boda han provocado desprecio e incluso abiertos arrebatos de odio de su hijo; solo por medio de sus palabras poéticas logra reunirse con el ser amado. Únicamente cuando la bella polaca, la Szymanowska, acude de nuevo a visitarlo, se reavivan las sensaciones de los radiantes días de Marienbad y siente ganas de compañía. Por fin, el 27 de octubre convoca a Eckermann; la esmerada solemnidad con que prepara la lectura es reflejo del amor especial que siente por ese poema. Ordena al criado que coloque dos velas en el escritorio y solo entonces Eckermann puede tomar asiento ante ellas y leer la elegía. Poco a poco la escuchan otras personas, aunque solo las más íntimas porque, en palabras de Eckermann, Goethe protege su creación «como una reliquia». De la extraordinaria importancia de este poema para su vida dan buena muestra los meses siguientes. Al asombroso rejuvenecimiento sigue pronto un colapso. De nuevo Goethe parece próximo a la muerte, se arrastra de la cama al sillón y del sillón a la cama sin hallar descanso; la nuera ha partido de viaje, el hijo está lleno de odio, nadie cuida o aconseja al enfermo abandonado y envejecido. Entonces, avisado por los amigos, acude desde Berlín Zelter, el más cercano a su corazón, quien al instante reconoce ese incendio interior. «Lo que encuentro», escribe asombrado, «es a alguien que parece tener el amor en el cuerpo: todo el amor con todos los tormentos de la juventud.» Para curarlo le lee su propio poema una y otra vez, con «profunda compasión», y Goethe no se cansa nunca de escucharlo. «Lo singular fue», escribe después, ya convaleciente, «que tu voz afectuosa y suave me permitiera escuchar aquello que me es querido hasta tal punto que soy incapaz de reconocérmelo.» Y continúa: «No puedo desprenderme de él, pero si viviéramos juntos tendrías que leérmelo y cantármelo hasta que te lo supieras de memoria».

Así llega, en palabras de Zelter, «la curación mediante la lanza que lo ha herido». Goethe se salva (así puede decirse) gracias a ese poema. Por fin el tormento ha sido superado, la última y trágica esperanza está vencida y el sueño de una vida conyugal con la amada «hijita» ha terminado. Sabe que jamás regresará a Marienbad ni a Karlsbad, que nunca volverá a participar del alegre mundo de los despreocupados; desde ese momento su vida se consagrará al trabajo. Superada la prueba, renuncia al renacimiento que le ofreció el destino y, en su lugar, aparece en su vida otra idea grandiosa: la conclusión de su obra. Con severidad pasa revista a su creación, que abarca sesenta años, y la encuentra fragmentada y desperdigada; puesto que ya no puede seguir creando, decide al menos recopilar. Se cierra el contrato para sus *Obras completas* y se adquieren los derechos. Su amor, desviado hacia una muchacha de diecinueve años, vuelve a dirigirse ahora a sus dos compañeros más antiguos de juventud: *Wilhelm Meister y Fausto*. Se entrega al trabajo con vigor y de los amarillentos pliegos resurgen sus proyectos del siglo anterior. Antes de cumplir los ochenta, *Los años itinerantes de Wilhelm Meister* están terminados y, con ánimo heroico, a los ochenta y uno acomete la «tarea principal» de su vida, el *Fausto,* que concluye siete años después de aquellos trágicos días cruciales de la *Elegía,* y que mantiene fuera del alcance del mundo con la misma piedad reverente que aquel poema.

Entre esas dos esferas del sentimiento, entre el último anhelo y la última renuncia, entre el comienzo y la conclusión, se alza como un punto de inflexión, como un inolvidable momento de cambio interior, ese 5 de septiembre: la despedida de Karlsbad, la despedida del amor, transformadas para la eternidad en un lamento conmovedor. Es en verdad un día memorable, pues desde entonces jamás ha conocido la poesía alemana un momento tan sublime como el desbordamiento del sentimiento primigenio en ese poema excepcional.

EL DESCUBRIMIENTO
DE EL DORADO
J. A. SUTER, CALIFORNIA, ENERO DE 1848

✦

CANSADO DE EUROPA

1834. Un transatlántico de vapor parte del puerto de Le Havre rumbo
a Nueva York. Entre los aventureros, uno de cientos, se cuenta Johann
August Suter, con hogar en Rünenberg, en el cantón de Basilea, de treinta
y un años y ansioso por poner el océano de por medio entre él y los tribunales europeos; en bancarrota, ladrón y falsificador de letras de cambio,
ha abandonado sin más a su mujer y sus tres hijos, se ha hecho con algo
de dinero en París mediante documentación falsa y ahora va en busca de
una nueva existencia. El 7 de julio llega a Nueva York y allí, durante dos
años, desempeña todos los oficios imaginables e inimaginables: mozo
empaquetador, droguero, dentista, vendedor de remedios, tabernero. Al
final, hasta cierto punto asentado, abre una casa de comidas, la vende
después y marcha, siguiendo el mágico pulso de los tiempos, a Missouri.
Allí se dedica a las faenas del campo, en poco tiempo logra adquirir una
pequeña propiedad y podría vivir tranquilo. Pero ante su casa no cesan
de pasar gentes, comerciantes en pieles, cazadores, aventureros y soldados; vienen del Oeste, van al Oeste y esa palabra, Oeste, se carga poco
a poco de mágica sonoridad. Como es sabido, primero se extienden las
llanuras, llanuras con inmensos rebaños de bisontes, en las que no se ve

un alma durante días, durante semanas, y solo atravesadas a la velocidad del rayo por los pieles rojas; después vienen las montañas, muy altas y nunca holladas, y por fin esa otra tierra de la que nada concreto se sabe pero de cuya riqueza legendaria se habla sin parar: California, la inexplorada. Una tierra en la que manan la leche y la miel, disponible para aquel que desee poseerla pero lejana, muy lejana..., y alcanzarla conlleva un riesgo mortal.

Pero Johann August Suter tiene sangre de aventurero y no está en su naturaleza quedarse cultivando sus tierras. Un día, en el año 1837, vende todas sus posesiones, pertrecha una expedición con carros, caballos y rebaños de bisontes y parte de Fort Independence hacia lo desconocido.

LA MARCHA A CALIFORNIA

1838. Dos oficiales, cinco misioneros y tres mujeres avanzan por la desolada infinitud en carros tirados por bisontes. Atraviesan llanuras y más llanuras, y después por fin alcanzan las montañas, en dirección al océano Pacífico. Viajan durante tres meses y a finales de octubre llegan a Fort Vancouver. Los dos oficiales han abandonado ya a Suter, los misioneros no piensan continuar, las tres mujeres han muerto durante el trayecto, incapaces de soportar las privaciones.

Suter está solo. En vano intentan retenerlo en Vancouver; le ofrecen un puesto, pero él lo rechaza todo, por las venas le corre la fascinación del mágico nombre. Con un endeble velero surca el Pacífico en primer lugar hasta las islas Sandwich y, tras arrostrar dificultades sin cuento por las costas de Alaska, termina en un lugar perdido llamado San Francisco. San Francisco..., no la ciudad de hoy en día que, tras el terremoto, multiplicó su crecimiento hasta alcanzar millones de habitantes; no, por aquel entonces era un mísero pueblo de pescadores llamado así por una misión de franciscanos, ni tan siquiera era capital de la desconocida provincia mexicana de California que, abandonada, sin cultivo ni fructificación, se extendía totalmente desaprovechada en la zona más fértil del nuevo continente.

Allí encuentra la negligencia española, incrementada por la ausencia de cualquier autoridad; revueltas, falta de animales de carga y de pobladores, falta de energía emprendedora. Suter alquila un caballo y desciende hacia el fecundo valle del río Sacramento: un día le basta para comprender que allí no solo hay sitio para una granja, para una gran finca, sino espacio para todo un reino. Al día siguiente cabalga hasta Monterrey, la miserable capital, se presenta ante el gobernador Alvarado y le explica su intención de transformar la zona en tierras cultivables. Ha traído algunos canacos de las islas y planea que le envíen más de esos indígenas tan solícitos y trabajadores; se compromete a levantar asentamientos y a fundar un pequeño reino, Nueva Helvetia.

—¿Por qué Nueva Helvetia? —pregunta el gobernador.

—Soy suizo y republicano —declara Suter.

—Está bien, haga lo que quiera. Le adjudico una concesión por diez años.

Ya se ve: los negocios se cierran aquí muy deprisa. A miles de millas de toda civilización, la energía de un solo hombre tiene un precio distinto del que tiene en su país.

NUEVA HELVETIA

1839. Una caravana asciende lentamente por la orilla del río Sacramento. A la cabeza marcha Suter, a caballo y con el arma al hombro, detrás de él dos o tres europeos y tras ellos ciento cincuenta canacos vestidos con camisas cortas, treinta carros cargados de alimentos, semillas y munición tirados por bisontes, cincuenta caballos, setenta y cinco mulos, vacas y ovejas, y detrás del todo una reducida retaguardia. Este es el ejército que se propone conquistar Nueva Helvetia.

Ante todos ellos flamean gigantescas llamaradas. Se abren paso quemando los bosques, un método mucho más cómodo que desbrozarlos. Y en cuanto las gigantescas llamas han lamido el terreno, todavía con los tocones humeantes, comienzan los trabajos. Se construyen almacenes y se excavan pozos; se siembra el terreno, que no necesita ser roturado; se levantan vallados para los numerosos rebaños; y poco a poco van llegando personas procedentes de las misiones abandonadas en las inmediaciones.

El éxito es colosal. Las semillas enseguida rinden al quinientos por ciento. Los graneros están a reventar, pronto el ganado se cuenta por millares de cabezas y, a pesar de las incesantes dificultades que plantea esa tierra, de las expediciones contra los indígenas, que hacen incursiones continuas en la floreciente colonia, Nueva Helvetia se despliega en toda su fabulosa grandeza tropical. Se construyen canales, molinos y factorías, los barcos suben y bajan por los ríos, Suter abastece no solo a Vancouver y a las islas Sandwich sino también a todos los veleros que atracan en California; y prueba a plantar fruta, la hoy tan famosa y admirada fruta de California. ¡Y hete aquí que prospera! Por eso manda traer vides de Francia y del Rin, que en pocos años cubren grandes extensiones. Para sí mismo construye casas y lujosas granjas, se hace enviar de París un piano de Pleyel en un viaje de ciento ochenta días y, de Nueva York, una máquina de vapor que atraviesa todo el continente arrastrada por sesenta bisontes. Cuenta con crédito y capital en los bancos más importantes de Inglaterra y Francia y ahora, a los cuarenta y cinco años, en la cúspide de su triunfo, recuerda que hace catorce dejó atrás en algún lugar del mundo una mujer y tres hijos. Les escribe y los invita a su reino. Pues ahora disfruta de la abundancia, es el señor de Nueva Helvetia, uno de los hombres más ricos del mundo, y seguirá siéndolo. Además, por fin los Estados Unidos arrebatan la desatendida colonia a México. Ahora todo está asegurado y protegido. Solo hay que esperar unos años y Suter será el hombre más rico del mundo.

LA PALADA FUNESTA

1848, enero. Repentinamente se presenta en casa de Johann August Suter su carpintero James W. Marshall, insistiendo con gran ansiedad en que necesita hablar con él. Suter se sorprende, pues el día anterior había enviado a Marshall a su granja de Coloma para levantar allí un nuevo aserradero. Y ahora el hombre ha regresado sin permiso y, temblando de nerviosismo, lo empuja a una estancia, cierra la puerta y saca del bolsillo un puñado de arena en la que brillan unos puntos dorados. Según le cuenta, al excavar el día anterior se había fijado en el extraño metal; creía que era oro, pero los demás se habían burlado de él. Suter se pone serio, toma las pepitas y las somete a la prueba del agua regia: es oro.

Resuelve sin dilación partir con Marshall a la granja al día siguiente, pero el carpintero es el primero en sufrir el ataque de la temible fiebre que pronto sacudirá al mundo entero: en plena noche, carcomido por la impaciencia, regresa en medio de una gran tormenta.

A la mañana siguiente el coronel Suter llega a Coloma, donde represan el canal y examinan la arena. Solo hace falta un cedazo, sacudirlo un poco acá y allá, y las pepitas brillan en la malla negra. Suter reúne a los pocos hombres blancos, los conmina a dar su palabra de honor de no contar nada hasta que la serrería esté terminada y regresa, serio y decidido, a su granja. Lo agitan embriagadores pensamientos: que se recuerde, jamás el oro apareció de modo tan accesible, simplemente mezclado entre la tierra; y esa tierra es suya, propiedad de Suter. Parece como si en una noche hubiera avanzado toda una década: es el hombre más rico del mundo.

LA FIEBRE DEL ORO

¿El hombre más rico? En absoluto. Más bien el mendigo más pobre, más mísero y más desengañado del mundo. A los ocho días el secreto se ha revelado; una mujer (¡siempre una mujer!) se lo ha contado a un vagabundo y le ha dado unas pepitas. Y lo que a partir de entonces sucede no tiene precedentes. Al instante todos los hombres de Suter dejan su trabajo, los herreros abandonan la fragua; los pastores, los rebaños; los viñadores, las vides; los soldados abandonan las armas, todo el mundo anda enloquecido y corre a la serrería con los primeros coladores y cacerolas que encuentran para batear el oro de la arena. De un día para otro las tierras quedan desiertas; las vacas, que nadie ordeña, braman hasta morir, los bisontes destruyen los vallados y pisotean los campos, donde el grano se pudre en las espigas; las queserías no funcionan, los graneros se derrumban; los inmensos engranajes de la colosal

explotación se han paralizado. El telégrafo expande la dorada promesa
por mares y continentes. Y ya llega la gente de las ciudades, de los puertos;
los marineros abandonan sus barcos; los funcionarios, sus puestos; en largas filas infinitas llegan del este, del oeste, a pie, a caballo y en carro: es la
fiebre, una plaga de langostas humanas, los buscadores de oro. Una horda
ingobernable y brutal que no conoce otra ley que la del puño, otro man-
damiento que el del revólver, invade la floreciente colonia. Para ellos todo
carece de dueño, y nadie se atreve a plantar cara a esos forajidos. Matan las
vacas de Suter, derriban sus graneros para construirse casas, pisotean sus
sembrados, roban su maquinaria. De un momento a otro, Johann August
Suter es pobre como una rata; al igual que el rey Midas, se ha ahogado en
su propio oro.

Cada vez más impetuosa se vuelve esta oleada sin precedentes empujada
por el oro; la noticia ha llegado al mundo entero y solo de Nueva York parten
cien barcos, desde Alemania, Inglaterra, Francia y España llegan en 1848,
1849, 1850 y 1851 ingentes hordas de aventureros. Algunos rodean el cabo
de Hornos, pero para los más impacientes ese camino es demasiado largo y
eligen otro más peligroso, que atraviesa el istmo de Panamá. Una compañía
muy audaz construye a marchas forzadas una vía férrea en el istmo, durante
cuyas obras fallecen de fiebres miles de obreros solo para que los aventureros se ahorren tres o cuatro semanas de viaje y lleguen cuanto antes hasta el
oro. Cruzando el continente llegan gigantescas caravanas, gentes de todas
las razas y lenguas, y todos rebuscan en las fincas de Suter como en sus propias tierras. Del suelo de San Francisco, que le pertenece por un acta sellada
del gobierno, surge con velocidad fabulosa una ciudad, gentes desconoci-
das se venden unas a otras sus tierras y el nombre de Nueva Helvetia, su
reino, desaparece bajo las palabras mágicas: El Dorado, California.

Johann August Suter, de nuevo en bancarrota, observa paralizado el catastrófico desastre. Al principio intenta excavar él también y aprovechar la

riqueza con sus criados y compañeros, pero todos lo abandonan. De modo que huye del distrito del oro y se refugia en su granja Eremitage, una finca aislada cercana a las montañas y lejos del maldito río y de la endemoniada arena. Allí por fin se reúne con él su esposa, que ha llegado con sus tres hijos ya crecidos pero que, apenas instalada, fallece debido a la extenuación causada por el viaje. No obstante, sus tres hijos y él suman ocho brazos, y ayudado por ellos retoma Johann August Suter la agricultura; una vez más, ahora con sus hijos, se abre camino gracias a su trabajo, callado, tenaz, aprovechando la fabulosa fertilidad de esa tierra. Una vez más concibe y alienta un gran plan.

EL JUICIO

1850. California se ha incorporado a los Estados Unidos. Bajo su estricta disciplina se alcanza por fin, tras la riqueza, el orden en esa tierra enloquecida por el oro. La anarquía ha sido refrenada, la ley recupera su imperio.

Y entonces irrumpe con sus reclamaciones Johann August Suter. Todo el suelo sobre el que se alza la ciudad de San Francisco, afirma, le corresponde de pleno derecho. El Estado está obligado a reparar los daños que ha sufrido por el saqueo de sus propiedades; y reclama su parte de todo el oro obtenido en sus tierras. Comienza un juicio de dimensiones nunca vistas por la humanidad. Johann August Suter demanda a diecisiete mil doscientos veintiún granjeros que se han asentado en sus plantaciones y los conmina a desalojar las tierras robadas; reclama al Estado de California veinticinco millones de dólares por haberse apropiado de los caminos, canales, puentes, presas y molinos construidos por él; exige a la Unión otros veinticinco millones en concepto de indemnización por los bienes destruidos y, además, su parte del oro extraído. Ha mandado a Emil, su hijo mayor, a Washington para que estudie leyes y pueda encargarse del juicio, y dedica los ingentes beneficios de sus nuevas granjas únicamente a mantener en

marcha un proceso legal tan costoso. Durante cuatro años lleva su caso por todas las instancias jurídicas.

El 15 de marzo de 1855 por fin se pronuncia el veredicto definitivo. El insobornable juez Thompson, el más alto magistrado de California, reconoce como plenamente fundados e inviolables los derechos sobre el suelo de Johann August Suter.

Ese día, Johann August Suter ha alcanzado su meta. Es el hombre más rico del mundo.

EL FIN

¿El hombre más rico del mundo? No, una vez más no. Vuelve a ser el mendigo más mísero, el más desdichado y apaleado de los hombres. De nuevo el destino le asesta un golpe mortal, pero esta vez lo derriba para siempre. Al conocerse el veredicto se desata un torbellino en San Francisco y en todo el país. Decenas de miles de personas se amotinan, todos los propietarios amenazados junto con la chusma de la calle, la canalla siempre dispuesta al saqueo; asaltan el Palacio de Justicia y lo incendian, buscan al juez para lincharlo y se aprestan, una multitud ingente, a apoderarse de todas las posesiones de Johann August Suter. Su hijo mayor se pega un tiro, acosado por los bandidos; al segundo lo asesinan; el tercero logra huir, pero se ahoga de regreso a su patria. Un ciclón arrasa Nueva Helvetia, los bandidos prenden fuego a las granjas de Suter, destruyen sus viñedos, roban su mobiliario, sus colecciones y su dinero, y, con cólera despiadada, reducen a la nada sus vastas posesiones. El propio Suter se salva de milagro.

Johann August Suter nunca se recupera de este golpe. Su obra ha sido destruida, su mujer y sus hijos están muertos y su mente se encuentra turbada; una única idea brilla en su cerebro nublado: hacer justicia, el juicio.

Durante veinticinco años un viejo, perturbado y mal vestido, merodea por el Palacio de Justicia de Washington. En todos los despachos conocen al «general» que, con su sucia levita y sus zapatos destrozados, exige que le devuelvan sus millones. Una y otra vez aparecen abogados sin escrúpulos, aventureros y timadores que se apropian de lo que queda de su pensión y lo empujan a continuar el proceso. Él no desea dinero, odia el oro que lo ha empobrecido, que ha matado a sus tres hijos, que le ha destrozado la vida. Solo quiere reivindicar sus derechos, y los defiende pleiteando con la desesperación de un maniaco. Reclama ante el Senado, reclama ante el Congreso, confía en ayudantes de toda calaña que, haciéndose cargo pomposamente del asunto, visten al desdichado con un ridículo uniforme de general y lo arrastran como un espantajo de administración en administración, de congresista en congresista. Esta situación se prolonga durante veinte años, de 1860 a 1880, veinte lastimosos años de mendicidad. Día tras día merodea por el Capitolio, objeto de las burlas de todos los funcionarios, de las jugarretas de los pillos; él, a quien pertenecen las tierras más ricas del mundo y en cuya propiedad se encuentra y crece día tras día la segunda capital de ese gigantesco país. Pero hacen esperar a ese hombre molesto. Y allí, en las escaleras del Capitolio, el 17 de junio de 1880 sufre por fin un liberador ataque al corazón; del lugar retiran a un mendigo muerto. Es un mendigo muerto, sí, pero en el bolsillo lleva un escrito que según todas las leyes terrenales les asegura, a él y a sus herederos, el derecho a la mayor fortuna de la historia de la humanidad.

Hasta ahora nadie ha reclamado la herencia de Suter, ningún descendiente ha hecho valer sus derechos. Hoy día San Francisco, toda una comarca, continúa alzándose sobre un suelo que no le pertenece. Sigue sin hacerse justicia y solo un artista, Blaise Cendrars, ofreció al olvidado Johann August Suter al menos el derecho a un gran destino: el derecho al admirado recuerdo de la posteridad.

EL INSTANTE HEROICO

DOSTOIEVSKI, SAN PETERSBURGO, PLAZA SEMIÓNOVSKI, 22 DE DICIEMBRE DE 1849

✦

Lo han despertado en mitad de la noche,
entrechocan los sables por las casamatas,
voces que dan órdenes; en la incertidumbre
acechan las sombras como fantasmas.
A empujones lo sacan hasta un corredor,
muy largo y oscuro; muy oscuro y largo.
Chirría un cerrojo, rechina una puerta
y siente el cielo y el aire helador.
Un carro lo espera, una tumba con ruedas
a la que lo empujan sin compasión.

Junto a él viajan, con férreas cadenas,
guardando silencio, la tez demudada,
nueve camaradas.
Nadie dice nada
porque todos saben
adónde va el carro
y que las ruedas que giran debajo
llevan sus vidas entre los radios.

Se para
el carro con su traqueteo, la puerta chirría:
por la reja abierta se asoma y los mira
el oscuro mundo
con los soñolientos ojos velados.
Los edificios,
negra la escarcha de los tejados,
rodean la plaza oscura y nevada.

El gris de la niebla recubre
el cadalso.
La mañana roza tan solo la iglesia
con su claridad sangrienta y helada.

Forman en silencio.
La sentencia es leída por un teniente:
muerte por traición, con pólvora y plomo.
¡Muerte!
La palabra cae como una pedrada
en la superficie glacial del silencio.
Resuena
muy fuerte, como si la quebrara.
Luego el eco
se hunde en la tumba callada,
en la quietud gélida de la mañana.

Como en sueños
vive cuanto le sucede
y sabe tan solo que ahora va a morir.
Alguien se acerca y le pone un sudario,
la túnica blanca del ajusticiado.
Un último adiós a los camaradas.
Con ojos ardientes

y un grito mudo,
besa la imagen del Crucificado
que el severo pope tiende vehemente.
Después a los diez
los atan a postes
con pesadas cuerdas y de tres en tres.

Ya viene
un cosaco muy apresurado
a vendarle los ojos ante el pelotón.
Antes de la ceguera busca su mirada
(él bien lo sabe: ¡por última vez!)
con ansia angustiosa el trozo de mundo
que el cielo le ofrece en su palidez.
En el fulgor del alba vislumbra la iglesia:
como una última cena dichosa
centellea la cúpula
bajo la sagrada luz de la aurora.
Con súbito gozo quiere alcanzarla,
como a la vida eterna, liberadora.

Entonces, la noche le vela los ojos.

Pero dentro
la sangre se torna colorida;
una marea de reflejos
compone de nuevo
la imagen de la vida.
Y siente
que en ese segundo tocado por la muerte
todo el pasado, hace tiempo perdido,
retorna a su alma como un torrente:
la vida entera despierta de nuevo,

y llena de imágenes todo su pecho.
La infancia pálida, perdida y gris,
el padre y la madre; hermano,
      mujer,
de amistad tres raciones y dos de
      placer,
un sueño de gloria, un puñado de
      afrentas.
La perdida imagen de la juventud
corre con ardor por todas sus
      venas.
Recuerda íntimamente todo su ser
hasta el momento
que al poste lo ataron.
Y un pensamiento
oscuro y pesado
le ensombrece el alma de modo cruel.

Entonces
siente que alguien se le acerca,
siente un paso muy negro y callado
cerca, muy cerca,
y al posarse la mano en el corazón,
late débil..., más débil..., y ya se paró...
Solo un minuto y todo habrá pasado.
Los cosacos
forman en brillante hilera...,
chascan los gatillos..., cuelgan las correas...
Los tambores rasgan el aire invernal.
Ese instante dura una eternidad.

Resuena un grito:
¡Alto!

Un oficial
agita un escrito.
Su clara voz rasga
el silencio expectante.
El zar,
en la misericordia de su voluntad,
ha cambiado la condena:
se conmuta por pena de más levedad.

Las palabras suenan
aún muy extrañas: no entiende el sentido.
Pero la sangre,
que ha recobrado el rojo en las venas,
se levanta y canta muy quedamente.
La muerte
abandona los miembros ateridos
y los ojos sienten, aún en la negrura,
que una luz eterna y sutil los saluda.

El verdugo
suelta callado las ataduras.
Como la corteza de un abedul
retiran dos manos la venda blanca
de las sienes tan atormentadas.
Abandona la tumba por fin la mirada
y regresa, débil y cegada,
a la existencia que dio por perdida:
de nuevo a la vida.
Y entonces ve
la iglesia dorada
que en el rojo de la madrugada
arde místicamente.
Las intensas rosas de la alborada

la rodean como si rezaran piadosamente.
La cúpula radiante
apunta, con su mano de cruz,
a la espada sagrada, muy alta en el margen
de las nubes teñidas de encarnada luz.
Surgida de la claridad de la mañana
cubre la iglesia la bóveda de Dios.

El torrente
de luz lanza oleadas ardientes
en el resonante círculo celeste.

La niebla
asciende humeante y se lleva
hacia el resplandor divino
la oscuridad de la faz de la Tierra.
De las profundidades surgen sonidos
como si unidos
un coro infinito llegaran a ser.
Entonces percibe por primera vez
el terrible martirio del ser humano:
el amargo sufrimiento
que arrasa la Tierra con su tormento.

Escucha la voz del pequeño y débil,
la mujer que se dio a cambio de nada,
la ramera que insiste en su burla amarga.
Escucha el rencor del siempre ofendido,
al abandonado sin una sonrisa;
oye a los niños quejarse en sollozos
y el grito impotente de los corrompidos.
Oye a todo el que carga con penas,
al desamparado y al escarnecido,

al mártir sin nimbo
que vaga a diario por las callejuelas.
Oye sus voces, los oye ascender,
grandiosa los alza la melodía,
que los transporta hasta el edén.
Y observa que
solo el apenado hasta Dios asciende
mientras a los otros la pesada vida
los ata a la tierra con dicha de plomo.
Allá en las alturas la luz se extiende
bajo el aluvión
del creciente coro
de dolor humano.
Y sabe que a todos
los escucha Dios:
¡sus cielos rebosan de compasión!

A los afligidos
Dios no los juzga,
la piedad eterna
inunda los cielos con su luz pura.
Se van los jinetes del Apocalipsis.
Será el dolor placer y la dicha, tormento
para quien en la muerte percibe la vida.
Y ya desciende
un ángel de fuego
y le lanza un rayo
de amor ganado por el sufrimiento
que en su corazón se clava profundo.

Y cae
de rodillas, como golpeado,
consciente de pronto del extenso mundo

y de lo infinito del padecimiento.
Tiembla su cuerpo,
espumarajos salen de la boca,
y los espasmos le rasgan la cara.
Pero las lágrimas
empapan dichosas la túnica blanca:
comprende ahora que, cuando rozó
los labios amargos de la cruda muerte,
su corazón sintió el dulzor de la vida.
Ansía su alma martirios y heridas;
entiende
que en aquel momento
él era ese Otro,
que en la cruz sufrió terribles tormentos
y que él, como Él,
desde el llameante beso de la muerte
amará la vida por el sufrimiento.

Ya los soldados lo apartan del poste.
Lívido
tiene el rostro apagado.
Rudamente
se ve devuelto a la fila.
Su mirada
está extraviada y hundida;
y en el temblor de los labios pende
la amarilla risa de los Karamázov.

LA PRIMERA PALABRA EN CRUZAR EL OCÉANO

CYRUS W. FIELD, 28 DE JULIO DE 1858

✦

EL NUEVO RITMO

Durante muchísimos de los miles y quizá cientos de miles de años en los que la extraordinaria criatura llamada ser humano ha habitado la faz de la Tierra, no existieron formas de locomoción más rápidas que el galope del caballo, la rueda en movimiento o las embarcaciones impulsadas por remos o por velas. La panoplia de avances técnicos realizados en el breve intervalo iluminado por la conciencia que llamamos Historia Universal no tuvo como consecuencia una aceleración relevante en el ritmo de los desplazamientos. Los ejércitos de Wallenstein apenas avanzaban más deprisa que las legiones de César, las tropas de Napoleón no marchaban más rápido que las hordas de Gengis Kan, las corbetas de Nelson no surcaron los mares mucho más raudas que los barcos vikingos piratas o las naves mercantes de los fenicios. Lord Byron, cuando escribe en sus *Peregrinaciones de Childe Harold,* no cubre más millas al día que Ovidio en su camino del destierro al Ponto; Goethe no viaja en el siglo XVIII con mucha más comodidad o rapidez que el apóstol Pablo al comienzo del primer milenio. En cuanto a tiempo y espacio, las naciones permanecen igual de alejadas, ya sea en la época de Napoleón o durante el Imperio romano. La obstinación de la materia continúa imponiéndose a la voluntad humana.

Solo la llegada del siglo XIX cambia de manera radical la dimensión y el ritmo de los desplazamientos. En sus dos primeras décadas, los pueblos, las naciones, se aproximan más que en todos los milenios precedentes; gracias al ferrocarril y los barcos de vapor, los trayectos que antaño duraban varios días se cubren en uno solo, y las eternas horas de viaje se transforman en cuartos de hora o en minutos. Sin embargo, por muy espectaculares que resultaran para los contemporáneos las inauditas velocidades del tren o del barco de vapor, esos inventos aún se mantienen en el terreno de lo tangible. En efecto, esos vehículos multiplican por cinco, por diez o por veinte las velocidades conocidas; la mirada y el pensamiento pueden seguirlos y comprender el aparente milagro. Por el contrario, totalmente imprevisibles resultan los primeros avances de la electricidad que, como un Hércules en la cuna, echan por tierra las leyes hasta el momento conocidas y destruyen las magnitudes vigentes. Los que vinimos después jamás podremos experimentar el asombro de aquella generación ante los primeros avances del telégrafo eléctrico. La perplejidad sin límites y el entusiasmo ante el hecho de que la misma chispa casi imperceptible, que ayer escasamente saltaba una pulgada desde la botella de Leyden hasta los nudillos, de pronto se cargue de una fuerza demoniaca capaz de atravesar naciones, montañas y continentes enteros. Ante el hecho de que un pensamiento apenas concebido o una palabra aún húmeda sobre el papel puedan ser recibidos, leídos y comprendidos en ese mismo instante a miles de millas de distancia; de que la corriente invisible que oscila entre los polos de la minúscula pila voltaica pueda extenderse de un extremo a otro del planeta. Ante el hecho de que el aparato de juguete del laboratorio de física, ayer solo capaz de atraer unos trocitos de papel mediante el frotamiento de un cristal, se pueda potenciar hasta millones, hasta miles de millones de veces la fuerza muscular y la velocidad humanas, y pueda utilizarse para llevar mensajes, mover ferrocarriles e iluminar casas y calles; y que incluso pueda, como Ariel, flotar invisible por el aire. Este es el descubrimiento que originó el mayor vuelco en las relaciones entre el tiempo y el espacio desde la creación del mundo.

El histórico año de 1837, en el que por primera vez el telégrafo convirtió en sincrónicas las hasta entonces aisladas vidas humanas, muy raramente se reseña en nuestros libros de texto, que por desgracia siguen considerando más importantes las guerras y victorias de los distintos comandantes y naciones que los auténticos logros, los triunfos comunes de la Humanidad. Sin embargo, ninguna fecha de la historia reciente puede compararse en cuanto a su profundo impacto psicológico con este vuelco en el valor del tiempo. El mundo cambia desde que es posible conocer en París lo que sucede en ese mismo minuto, y simultáneamente, en Ámsterdam, Moscú, Nápoles y Lisboa. Solo es necesario dar un paso más allá para que también los demás continentes se unan a esta grandiosa conexión y se origine una conciencia común de toda la Humanidad.

Pero la Naturaleza sigue resistiéndose a esta unión, aún representa un obstáculo; así, permanecen desconectadas todavía durante dos décadas aquellas naciones separadas por el mar. Pues, mientras la corriente fluye sin problemas de un poste telegráfico a otro gracias a los aisladores de porcelana, el agua absorbe la electricidad. Tender un cable por el fondo marino resulta imposible porque aún no se ha inventado un material capaz de aislar completamente los hilos de hierro y cobre sumergidos en un medio líquido.

Por fortuna, en la era del progreso un avance tiende la mano a los siguientes. A los pocos años de la introducción de la telegrafía terrestre se descubre que la gutapercha es el material más adecuado para aislar las conducciones eléctricas sumergidas en agua; ahora se puede intentar conectar al país más importante fuera del continente, Inglaterra, a la red de telegrafía europea. Un ingeniero apellidado Brett tiende el primer cable en el mismo lugar desde donde, años después, Blériot partió para ser el primero en cruzar el canal en aeroplano. Pero un tonto incidente malogra el ya seguro triunfo cuando un pescador de Boulogne, que creía haber atrapado una anguila especialmente grande, arranca el cable recién colocado. A pesar de todo, el 13 de noviembre de 1851 el segundo intento culmina con éxito. Así, Inglaterra queda conectada por fin y Europa se convierte realmente en Europa, en un ser con un único cerebro y un solo corazón que experimenta simultáneamente todos los acontecimientos de la época.

Un logro tan espectacular alcanzado en tan pocos años (pues ¿qué representa una década sino un parpadeo en la historia de la Humanidad?) por supuesto despierta un optimismo sin límites en aquella generación. Todo cuanto se intenta se consigue, y además a una velocidad pasmosa. En tan solo unos años, Inglaterra queda enlazada telegráficamente con Irlanda; Dinamarca, con Suecia; Córcega, con tierra firme; y ya se hacen tanteos para conectar a la red a Egipto y, desde allí, a la India. No obstante, hay un continente, precisamente el más importante, que parece aún condenado a una larga exclusión de este encadenamiento mundial: América. Pues ¿cómo cruzar con un único cable el océano Atlántico o el Pacífico que, en su infinita extensión, no permiten escala alguna? En aquellos primeros años de la electricidad, todos los factores resultan aún desconocidos. Todavía no se ha sondeado la profundidad del mar, todavía no se conoce con exactitud la estructura geológica del suelo oceánico, todavía no se ha comprobado si un cable sumergido a esas profundidades soportará la presión de semejantes masas de agua. Y, aunque resultara técnicamente posible tender con seguridad un hilo casi inacabable a tal profundidad, ¿de dónde se saca un barco lo suficientemente grande para cargar el peso de dos mil millas de un cable compuesto de hierro y cobre? ¿De dónde salen unas dinamos tan potentes como para enviar una corriente eléctrica ininterrumpida a una distancia que un barco de vapor tarda al menos entre dos y tres semanas en recorrer? Es imposible aventurar cualquier previsión. Aún no se sabe si en las profundidades del océano existen campos magnéticos capaces de desviar la corriente eléctrica; aún no se cuenta con aislamiento suficiente, ni con aparatos de medición adecuados, aún se conocen tan solo los principios básicos de la electricidad, que acaba de abrir los ojos de su sueño inconsciente de cien años. «¡Imposible! ¡Absurdo!», exclaman convencidos los entendidos en cuanto se menciona el proyecto del cable oceánico. «Quizá más adelante», opinan los técnicos más optimistas. Incluso Morse, el hombre al que el telégrafo debe su perfeccionamiento, considera la empresa como un riesgo incalculable. Aunque, de modo profético, añade que, si se materializara, la existencia del cable trasatlántico supondría «the great feat of the century», la hazaña más gloriosa del siglo.

Para que suceda un milagro, o algo milagroso, el primer requisito es que alguien tenga fe en ese milagro. El ingenuo entusiasmo de una persona obstinada genera el empuje creativo allí donde los entendidos dudan; y, como casi siempre, también en esta ocasión la simple casualidad pone en marcha el grandioso proyecto. Un ingeniero inglés apellidado Gisborne, que en 1854 intenta tender un cable desde Nueva York hasta Terranova, el punto más oriental de Norteamérica, para que los mensajes de los barcos se reciban unos días antes, se ve obligado a interrumpir sus trabajos por haber agotado sus recursos financieros. De modo que viaja a Nueva York para buscar inversores. Allí la pura casualidad, madre de tantos logros excelsos, quiere que se tropiece con Cyrus W. Field, hijo de un clérigo, cuyos distintos negocios han tenido tanto éxito tan rápido que ha podido retirarse con una gran fortuna aún en sus años de juventud. Gisborne procura ganarse a este hombre ocioso, demasiado joven y demasiado enérgico para permanecer inactivo, para la causa de terminar el cable que unirá Nueva York con Terranova. Ahora bien, Cyrus W. Field no es (y cabría decir: ¡por suerte!) un técnico ni un entendido. No sabe nada de electricidad, no ha visto un cable en su vida. Pero en este hijo de clérigo arde una fe apasionada, la vigorosa osadía de los americanos. Y allí donde el ingeniero especialista tan solo distingue el objetivo inmediato de unir Nueva York con Terranova, este joven entusiasta enseguida ve más allá: ya puestos, ¿por qué no conectar Terranova con Irlanda mediante un cable submarino? Y con un ímpetu decidido a superar cualquier obstáculo (en los últimos años este hombre ha cruzado treinta y una veces el océano que separa ambos continentes), Cyrus W. Field se pone manos a la obra, firmemente resuelto a, desde ese momento, dedicar todo lo que es y todo lo que tiene a dicha empresa. Así se ha producido el chispazo decisivo, gracias al cual una idea adquiere fuerza explosiva en el mundo real. La nueva energía eléctrica, capaz de obrar milagros, se ha aliado con el elemento más dinámico del mundo: la voluntad humana. Un hombre ha encontrado la misión de su vida, y la misión ha encontrado a su hombre.

Con una energía fabulosa, Cyrus W. Field emprende la tarea. Se pone en contacto con todos los especialistas, acosa a los gobiernos para lograr concesiones y dirige en ambos continentes una campaña para reunir el dinero necesario; tan intensa es la vehemencia que transmite este completo desconocido, tan apasionada su íntima convicción, tan inquebrantable su fe en la electricidad como nueva fuerza milagrosa, que el capital inicial de trescientas cincuenta mil libras se alcanza en Inglaterra en cuestión de pocos días mediante la venta de acciones. Basta con invitar a los comerciantes más ricos de Liverpool, de Manchester y de Londres a participar en la fundación de la Telegraph Construction and Maintenance Company, y ya fluye el capital. Además, entre los accionistas se encuentran también los nombres de Thackeray y de lady Byron, quienes, sin ningún objetivo mercantil y por puro entusiasmo moral, desean impulsar el proyecto; nada ilustra mejor la esperanza depositada en la técnica y la mecánica que animaba Inglaterra en la época de Stevenson, Brunel y los otros grandes ingenieros que el hecho de que un solo llamamiento fuera suficiente para que se pusiera a disposición de una iniciativa totalmente fantástica una suma tan elevada, y además *à fonds perdu*.

Y es que los costes aproximados del tendido del cable son casi lo único que se puede calcular con seguridad en este momento inicial. No existen precedentes de la ejecución técnica. En lo que va de siglo XIX nunca se ha pensado ni planeado a semejante escala. Pues ¿cómo comparar atravesar todo un océano con cruzar la estrecha franja de agua que separa Dover de Calais? Allí bastó con desenrollar treinta o cuarenta millas de cable desde la cubierta de un vapor de ruedas normal y corriente, y el hilo descendía sin dificultades como un ancla de su molinete. Para tender el cable en el canal de la Mancha se pudo esperar sin prisa un día de tiempo favorable, se conocía exactamente la profundidad del fondo, se permanecía siempre a la vista de una u otra orilla y, con ello, a salvo de cualquier peligroso incidente; y en un solo día quedó establecida la conexión. Sin embargo, durante una travesía transatlántica que requiere por lo menos tres semanas de viaje continuado, una bobina de cable cien veces más voluminosa y cien veces más pesada no puede transportarse sin más en la cubierta, expuesta a las inclemencias del tiempo. Además, ningún barco de la época es lo bastante grande para albergar en su bodega el ovillo gigante de hierro, cobre y gutapercha; ninguno es lo bastante potente para cargar semejante peso. Son necesarios al menos dos barcos principales que precisan ser escoltados por otros para asegurar que no se desvían de la ruta más corta, y para prestar ayuda si sobreviene un accidente. El gobierno inglés ofrece uno de sus mayores barcos de guerra, el Agamemnon, que ha luchado como buque insignia en Sebastopol; y el americano, por su parte, el Niagara, una fragata de cinco mil toneladas (el mayor tonelaje en aquel entonces). Aun así, ambos barcos deben ser expresamente reconvertidos para que cada uno pueda transportar la mitad de la interminable cadena que unirá los dos continentes. El problema principal lo representa el propio cable. Son inimaginables los requisitos que debe cumplir este gigantesco cordón umbilical tendido entre las dos orillas. Porque ha de ser duro e irrompible como un cable de acero, pero, a la vez, tener suficiente elasticidad para que se pueda ir soltando. Debe soportar cualquier presión y aguantar cualquier carga y, al mismo tiempo, dejarse desenrollar con la suavidad de un hilo de seda. Ha de ser macizo, pero no voluminoso, robusto y a la vez tan delicado que la más leve pulsación eléctrica pueda recorrerlo a lo largo de dos mil millas. Una mínima grieta, una minúscula irregularidad en cualquier punto del infinito cable podría impedir la transmisión durante este trayecto de catorce días de duración.

¡Pero se intenta! Las fábricas pasan día y noche hilando; la voluntad demoniaca de un único hombre impulsa todos los engranajes. Se agotan minas enteras de hierro y de cobre para crear esta conducción; al otro lado del mundo, bosques enteros del árbol de la gutapercha son sangrados para fabricar la cubierta aislante. Y nada ilustra con mayor claridad las enormes proporciones de este proyecto que el hecho de que en ese cable se trencen trescientas sesenta y siete mil millas de alambre, trece veces más de lo que haría falta para circunvalar la Tierra, y suficiente para unir la Tierra con la Luna. Desde la construcción de la Torre de Babel, la Humanidad no había intentado nada tan colosal desde el punto de vista técnico.

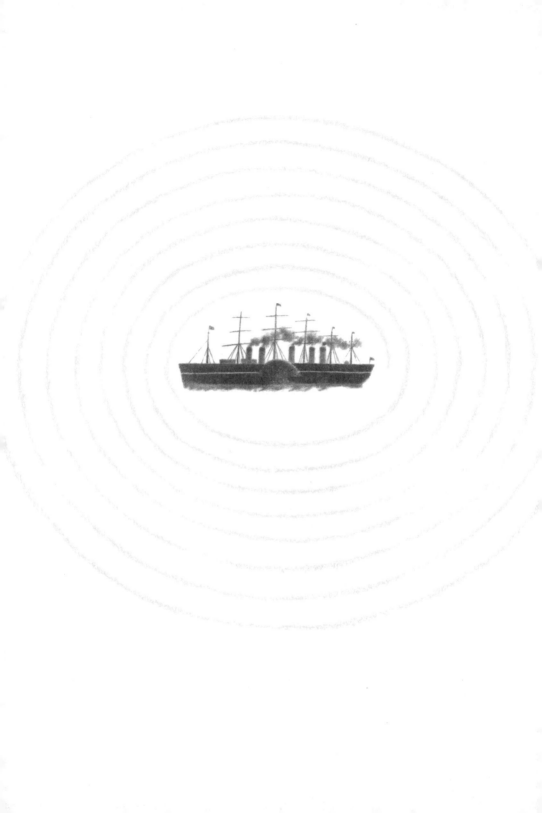

Durante un año entero silba la maquinaria y el cable fluye sin interrupción, como un fino hilo flexible, desde las fábricas al interior de los dos barcos; finalmente, tras miles y miles de vueltas, cada mitad del cable se encuentra enrollada en forma de bobina en cada buque. Construidas y ya instaladas se encuentran también las nuevas y pesadas máquinas que, provistas de frenos y de rebobinado, irán soltando el cable sin descanso durante una, dos y tres semanas en el fondo del océano. Los mejores electricistas y técnicos, entre ellos el mismísimo Morse, se reúnen a bordo para controlar continuamente con sus aparatos que la corriente no se interrumpe durante el tendido; periodistas y dibujantes se embarcan en la flota para narrar, de palabra y por escrito, el levado de anclas más emocionante desde Colón y Magallanes.

Por fin está todo listo para la partida y, si bien hasta entonces los escépticos eran mayoría, ahora la opinión pública de toda Inglaterra se vuelca apasionadamente con el proyecto. Cientos de buques y embarcaciones grandes y pequeñas rodean a la expedición el 5 de agosto de 1857 en el pequeño puerto irlandés de Valentia para presenciar el momento histórico en que un extremo del cable, transportado en botes hasta la costa, se engancha a suelo europeo. Sin haberlo planeado, la despedida resulta muy solemne. El gobierno ha enviado representantes, se pronuncian discursos y, en una sentida plegaria, el clérigo pide la bendición de Dios para la arriesgada empresa. «Oh, Dios eterno», comienza, «tú que ensanchas los cielos y gobiernas el oleaje de los mares, tú, a quien los vientos y las mareas obedecen, sé misericordioso con tus siervos... Levanta cualquier obstáculo, aparta cualquier escollo que pueda impedirnos culminar esta importante misión.» Después se agitan manos y sombreros desde la playa y desde el mar. Poco a poco, la costa se desdibuja. Uno de los sueños más osados de la Humanidad lucha por convertirse en realidad.

En un primer momento se había planeado que los grandes barcos, el Agamemnon y el Niagara, cada uno con su mitad del cable, navegaran juntos hasta un punto previamente establecido en medio del océano y que, una vez allí, se realizara el empalme de las dos mitades. Después uno pondría rumbo al oeste, hacia Terranova, y el otro al este, hacia Irlanda. Pero luego se consideró una temeridad arriesgar la totalidad del valioso cable en un primer intento, de modo que se prefirió tender el primer tramo desde tierra firme; con más razón teniendo en cuenta que aún se ignoraba si una transmisión submarina funcionaría correctamente a semejante distancia.

De los dos buques es al Niagara al que se encomienda la misión de tender el cable desde tierra hacia mar abierto. Despacio, cautelosamente, avanza la fragata americana dejando tras de sí, como una araña, el hilo que sale de su pesado cuerpo. Lenta y regularmente traquetea a bordo la máquina que baja el cable; es el viejo sonido, bien conocido por todos los marineros, de la cadena del ancla que gira por el molinete. A las pocas horas, los tripulantes prestan ya tan poca atención a ese sonido regular y rechinante como a los latidos de su corazón.

Adelante, adelante mar adentro, soltando cable por la popa. Esta aventura no parece nada emocionante. Tan solo los electricistas se mantienen alerta y, en una cámara especial, intercambian continuamente señales con la tierra firme irlandesa. Oh, maravilla: aunque ya hace mucho tiempo que no se distingue la costa, la transmisión por el cable sumergido funciona con tanta claridad como si la comunicación se estableciera entre dos ciudades europeas. Pronto las aguas poco profundas quedan atrás, pronto han atravesado un tramo de la llamada plataforma oceánica que se extiende junto a Irlanda, y el hilo metálico continúa fluyendo regularmente por la popa como el contenido de un reloj de arena, enviando y recibiendo mensajes simultáneamente.

Ya se han tendido trescientas treinta y cinco millas de cable, más de diez veces la distancia entre Dover y Calais; ya se han superado cinco días y cinco noches de incertidumbre inicial; la sexta noche, el 11 de agosto, Cyrus W. Field se acuesta para tomarse un merecido descanso tras muchas horas de trabajo y muchas emociones. Entonces, de repente (¿qué ha sucedido?), el traqueteo deja de oírse. Del mismo modo que el viajero dormido se sobresalta en el tren si la locomotora se detiene de manera inesperada; igual que el molinero salta de la cama si la muela se para de pronto, así se despiertan todos al instante en aquel barco y corren a cubierta. Un rápido vistazo a la máquina lo confirma: está vacía. El cable se ha escapado del cabrestante; fue imposible agarrar a tiempo el extremo partido, y ahora resulta aún más imposible encontrar el cable perdido en las profundidades y recuperarlo. Lo peor ha sucedido. Un pequeño fallo técnico ha echado a perder el trabajo de muchos años. Los que partieron tan audaces ahora regresan derrotados a Inglaterra, donde la repentina ausencia de comunicaciones y señales ya había hecho presagiar las malas noticias.

OTRO CONTRATIEMPO

Cyrus Field, el único inasequible al desaliento, héroe y comerciante al mismo tiempo, hace balance de la situación. ¿Cuánto se ha perdido? Trescientas millas de cable, unas cien mil libras de capital y, quizá lo que más le preocupa, un año irrecuperable. Porque la expedición solo puede contar con buen tiempo en verano, y a esas alturas la estación se encuentra ya demasiado avanzada. Por otro lado, tienen en su haber una pequeña ganancia. Ese primer intento ha permitido adquirir una experiencia práctica nada desdeñable. Por lo que respecta al cable, ha demostrado que funciona; puede recuperarse, enrollarse y almacenarse para la siguiente expedición. Solo es necesario mejorar las máquinas que lo tienden y que ocasionaron la desafortunada rotura.

Y así, a la espera y completando los preparativos, pasa un año. Hay que aguardar al 10 de junio de 1858 para que, cargados de optimismo renovado y del viejo cable, los dos barcos se hagan otra vez a la mar. Puesto que la transmisión de señales eléctricas funcionó a la perfección durante el primer viaje, se retoma el plan inicial de comenzar el tendido desde la mitad del océano y de avanzar después en direcciones opuestas. Los primeros días de la nueva expedición transcurren sin novedad. Según lo previsto, al séptimo debe comenzar el tendido en el lugar indicado y, con ello, el verdadero trabajo. Hasta ese momento todo es, o parece, un viaje de recreo. Las máquinas están paradas, los marineros pueden descansar y disfrutar del buen tiempo; el cielo se presenta limpio, y el mar, en calma. Quizá demasiado en calma.

Al tercer día, el capitán del Agamemnon siente una secreta inquietud. Vigilando el barómetro comprueba la preocupante velocidad a la que baja el mercurio. Una tormenta muy singular debe de encontrarse en formación. Y, en efecto, al cuarto día estalla una tempestad como rara vez han conocido en el Atlántico ni siquiera los marinos más experimentados. El que sufre los peores estragos de este huracán es el barco inglés, el Agamemnon. Al tratarse de una nave excelente que ha superado con éxito las más duras pruebas por los siete mares e incluso en la guerra, este buque insignia de la Marina inglesa debería poder enfrentarse a semejante temporal. Pero por desgracia ha sido totalmente reconvertido para albergar en su interior la carga colosal del cable. No se puede, como en un carguero, estibar el peso de manera uniforme por toda la bodega, es en el centro del barco donde recae todo el peso de la gigantesca bobina; además, una parte del cable se encuentra enrollada en la zona de proa, lo que tiene como terrible consecuencia que, con cada ola, el cabeceo se ve multiplicado. Así, la tempestad se divierte peligrosamente con su víctima: a derecha, a izquierda, adelante y atrás, el barco oscila hasta alcanzar ángulos de cuarenta y cinco grados, unas olas gigantescas barren la cubierta y destrozan los aparejos. Como desgracia añadida, en uno de los golpes de mar más terribles, que sacude todo el buque de la quilla al palo mayor, cede el almacén para el carbón situado en la cubierta. Una negra granizada cae como una lapidación sobre los marineros, ya agotados y muchos con heridas abiertas. Algunos se lesionan debido a las caídas, otros se escaldan con las ollas volcadas en la cocina. Un tripulante enloquece durante los diez días de tormenta ininterrumpida y ya se empiezan a plantear la solución más desesperada: lanzar por la borda una parte del fatídico peso. Por suerte, el capitán se niega a asumir tal responsabilidad, y el tiempo le dará la razón. Tras adversidades sin cuento, el Agamemnon sobrevive a diez días de tempestad y, a pesar de un gran retraso, logra reunirse con los demás barcos en el lugar acordado para comenzar el tendido del cable.

Sin embargo, ahora se manifiestan los daños causados por el continuo zarandeo en este valioso y delicado cable de hilos mil veces trenzados. En algunos puntos se ha enredado, y la cubierta de gutapercha aparece agrietada o pulverizada por completo. A pesar de ello, con poco convencimiento, se realizan algunos intentos cuyo único resultado es la pérdida de unas doscientas millas de cable que se hunden en vano en el fondo del mar. Por segunda vez, no queda otro remedio que arriar la bandera y regresar derrotados en vez de triunfantes.

EL TERCER VIAJE

Pálidos, conocedores ya de las malas noticias, los accionistas aguardan en Londres a Cyrus W. Field, el líder que los había hechizado. La mitad del capital se ha evaporado en los dos viajes sin que se haya podido avanzar nada ni conseguir nada. Es comprensible que la mayoría diga: «¡Se acabó!». El presidente aconseja poner a salvo lo que se pueda rescatar. Se muestra a favor de sacar de los barcos el cable no utilizado y de venderlo incluso a pérdidas si fuera necesario; y de olvidarse de una vez por todas del disparatado plan de un cable que cruce el océano. El vicepresidente está de acuerdo y presenta su dimisión por escrito, para dejar constancia de su desvinculación de tan absurdo proyecto. Pero la tenacidad y el idealismo de Cyrus W. Field son inquebrantables. Como explica a sus socios, nada se ha perdido. El cable ha soportado espléndidamente la prueba y aún queda suficiente a bordo para un nuevo intento; además, la flota está reunida, y la tripulación, enrolada. Precisamente el insólito mal tiempo del último viaje permite esperar un intervalo de días tranquilos y sin viento. ¡Ánimo, ánimo una vez más! Ahora o nunca es la ocasión de hacer un último esfuerzo.

Los accionistas se miran, cada vez más dubitativos: ¿deberían confiar lo que queda del capital a semejante loco? Pero una voluntad férrea siempre arrastra consigo a los indecisos y, al final, Cyrus W. Field logra forzar una nueva expedición. El 17 de julio de 1858, cinco semanas después del segundo viaje frustrado, la flota zarpa por tercera vez del puerto inglés.

Y así se corrobora una vez más el hecho de que las hazañas más decisivas se producen sin que nadie se entere. Esta vez, la partida se realiza sin testigos: no hay botes ni barcas que rodeen a los buques para desearles suerte, ni multitudes en la playa, ni se celebra una solemne cena de despedida, ni se dan discursos, ni hay un clérigo que suplique la bendición de Dios. Como en una incursión pirata, los barcos zarpan con el máximo sigilo. El mar los espera, apacible. Exactamente el día acordado, el 28 de julio, once días después de su partida de Queenstown, el Agamemnon y el Niagara se encuentran en el lugar indicado en mitad del océano y comienzan su extraordinaria tarea.

¡Curiosa imagen! Los barcos acercan las popas y, entre ellos, se conectan los extremos de los cables. Sin ninguna formalidad, sin que las personas a bordo se interesen especialmente por el procedimiento (decepcionadas ya por los intentos infructuosos), el cable de hierro y cobre se sumerge en las aguas entre los dos buques y se hunde hasta el fondo más profundo del océano, jamás explorado por las sondas. Después se intercambia un saludo de borda a borda, de bandera a bandera, y el navío inglés pone rumbo a Inglaterra, y el americano, a Norteamérica. Mientras se alejan, dos puntitos móviles en un océano infinito, el cable los mantiene conectados todo el tiempo. Por primera vez en la historia, dos barcos pueden comunicarse, aunque no se vean, a través de vientos y olas, desafiando el espacio y la distancia. Cada pocas horas, uno de los buques informa de las millas recorridas mediante señales eléctricas que cruzan las profundidades submarinas, y en cada ocasión el otro responde que, gracias al buen tiempo, ha cubierto el mismo trecho. Así transcurren un primer día, un segundo, un tercero y un cuarto. El 5 de agosto el Niagara por fin puede anunciar que, al aproximarse a la bahía de Trinidad, en Terranova, ya avista la costa norteamericana tras haber soltado mil treinta millas de cable; y del mismo modo el Agamemnon, que también ha colocado con éxito mil millas en el fondo marino, puede comunicar que divisa la costa de Irlanda. Por primera vez, la palabra humana se transmite de continente a continente, de América a Europa. Pero solo esos dos buques, esos pocos cientos de personas en sus cascarones de madera, saben que la hazaña se ha logrado. El mundo, que hace mucho tiempo se olvidó de esta aventura, lo desconoce todavía. Nadie los espera en la playa, ni en Terranova ni en Irlanda. Pero en el mismo instante en que el nuevo cable oceánico se conecte al cable terrestre, toda la Humanidad será conocedora del sensacional triunfo conjunto.

EL GRAN HOSANNA

Precisamente porque el relámpago de alegría restalla de un modo totalmente inesperado, su efecto es abrumador. En los primeros días de agosto, casi en el mismo momento, el viejo y el nuevo continente reciben la noticia del éxito de la misión; y la sensación que causa es indescriptible. En Inglaterra, el siempre prudente *Times* escribe en su editorial: «Since the discovery of Columbus, nothing has been done in any degree comparable to the vast enlargement which has thus been given to the sphere of human activity». «Desde el descubrimiento de Colón no ha sucedido nada que sea comparable a esta enorme ampliación de la esfera de la actividad humana.» La City cae presa de la emoción. No obstante, la alegría orgullosa de Inglaterra resulta escasa y deslucida comparada con el huracán de entusiasmo que recorre Norteamérica nada más conocerse la noticia. Al momento los negocios cesan su actividad y las calles se llenan de personas que hacen preguntas, arman jaleo y discuten. De un día para otro, un completo desconocido, Cyrus W. Field, se convierte en el héroe nacional de todo un pueblo. Se lo equipara a Benjamin Franklin y a Cristóbal Colón; toda la ciudad, y cientos de otras ciudades, vibran y resuenan de emoción, esperando ver al hombre que, con su determinación, ha consumado «los esponsales de la joven América con el viejo mundo». El fervor no ha alcanzado todavía su punto máximo porque, de momento, tan solo se conoce el hecho de que el cable ha sido tendido. Pero ¿será capaz de hablar? ¿Se ha logrado esa hazaña, la verdadera? Espectáculo grandioso, toda una ciudad, todo un país, espera en vilo escuchar una sola palabra: la primera palabra en cruzar el océano. Se sabe que la reina de Inglaterra será la primera en enviar su mensaje, su felicitación; a cada hora se lo espera con más impaciencia. Pero hay que aguardar días y días porque, debido a un desgraciado incidente, el tramo de cable que va hasta Terranova se ha dañado; solo al anochecer del 16 de agosto se recibe en Nueva York el comunicado de la reina Victoria.

El ansiado mensaje llega demasiado tarde para que los periódicos puedan publicar el texto oficial; han de conformarse con pegarlo en las oficinas de telégrafos y en las redacciones, donde al instante se apelotonan las masas. A costa de sufrir arañazos y desgarrones en la ropa, los *newspaper boys,* los chicos de los periódicos, se abren paso entre el tumulto. La noticia se vocea por los teatros y los restaurantes. Miles de personas, fascinadas por el hecho de que el telégrafo saque una ventaja de varios días al barco más veloz, se abalanzan hacia el puerto de Brooklyn para recibir al héroe de esta pacífica victoria, el buque Niagara. Al día siguiente, el 17 de agosto, la prensa expresa su júbilo rotulando en enormes titulares: «The cable in perfect working order», «El cable funciona a la perfección»; «Everybody crazy with joy», «Todo el mundo enloquece de alegría»; «Tremendous sensation throughout the city», «Enorme sensación por toda la ciudad»; «Now's the time for a universal jubilee», «Es el momento de una celebración universal». Se trata de un triunfo sin parangón: por primera vez desde que existe la mente humana, las ideas cruzan el mar a la velocidad del pensamiento. Y ya resuenan salvas de cien cañones en la zona de Battery para anunciar que el presidente de los Estados Unidos ha respondido al mensaje de la reina. Ahora ya nadie se atreve a dudar. Por la noche, Nueva York y otras ciudades resplandecen con miles de luces y antorchas. Se encienden velas en todas las ventanas y, aunque se incendia la cúpula del City Hall, del ayuntamiento, no por ello se empaña la alegría. Porque el día siguiente trae una nueva celebración. ¡El Niagara entra en puerto! ¡El héroe Cyrus W. Field ha llegado! Triunfalmente se transporta por la ciudad el extremo del cable, y se agasaja a la tripulación. Día tras día se repiten las manifestaciones de júbilo en todas las ciudades, desde el océano Pacífico hasta el golfo de México, como si América celebrara por segunda vez la fiesta de su descubrimiento.

¡Pero no es suficiente! La verdadera procesión triunfal debe ser aún más espléndida, la más soberbia que haya visto nunca el nuevo continente. Los preparativos duran dos semanas y finalmente el 31 de agosto la ciudad entera homenajea a un solo hombre, a Cyrus W. Field, de un modo en que casi ningún vencedor ha sido homenajeado por su pueblo desde tiempos de los emperadores y los césares. En ese precioso día de otoño se organiza un desfile tan numeroso que tarda seis horas en cruzar la ciudad de un extremo al otro. Los regimientos marchan por delante con estandartes y banderas, atravesando una ciudad engalanada de banderines; tras ellos, en procesión interminable, desfilan las asociaciones musicales, los coros privados, los orfeones, los bomberos, las escuelas y los veteranos de guerra. Todo aquel que puede marchar marcha; quien puede cantar canta; quien puede vitorear vitorea. Como un héroe de la antigüedad, Cyrus W. Field es transportado en un carro de cuatro caballos; en otro viaja el capitán del Niagara, y en un tercero, el presidente de los Estados Unidos. Los alcaldes, funcionarios y profesores los siguen a continuación. Sin cesar se suceden discursos, banquetes y desfiles de antorchas; repican las campanas en las iglesias, se disparan salvas de cañón, una y otra vez el júbilo ensalza al nuevo Colón que ha unido los dos mundos y derrotado a las distancias, al hombre que en ese momento es el más famoso y adorado de Norteamérica, a Cyrus W. Field.

LA GRAN CRUCIFIXIÓN

Miles y millones de voces se alzan en vítores ese día. Solo una, la más importante, permanece extrañamente muda durante las celebraciones: la del telégrafo eléctrico. Quizá, en medio de la euforia que lo rodea, Cyrus W. Field adivina la terrible realidad; y ha de resultarle espantoso ser el único en saber que, precisamente ese día, la conexión atlántica ha dejado de funcionar; y que, tras varios días de mensajes cada vez más confusos y apenas legibles, el cable ha enmudecido para siempre y ha exhalado su último suspiro. Aún nadie en toda Norteamérica sabe ni imagina nada de esta progresiva derrota excepto las pocas personas que, en Terranova, controlan la recepción de las señales; y estas, en vista del desmedido alborozo, dudan durante varios días en transmitir el amargo suceso a quienes aún son presa del entusiasmo. Sin embargo, pronto resulta demasiado llamativo que las noticias sean tan escasas. América esperaba que de hora en hora las noticias cruzaran el océano como relámpagos y, en cambio, solo esporádicamente llega un mensaje vago e ininteligible. En poco tiempo cunde el rumor de que, debido al ansia y la impaciencia de lograr mejores transmisiones, se han aplicado cargas eléctricas excesivas que han dañado sin remedio el cable, cuya capacidad ya de por sí era insuficiente. Aún hay esperanza de reparar la avería. Pero pronto resulta imposible ocultar que las señales se han vuelto cada vez más titubeantes, cada vez más incomprensibles. El 1 de septiembre, tras la festiva mañana de resaca, ningún sonido claro, ningún impulso nítido cruza el mar.

Nada perdona menos el ser humano que sentirse frustrado en su más sincero entusiasmo, y traicionado por la espalda, por una persona de la que lo esperaba todo. En cuanto se confirma el rumor de que el venerado telégrafo es un fiasco, la impetuosa oleada de júbilo se abalanza, convertida en maldad, contra Cyrus W. Field, el inocente culpable. Ha engañado a una ciudad entera, a un país, al mundo. Conocía hacía tiempo el fracaso del telégrafo, se afirma en la City, pero con gran egoísmo se ha dejado agasajar y, entretanto, ha aprovechado el tiempo para vender sus acciones con enormes beneficios. Se vierten sobre él las peores calumnias; la más desmesurada sostiene con vehemencia que el telégrafo atlántico jamás ha funcionado: los mensajes no eran más que inventos y embustes, en realidad el telegrama de la reina de Inglaterra estaba preparado de antemano y jamás se transmitió por el cable submarino. Según la maledicencia, ni una sola comunicación ha cruzado el océano de manera comprensible, y los directores han estado pergeñando mensajes imaginarios a partir de suposiciones y señales entrecortadas. Se desata un auténtico escándalo. Quienes ayer vitoreaban con más fuerza hoy se encolerizan hasta el extremo. Una ciudad entera, una nación entera, se avergüenza de su entusiasmo excesivo y precipitado. Como víctima de esa ira se elige a Cyrus W. Field; ayer considerado un héroe nacional y un triunfador, hermano de Benjamin Franklin y descendiente de Colón, ahora tiene que esconderse como un criminal de sus antiguos amigos y adoradores. En un solo día se logró todo, en un solo día se pierde todo. La derrota es incalculable; el capital está perdido; la confianza, traicionada. Y el ineficaz cable yace como la legendaria serpiente de Midgard en las inescrutables profundidades del océano.

Seis años pasa el cable inútilmente sumergido en el océano; durante seis años se impone el antiguo y frío silencio entre los dos continentes que, por un momento histórico, latieron pulso con pulso. América y Europa, que, por un instante, durante unos pocos cientos de palabras, estuvieron tan cerca, vuelven a verse separadas por una distancia infranqueable, idéntica a la de milenios anteriores. El proyecto más valiente del siglo xix, ayer a punto de ser una realidad, regresa al terreno de la leyenda y el mito. Por supuesto nadie se plantea retomar ese trabajo a medias exitoso; la amarga derrota ha paralizado las fuerzas y ha asfixiado el entusiasmo. En Norteamérica, la guerra entre los estados del norte y los del sur atrae todo el interés; en Inglaterra aún se reúnen de vez en cuando algunos comités, que tardan dos años en alcanzar la escueta conclusión de que, en teoría, el cable submarino sería posible. Pero de ese dictamen académico a la realidad práctica media un trecho que nadie se plantea recorrer. Durante seis años, los trabajos permanecen tan inmovilizados como el cable olvidado en el fondo del mar.

Pero seis años, aunque supongan un parpadeo en la inmensidad de la Historia, cunden como un siglo en una disciplina tan reciente como la electricidad. Cada año, cada mes se realizan nuevos descubrimientos en ese campo. Las dinamos se hacen más potentes y precisas, y su uso, más variado; los aparatos son cada vez más exactos. La red de telégrafos recorre ya el interior de todos los continentes, ya ha atravesado el Mediterráneo, ya ha unido África y Europa. Así, año tras año, la idea de cruzar el océano Atlántico se va despojando poco a poco del halo de fantasía que la ha rodeado durante tanto tiempo. Inevitablemente llegará la hora de volver a intentarlo; solo hace falta el hombre capaz de insuflar nuevas energías al viejo proyecto.

Y de repente aparece ese hombre, y hete aquí que se trata del mismo, imbuido de la misma fe y la misma confianza, el viejo Cyrus W. Field, que ha regresado del mudo destierro y del malicioso desprecio. Ha cruzado el océano por trigésima vez, se presenta de nuevo en Londres y logra dotar las viejas concesiones con un nuevo capital que asciende a seis veces cien mil libras. Además, ahora por fin existe el barco descomunal con el que siempre soñó, capaz de transportar él solo la gigantesca carga: el famoso Great Eastern, con sus veintidós mil toneladas y cuatro chimeneas, diseñado por Isambard Brunel. Y miel sobre hojuelas: ese año de 1865 se encuentra disponible, por ser también un proyecto excesivamente atrevido y adelantado a su tiempo. En cuestión de dos días es posible comprarlo y equiparlo para la expedición.

Ahora resulta sencillo lo que antes representaba dificultades sin fin. El 23 de julio de 1865, el descomunal barco abandona el Támesis cargado con un cable nuevo. Aunque el primer intento fracasa, aunque el tendido se malogra porque el cable se parte a dos días de la meta y de nuevo el insaciable océano se traga seis veces cien mil libras, la técnica avanza ya con pies demasiado firmes para dejarse desmoralizar. El 13 de julio de 1866, el Great Eastern zarpa por segunda vez y el viaje culmina en triunfo: en esta ocasión el cable habla a Europa potente y nítido. Pocos días después se rescata el antiguo cable perdido. Ahora dos líneas unen al viejo mundo con el nuevo y lo convierten en uno solo. El milagro de ayer es la realidad de hoy, y desde ese momento la Tierra late con un solo corazón. Ahora la Humanidad vive escuchándose, mirándose, comprendiéndose al instante de un confín a otro del mundo, con una omnipresencia divina resultado de sus fuerzas creativas. Y podría continuar para siempre así, gloriosamente unida gracias a su victoria sobre el tiempo y el espacio, de no caer continuamente en el nefasto delirio que la lleva a destruir esa grandiosa unidad y a exterminarse a sí misma con los mismos medios que le otorgan el poder de gobernar los elementos.

LA HUIDA HACIA DIOS

FINALES DE OCTUBRE DE 1910

Epílogo al drama inacabado de Lev Tolstói
Y la luz luce en las tinieblas

✦

INTRODUCCIÓN

En el año 1890, Lev Tolstói comenzó una autobiografía dramatizada que más adelante se publicó y representó como fragmento incluido en sus obras póstumas bajo el título *Y la luz luce en las tinieblas*. Este inacabado drama (como queda patente desde la primera escena) no es otra cosa que la descripción más íntima de su tragedia doméstica, y parece escrito como justificación de un proyectado intento de huida y, al mismo tiempo, como disculpa de su esposa; se trata de una obra de equilibrio moral en medio de un momento de extremo desgarro espiritual.

Tolstói se coloca a sí mismo en el personaje de Nikolái Mijáilovich Saryntsev, evidente autorretrato, y seguramente solo una mínima parte de la tragedia puede considerarse inventada. Sin duda, Lev Tolstói la creó con el único objetivo de narrarse a sí mismo el desenlace de su existencia, que tanto necesitaba conocer. Sin embargo, ni en la obra ni en su vida, ni entonces en 1890 ni diez años después, en 1900, encontró Tolstói el valor o halló el modo de tomar una decisión o alcanzar un cierre definitivo. Debido a esa flaqueza de la voluntad, la obra quedó inconclusa y termina con la confusión más absoluta del héroe, quien solo puede elevar las manos a Dios para rogarle que, en su misericordia, resuelva por él su dilema.

Tolstói nunca llegó a escribir el acto final de la tragedia, el que falta, pero hizo algo más importante: lo vivió. En los últimos días de octubre del año 1910, las dudas que lo acompañaran durante un cuarto de siglo se transforman por fin en decisión, en una crisis liberadora. Tolstói huye de su casa tras varios enfrentamientos dolorosos, y huye justo a tiempo de encontrar esa muerte gloriosa y ejemplar que dota a su destino de una forma y una consagración tan perfectas.

Nada me parecía más natural que añadir a la obra inacabada el final realmente acontecido de esta tragedia. Esto, y solo esto, es lo que he intentado con la máxima fidelidad y el mayor respeto posible a los hechos y documentos. Lejos de mí cualquier pretensión de completar por mi cuenta, ni de elevar al mismo nivel, la confesión de Lev Tolstói; no me apropio la obra, tan solo deseo ponerme a su servicio. Por ello, el texto que aquí presento no ha de entenderse como el desenlace sino como un epílogo independiente a una obra inconclusa y a un conflicto no resuelto, con el único objetivo de dotar a esta tragedia inacabada de un cierre solemne. Con ello se satisfacen el objetivo de este epílogo y mis reverentes esfuerzos. En caso de que se represente, considero necesario recalcar que este epílogo tiene lugar dieciséis años después de lo acontecido en *Y la luz luce en las tinieblas*, y esto debe resultar bien visible en el aspecto de Lev Tolstói. Las bellas imágenes de los últimos años de su vida podrían servir como guía, especialmente aquella que lo muestra en el monasterio de Shámordino con su hermana, y la fotografía en su lecho de muerte. También su estudio debe ser reproducido con rigor histórico, en su conmovedora simpleza. Desde el punto de vista estrictamente escénico, me gustaría que este epílogo (en el que Tolstói aparece con su nombre, sin ocultarse ya tras su doble Saryntsev) se ofreciera tras una larga pausa al final del cuarto acto de *Y la luz luce en las tinieblas*. No es mi deseo que se represente de manera independiente.

PERSONAJES DEL EPÍLOGO

LEV NIKOLÁIEVICH TOLSTÓI (a los ochenta y tres años)
SOFIA ANDRÉIEVNA TOLSTÓI, su esposa
ALEXANDRA LVOVNA (llamada Sasha), su hija
EL SECRETARIO
DUSHAN PETROVICH, médico de la familia y amigo de Tolstói
El jefe de estación de Astápovo, IVÁN IVÁNOVICH OZOLIN
El jefe de policía de Astápovo, KIRILL GREGÓRIEVICH
PRIMER ESTUDIANTE
SEGUNDO ESTUDIANTE
TRES VIAJEROS

Las dos primeras escenas transcurren en los últimos días de octubre del año 1910 en el estudio de la finca Yásnaia Poliana; la última, el 31 de octubre de 1910, en la sala de espera de la estación de tren de Astápovo.

PRIMERA ESCENA

Finales de octubre de 1910, en Yásnaia Poliana.
El estudio de Tolstói, sencillo y sin adornos, exactamente como aparece en la conocida imagen.

El secretario hace pasar a dos estudiantes vestidos a la rusa, con camisas negras de cuello cerrado. Ambos son jóvenes y de rostro afilado. Se mueven con soltura, más arrogantes que cohibidos.

EL SECRETARIO: Siéntense, Lev Tolstói no tardará mucho. Pero, por favor, tengan en cuenta su edad. Le gusta tanto discutir que a menudo olvida su frágil estado.
PRIMER ESTUDIANTE: No traemos muchas preguntas. En realidad es solo una, decisiva para nosotros y para él. Le prometo que seremos breves... siempre que podamos hablar con libertad.

El secretario: Por supuesto. Cuantas menos formalidades, mejor. Sobre todo, no se dirijan a él como Excelencia, le disgusta.

Segundo estudiante *(se ríe)*: Descuide. De nosotros puede esperar cualquier cosa menos eso.

El secretario: Ya sube por la escalera.

Tolstói hace su entrada con pasos cortos, rápidos y regulares; a pesar de su edad, se muestra ágil y nervioso. A lo largo de la conversación, a menudo juguetea con un lápiz o hace pedacitos una hoja de papel, impaciente por tomar la palabra. Se acerca rápidamente a los jóvenes, les da la mano, les clava una mirada aguda e inquisitiva y después se acomoda frente a ellos en un sillón de cuero.

Tolstói: Ustedes son los que me manda el comité, ¿no es cierto? *(Revisa una carta)*. Disculpen que haya olvidado sus nombres.

Primer estudiante: Por favor, considere irrelevantes nuestros nombres. Acudimos a usted únicamente como dos de entre muchos cientos de miles.

Tolstói *(mirándolo directamente)*: ¿Tiene usted alguna pregunta?

Primer estudiante: Será solo una.

Tolstói *(dirigiéndose al segundo)*: ¿Y usted?

Segundo estudiante: La misma. Todos tenemos una sola pregunta, Lev Nikoláievich Tolstói. Todos nosotros, toda la juventud revolucionaria de Rusia… Solo hay una pregunta posible: ¿por qué no está con nosotros?

Tolstói *(muy tranquilo)*: A eso espero haber dado clara respuesta en mis libros, y también en algunas cartas que últimamente se han publicado. Díganme, ¿han leído ustedes mis libros?

Primer estudiante *(algo alterado)*: ¿Que si los hemos leído, Lev Tolstói? Es extraño que nos pregunte eso. El verbo leer se queda corto. Hemos vivido en sus libros desde nuestra infancia, y al llegar a jóvenes usted nos despertó el corazón en el pecho. ¿Quién sino usted nos enseñó a reconocer la injusticia en la distribución de los bienes materiales? Sus libros… Solo usted liberó nuestros corazones de un estado, una iglesia y un amo que protegen las injusticias en lugar de proteger a la humanidad. Usted, y solo usted, nos animó a jugarnos la vida para que este maldito orden sea destruido para siempre...

Tolstói *(deseando interrumpir)*: Pero no empleando la violencia...

Primer estudiante *(cortándolo sin reparos)*: Desde que sabemos hablar, jamás hemos confiado en nadie tanto como en usted. Cuando nos preguntábamos quién podría acabar con la injusticia, nos decíamos: ¡él! Cuando nos preguntábamos quién se levantaría para hacer desaparecer los atropellos, contestábamos: será él, Lev Tolstói. Éramos sus discípulos, sus criados, sus esclavos. En aquella época yo habría matado por un simple gesto de su mano, y si algunos años atrás hubiera podido entrar en esta casa me habría inclinado ante usted como ante un santo. Todo eso representaba usted para nosotros, para cientos de miles de nosotros, para toda la juventud rusa..., hasta hace unos años. Y lamento, todos lamentamos, que se haya distanciado y casi se haya convertido en nuestro enemigo.

Tolstói *(con más suavidad)*: ¿Y qué creen que debería hacer para mantenerme a su lado?

Primer estudiante: No tengo el atrevimiento de darle lecciones. Usted sabe perfectamente qué lo ha alejado de nosotros, de toda la juventud rusa.

Segundo estudiante: Bueno, hablemos con franqueza, el asunto es demasiado serio para andarse con cortesías: debe usted abrir los ojos de una vez y dejar de mostrarse tibio ante los espantosos crímenes que nuestro gobierno comete contra el pueblo. Debe levantarse por fin del escritorio y ponerse abierta y claramente del lado de la revolución, sin reservas. Conoce bien, Lev Tolstói, la extrema crueldad con la que se ha reprimido nuestro movimiento. Hay más hombres pudriéndose en las cárceles que hojas tiene su jardín. Y usted, usted se limita a mirar. Según se dice, de vez en cuando escribe para un periódico inglés algún artículo donde afirma que la vida humana es sagrada. Pero sabe que contra el terror sangriento las bellas palabras ya no sirven de nada, sabe tan bien como nosotros que ahora es necesaria una revuelta total, una revolución, y que sus frases podrían crear un ejército para servirla. Usted nos convirtió en revolucionarios y, ahora que ha llegado su momento, se aparta con cautela. ¡Y así consiente la violencia!

Tolstói: ¡Jamás he consentido la violencia! ¡Jamás! Hace treinta años abandoné mi trabajo con el único objetivo de luchar contra los crímenes de los poderosos. Hace treinta años (cuando aún no habíais nacido) ya exigía, de modo más radical que vosotros, no solo la mejora sino un reordenamiento total de las condiciones sociales.

Segundo estudiante *(interrumpiendo)*: Ya, ¿y qué? ¿Qué le han concedido a usted, qué nos han dado a nosotros treinta años después? El látigo para los dujobores, que seguían las enseñanzas de usted, y seis balas en el pecho. ¿Qué ha mejorado en Rusia gracias a su presión pacífica, a sus libros y folletos? ¿Es que no se da cuenta de que así ayuda a los opresores porque anima al pueblo a seguir resignado y paciente, a esperar al reino de los mil años? No, Lev Tolstói, no sirve de nada llamar a esta raza entusiasta en nombre del amor, aunque lo haga con voces celestiales. En nombre del Cristo que usted predica esos secuaces del zar jamás van a sacarse un rublo del bolsillo ni a ceder una sola pulgada. No lo harán hasta que no les apretemos el gaznate con nuestras propias manos. El pueblo ha esperado demasiado ese amor fraternal del que usted habla, y ya no vamos a esperar más. Ha llegado la hora de actuar.

Tolstói *(vehemente)*: Ya lo sé, en vuestras proclamas incluso aseguráis que es «un acto sagrado» alimentar el odio. Pero yo desconozco el odio y no quiero conocerlo, ni siquiera hacia aquellos que pecan contra nuestro pueblo. Porque el alma de quien hace el mal es más infeliz que la de aquel que sufre la maldad... Siento compasión por él, pero no lo odio.

Primer estudiante *(furioso)*: Yo en cambio odio a todos aquellos que cometen injusticias contra la humanidad. Los odio sin reservas como a bestias sanguinarias, a todos y cada uno de ellos. No, Lev Tolstói, jamás podrá enseñarme compasión por esos criminales.

Tolstói: También el criminal es mi hermano.

Primer estudiante: Aunque fuera mi hermano y el hijo de mi madre, si hace sufrir a la humanidad lo mataría a palos como a un perro rabioso. No, ¡se acabó la piedad hacia los despiadados! No habrá paz en estas tierras rusas hasta que no alberguen los cadáveres de los zares y los barones. No habrá orden social ni moral hasta que nosotros los impongamos.

Tolstói: Ningún orden moral puede lograrse por medio de la violencia porque toda violencia genera inevitablemente más violencia. En el momento en que empuñáis las armas creáis un nuevo despotismo. En lugar de destruirlo, lo perpetuáis.

Primer estudiante: Pero contra los poderosos no hay otro medio que la destrucción del poder.

Tolstói: Estoy de acuerdo. Pero jamás deben emplearse medios que uno mismo desaprueba. La verdadera fortaleza, créanme, no responde a la violencia con violencia, sino que mina el poder por medio de la indulgencia. Ya dice el Evangelio que...

Segundo estudiante *(interrumpiendo)*: Bah, déjese del Evangelio. Hace mucho que los popes lo convirtieron en un licor para entontecer al pueblo. Ahí estaba hace dos mil años y ya entonces no valía para nada; si hubiera servido, el mundo no rebosaría de sangre y miseria. No, Lev Tolstói, con citas de la Biblia no se cierra la brecha entre explotados y explotadores, entre siervos y señores: hay demasiada miseria entre los dos extremos. Cientos, miles de hombres creyentes y útiles languidecen en Siberia y en las cárceles. Y mañana serán miles, decenas de miles. Por eso le pregunto: ¿de verdad millones de hombres inocentes han de seguir sufriendo por consideración a un puñado de culpables?

Tolstói *(controlándose)*: Es mejor que sufran a que vuelva a derramarse la sangre. Precisamente el sufrimiento inocente resulta útil, es bueno contra la injusticia.

Segundo estudiante *(exaltado)*: ¿Le parece bueno el sufrimiento milenario, el eterno sufrimiento, del pueblo ruso? Pues vaya usted a las cárceles, Lev Tolstói, y pregunte a los hombres de nuestras ciudades y pueblos que reciben latigazos y se mueren de hambre si de verdad ese sufrimiento es tan bueno.

Tolstói *(iracundo)*: Sin duda es mejor que vuestra violencia. ¿De verdad creéis que podéis borrar el mal de la faz de la tierra con vuestras bombas y vuestras pistolas? Si es así, el mal está en vosotros. Os lo repito: es cien veces mejor sufrir por una idea que asesinar por ella.

Primer estudiante *(también furibundo)*: Pues si sufrir está tan bien y es tan beneficioso, ¿por qué no sufre usted mismo, Lev Tolstói? ¿Por qué elogia tanto el martirio ajeno cuando usted está caliente en su casa y come en vajilla de plata mientras sus campesinos (los he visto) se pelan de frío en cabañas, cubiertos de harapos y medio muertos de hambre? ¿Por qué no recibe usted los latigazos de los dujobores, que son castigados por seguir sus doctrinas? ¿Por qué no abandona de una vez esta casa señorial y sale a las calles para conocer, bajo el viento y la lluvia y la helada, esa pobreza que tan exquisita le parece? ¿Por qué se limita a hablar, en lugar de actuar según sus enseñanzas? ¿Por qué no da ejemplo, de una vez por todas?

Tolstói *(ha retrocedido. El secretario se adelanta hacia los estudiantes y se dispone a reprenderlos severamente, pero Tolstói ya se ha serenado y lo aparta con suavidad)*: ¡Déjelos! La interpelación que este joven plantea a mi conciencia es buena... Es una buena pregunta, extraordinaria, una pregunta realmente necesaria. Deseo esforzarme por contestarla con sinceridad. *(Se acerca un pasito más, duda, se controla. Su voz se vuelve ronca y velada)*. Me pregunta usted por qué no sufro yo también, siguiendo mis enseñanzas y mis propias palabras. Y le contesto con la vergüenza más profunda: si hasta ahora no he cumplido con mi deber más sagrado ha sido... ha sido... porque soy... demasiado cobarde, demasiado débil o demasiado insincero..., un hombre rastrero, insignificante y pecador... Porque hasta el día de hoy Dios no me ha concedido la fuerza para hacer lo que ya resulta inaplazable. Habla usted de un modo implacable a mi conciencia, mi joven y desconocido amigo. Bien sé que no he hecho ni la milésima parte de lo necesario; reconozco avergonzado que ya hace mucho tiempo, hace años que debí abandonar el lujo de esta casa y mi infame modo de vida, que considero un pecado, para, como usted dice, salir a las calles como un peregrino. Y mi única respuesta es que me avergüenzo en lo más profundo de mi alma y me abochorna mi propia bajeza. *(Los estudiantes han retrocedido un paso y callan, conmovidos. Una pausa. Después Tolstói continúa en voz aún más baja)*: Pero... quizá sí que sufro..., quizá sufro precisamente por no ser lo bastante fuerte y sincero para convertir en hechos mis palabras ante los hombres. Quizás aquí, en mi casa, la conciencia me atormenta más que la tortura corporal más espantosa; quizás esta es la cruz que Dios ha preparado para mí: que vivir en esta mansión sea un suplicio peor que si me encontrara en la cárcel con grilletes en los pies... Pero usted tiene razón. Este sufrimiento es inútil porque recae únicamente en mí mismo, y sería presuntuoso por mi parte vanagloriarme de él.

PRIMER ESTUDIANTE *(algo avergonzado)*: Le pido disculpas, Lev Nikoláievich Tolstói, por haberlo atacado personalmente en mi apasionamiento.

TOLSTÓI: No, no, todo lo contrario. Se lo agradezco. Quienes sacuden nuestra conciencia, aunque sea a puñetazos, nos hacen bien. *(Silencio. Luego continúa con voz tranquila)*: ¿Tienen alguna otra pregunta?

PRIMER ESTUDIANTE: No, esa era la única. Creo que es una desgracia para Rusia y para toda la humanidad que usted nos niegue su apoyo. Porque nadie podrá impedir este golpe, esta revolución, y presiento que será terrible, mucho peor que cualquiera de las habidas en este mundo. Quienes estén dispuestos a llevarla a cabo serán hombres férreos, hombres de una determinación despiadada que no conocen la clemencia. Si usted nos hubiera dirigido, su ejemplo serviría a millones de personas y, como resultado, habría menos víctimas.

TOLSTÓI: Pero si por mi culpa se perdiera una sola vida, jamás podría justificarlo ante mi conciencia.

Suena el gong en la planta de abajo.

EL SECRETARIO *(dirigiéndose a Tolstói, con intención de interrumpir la conversación)*: Llaman a comer.

TOLSTÓI *(con amargura)*: Claro... ¡Comer, charlar, comer, dormir, descansar, charlar...! Así transcurre nuestra ociosa vida mientras los demás trabajan y sirven a Dios.

Se gira de nuevo hacia los estudiantes.

SEGUNDO ESTUDIANTE: Entonces, ¿solo podemos llevar una negativa a nuestros compañeros? ¿No nos ofrece usted ni una palabra de aliento?

TOLSTÓI *(lo mira fijamente y reflexiona)*: Transmitid esto en mi nombre a vuestros amigos: os quiero y os aprecio, jóvenes rusos, por sentir tan intensamente el sufrimiento de vuestros hermanos y por querer arriesgar vuestra vida para mejorar la suya. *(Su voz se vuelve dura, fuerte y cortante).* Pero no puedo seguiros más allá de eso, y me niego a apoyaros mientras rechacéis el amor humanista y fraternal por todos los individuos.

Los jóvenes callan. Entonces el segundo estudiante se adelanta un paso y dice con dureza:

SEGUNDO ESTUDIANTE: Agradecemos que nos haya recibido y agradecemos también su sinceridad. Seguramente nunca volveré a tenerlo delante, de modo que permítame que a mi vez yo, un desconocido insignificante, le hable con franqueza en este momento de despedida. Créame cuando le digo, Lev Tolstói, que se equivoca al afirmar que el amor es el único medio para enmendar las relaciones humanas. Puede que eso sirva para los ricos y los ociosos. Pero quienes padecen hambre desde la infancia y llevan toda la vida languideciendo bajo la tiranía de sus amos están ya hartos de esperar que ese amor fraternal cristiano baje de los cielos. Prefieren confiar en sus propios puños. Y por eso escuche bien lo que le digo en vísperas de su muerte, Lev Nikoláievich Tolstói: el mundo se ahogará en sangre. No solo asesinarán y cortarán en pedazos a los amos, sino también a sus niños, para evitar que el mal renazca sobre la tierra. Ojalá no llegue a ser testigo de su error, ¡se lo deseo de corazón! ¡Que Dios le conceda una muerte en paz!

Tolstói ha retrocedido, muy asustado por la vehemencia del ardoroso joven. Después se recompone, se acerca a él y dice con sencillez:

TOLSTÓI: Le agradezco especialmente sus últimas palabras. Me ha deseado lo que yo anhelo desde hace treinta años: una muerte en paz con Dios y con los hombres. *(Los estudiantes hacen una inclinación y se marchan. Tolstói los sigue con la mirada y después comienza a recorrer la estancia arriba y abajo. Entusiasmado, dice al secretario):* ¡Qué hombres tan fantásticos! ¡Qué valientes, orgullosos y fuertes son estos jóvenes rusos! ¡Qué espléndida es esta juventud, fervorosa y apasionada! Así es como la recuerdo de antes de Sebastopol, hace sesenta años. Con la misma mirada libre y desafiante se enfrentaban a la muerte, a cualquier peligro, tercamente decididos a morir con una sonrisa en nombre de nada, a desperdiciar sus vidas por una cáscara vacía, por palabras sin contenido, por una idea carente de verdad..., por el puro placer del sacrificio. ¡Increíble, la eterna juventud rusa! ¡Malgastar toda esa fuerza y ese ardor al servicio del odio y del asesinato, como si se tratara de algo sagrado...! A pesar de todo, me han hecho bien. Esos dos me han dado una buena sacudida, pero tienen toda la razón. ¡Es necesario que al fin supere mi flaqueza y actúe según mis palabras! Estoy al borde de la muerte y aún sigo dudando. Realmente, solo de los jóvenes se puede aprender lo que está bien, ¡solo de los jóvenes!

Se abre la puerta y la condesa entra como un cortante golpe de aire, nerviosa y alterada. Sus movimientos son inseguros y pasea inquieta la mirada por los distintos objetos. Resulta evidente que está pensando en otra cosa mientras habla y que la consume un agitado desasosiego interno. Con toda intención, sus ojos resbalan sobre el secretario, como si fuera invisible, y habla tan solo a su marido. Tras ella entra precipitadamente Sasha, su hija. Da la impresión de haber seguido a su madre para vigilarla.

LA CONDESA: Ya han llamado a comer y hace media hora que el redactor del *Daily Telegraph* aguarda para hablar de tu artículo contra la pena de muerte. Y tú lo haces esperar por esos críos. ¡Menudos descarados sin modales! Al llegar, cuando el criado les ha preguntado si se habían anunciado al conde, uno ha contestado: «No, no nos hemos anunciado, es el conde quien nos ha hecho llamar». ¡Y tú te mezclas con esos zafios impertinentes que querrían poner el mundo tan patas arriba como sus propias ideas! *(Incómoda, recorre la estancia con la mirada).* Qué desastre: los libros por el suelo, todo desordenado y lleno de polvo... Esto es una vergüenza, si viniera a verte alguien decente... *(Se acerca al sillón y le pasa la mano).* El cuero totalmente estropeado... Qué vergüenza. De verdad, no hay quien lo mire. Menos mal que mañana viene el tapicero de Tula, le diré que se ocupe de este sillón lo primero. *(Nadie contesta. Ella mira inquieta en todas direcciones).* ¡Vamos, por favor! No podemos hacerlo esperar más.

TOLSTÓI *(repentinamente pálido e inquieto)*: Ya voy, tengo que…, tengo que ordenar unas cosas… Sasha se queda y me ayuda… Tú baja, haz compañía al señor y preséntale mis disculpas. Voy enseguida. *(La condesa se marcha tras lanzar una última mirada fulminante a la habitación. En cuanto se retira, Tolstói se abalanza sobre la puerta y echa la llave).*

SASHA *(asustada por el arrebato)*: ¿Qué te sucede?

TOLSTÓI *(muy nervioso, se lleva la mano al corazón y balbucea)*: El tapicero… viene mañana… Gracias a Dios que hay tiempo… Gracias a Dios.

SASHA: Pero ¿qué pasa…?

TOLSTÓI *(alterado)*: Rápido, un cuchillo… Un cuchillo o unas tijeras… *(Con gesto de extrañeza, el secretario le tiende unas tijeras desde el escritorio. Tolstói, a toda prisa y mirando asustado de vez en cuando a la puerta, agranda aún más una raja del estropeado sillón. Rebusca nervioso entre la crin de caballo y saca un sobre sellado).* Aquí está… La verdad, resulta ridículo…, ridículo e increíble, como en un miserable folletín francés… Es una vergüenza infinita… Que yo, un hombre en plena posesión de mis facultades, en mi propia casa y a mis ochenta y tres años, me vea obligado a esconder mis documentos más preciados porque todas mis posesiones sufren registros, porque se me vigila, porque se acecha cada palabra y se persigue cada secreto… ¡Ah, qué humillación! ¡Qué infierno es mi vida en esta casa, qué gran mentira! *(Se sosiega, abre la carta y la lee. Dirigiéndose a Sasha)*: Hace trece años que escribí esta carta, en un momento en que quise abandonar a tu madre y este caserón infernal. Aquí me despedía de ella, pero era una despedida para la que me faltó el valor. *(El papel cruje entre sus dedos temblorosos; lee en voz baja)*: «… sin embargo, no me es posible continuar con esta vida que llevo desde hace dieciséis años, en la que lucho contra vosotras y que os irrita. Por ello, he decidido hacer lo que debí hacer mucho tiempo atrás, que es huir. Si huyera abiertamente solo se produciría amargura. Con mucha seguridad la flaqueza me vencería y no cumpliría con mi resolución, que debo llevar a cabo a toda costa. Perdonadme, os lo ruego, si este paso os produce sufrimiento. Especialmente tú, Sonia, sé magnánima y déjame marchar de tu corazón, no me busques, no me vituperes, no me condenes». *(Falto de aliento)*: Ah, trece años hace ya. Trece años llevo torturándome y cada palabra es tan cierta hoy como lo era entonces, y mi vida igualmente floja y cobarde. Aquí estoy, sigo sin haberme ido, sigo esperando y esperando sin saber a qué. Siempre he visto con claridad, pero nunca he obrado en consecuencia. ¡Siempre he sido demasiado débil, incapaz de oponer mi voluntad a la suya! Escondí esta carta aquí igual que un colegial le ocultaría al profesor un libro obsceno. Y mi testamento, donde le pedía que la propiedad de mis obras se donara a toda la humanidad, se lo di a ella para mantener la paz en el hogar, sacrificando la paz de mi conciencia.

Silencio.

EL SECRETARIO: ¿Y usted cree, Lev Nikoláievich Tolstói...? Permítame la pregunta, ya que la ocasión se ha presentado de manera tan inesperada... ¿Usted cree que... cuando Dios lo llame a su lado... esa última voluntad para usted tan perentoria de renunciar a la propiedad de su obra... realmente se respetará?

TOLSTÓI *(asustado)*: Pues claro... En fin... *(intranquilo)*: No, en realidad no lo sé. ¿Tú qué crees, Sasha?

Sasha le vuelve la espalda y calla.

TOLSTÓI: Dios mío, no había pensado en eso. Aunque... de nuevo no soy del todo sincero... En realidad no he querido pensar en eso, lo he estado evitando igual que evito tomar cualquier decisión clara y concreta. *(Mira fijamente al secretario)*: La respuesta es no. Sé bien, sé perfectamente, que mi mujer y mis hijos varones respetarán tan poco mi última voluntad como ahora respetan mi fe y las obligaciones de mi alma. Mercadearán con mis obras e incluso después de mi muerte apareceré ante los hombres como un traidor a mis palabras. *(Hace un gesto decidido)*. ¡Pero no será así, no puede ser así! ¡Debo ser claro por fin! ¿Qué ha dicho ese estudiante, ese joven auténtico y sincero? El mundo me exige que actúe, me exige honradez y una postura clara, pura e inequívoca. ¡Es una señal! A los ochenta y tres años no se puede cerrar los ojos a la muerte, hay que mirarla a la cara y tomar una decisión sin rodeos. Sí, esos dos desconocidos me han hecho una buena advertencia: toda inacción es solo un síntoma de cobardía del alma. Debemos ser sinceros y auténticos. Así deseo ser por fin ahora, en mis últimos momentos, a los ochenta y tres años. *(Se gira hacia el secretario y hacia su hija)*: Sasha y Vladímir Gueórguievich, mañana haré un testamento claro, tajante, vinculante e inapelable, y en él donaré los beneficios de mis escritos, todo el sucio dinero que producen, a la humanidad. No se hará negocio con las palabras que, movido por la necesidad de mi conciencia, dije y escribí para todos los hombres. Venga mañana por la mañana y traiga otro testigo. No puedo seguir dudando, de lo contrario quizá la muerte me tienda la mano.

SASHA: Un momento, padre. No quiero disuadirte, pero temo que surjan problemas si madre nos ve aquí a los cuatro. Enseguida sospechará y quizá consiga quebrantar tu voluntad en el último minuto.

TOLSTÓI *(reflexiona)*: ¡Tienes razón! Mientras esté en esta casa, no podré hacer nada puro ni bueno, aquí la vida entera es una mentira. *(Al secretario)*: Organícelo todo para que mañana por la mañana, a las once, nos encontremos en el bosque de Grumont, tras el campo de centeno, en el árbol grande que está a la izquierda. Yo fingiré salir para mi habitual paseo a caballo. Preparadlo todo y, una vez allí, ojalá Dios me conceda la firmeza para liberarme por fin de la última atadura.

El gong resuena por segunda vez, con más fuerza.

EL SECRETARIO: De acuerdo, pero ahora procure que la condesa no note nada, o todo estará perdido.

TOLSTÓI *(respirando con dificultad)*: Es horrible tener que fingir siempre, tener que esconderse siempre. Uno quiere ser sincero ante el mundo, ante Dios, ante uno mismo... ¡y no puede serlo ante su esposa y sus hijos! ¡Esto no es vida, no es vida!

SASHA *(asustada)*: ¡Viene madre!

El secretario gira la llave de la puerta y Tolstói, para ocultar su agitación, se dirige al escritorio y permanece de espaldas a su esposa.

TOLSTÓI *(murmurando en un gemido)*: Las mentiras de esta casa me envenenan... Ay, si por una vez pudiera ser sincero, ¡sincero al menos ante la muerte!

LA CONDESA *(entra a toda prisa)*: Pero ¿por qué no bajáis? Siempre tardas muchísimo.

TOLSTÓI *(se vuelve hacia ella. Sus rasgos muestran absoluta serenidad y dice despacio, con un énfasis que solo los otros pueden comprender)*: Sí, tienes razón, tardo muchísimo en todo. Pero solo hay una cosa realmente importante: que a un hombre le quede tiempo de hacer lo correcto antes de que sea demasiado tarde.

SEGUNDA ESCENA

En la misma estancia. Al día siguiente, muy avanzada la noche.

EL SECRETARIO: Debería acostarse pronto, Lev Nikoláievich. Se encontrará cansado por el largo recorrido a caballo y todas las emociones.

TOLSTÓI: No, no estoy nada cansado. Lo que realmente agota a los hombres son los titubeos y las inseguridades. Cualquier acción es liberadora, incluso el peor de los actos es preferible a no hacer nada. *(Pasea arriba y abajo por la estancia)*. No sé si hoy he obrado bien, he de consultarlo con mi conciencia. Devolver mi obra a todo el mundo me ha aligerado el alma, pero creo que no debí otorgar testamento a escondidas sino abiertamente, ante todos y con la fuerza de la convicción. Quizás he hecho de manera indigna aquello que, en nombre de la verdad, debería hacerse con total franqueza. Pero gracias a Dios ya ha sucedido, es un paso más en la vida, un paso más cerca de la muerte. Ahora queda lo más difícil, lo último: en el momento adecuado, cuando llegue el fin, retirarme entre la maleza como un animal. Porque en esta casa mi muerte será tan falsa como mi vida. Tengo ochenta y tres años y todavía no encuentro las fuerzas para liberarme de las cosas terrenales... Y quizá no me dé cuenta cuando llegue mi hora.

EL SECRETARIO: ¡Nadie sabe cuándo llegará su hora! Si lo supiéramos, todo sería mucho mejor.

TOLSTÓI: No, Vladímir Gueórguievich, no sería mucho mejor. ¿Conoce la antigua leyenda (a mí me la contó un campesino) que explica cómo Jesús quitó a los hombres ese conocimiento? Antaño, todas y cada una de las personas sabían en qué momento iban a morir. Una vez, Jesús bajó a la tierra y vio que algunos campesinos no trabajaban sus campos y vivían como pecadores. Entonces reprendió a uno por su dejadez y el bribón se limitó a refunfuñar que para qué iba a plantar la simiente si no viviría para ver la cosecha. Así, Jesús comprendió que no era bueno que los hombres conocieran la hora de su muerte, y los privó de ese conocimiento. Desde entonces, los campesinos deben labrar sus campos hasta el último día como si fueran a vivir eternamente. Y eso está bien, pues solo mediante el trabajo se puede participar de lo eterno. De modo que ahora *(señala su diario)* voy a trabajar mis tierras.

Se oyen pasos enérgicos y entra la condesa en camisón. Lanza una mirada furibunda al secretario.

LA CONDESA: Ah, vaya... Pensé que por fin te encontraría solo... Quería hablar contigo...

EL SECRETARIO *(hace una inclinación)*: Ya me retiraba.

TOLSTÓI: Adiós, mi querido Vladímir Gueórguievich.

LA CONDESA *(nada más cerrarse la puerta)*: Lo tienes encima todo el rato, se te pega como una lapa... Y a mí..., a mí me odia. Es un hombre malvado y taimado que quiere separarme de ti.

TOLSTÓI: Eres muy injusta con él, Sonia.

LA CONDESA: ¡No deseo ser justa! Se ha inmiscuido entre nosotros, me ha robado tu presencia, te ha distanciado de tus hijos. Desde que está aquí, yo ya no importo nada. La casa y tú mismo pertenecéis a todo el mundo menos a nosotros, a tu familia.

TOLSTÓI: ¡Ojalá fuera cierto! Así lo quiere Dios, que pertenezcamos a todos y no guardemos nada para nosotros mismos ni para los nuestros.

LA CONDESA: Bien sé que eso es lo que te dice ese ladrón del pan de mis hijos. Bien sé que te indispone contra todos nosotros. Ya no aguanto en esta casa a semejante entrometido, quiero que se marche.

TOLSTÓI: Pero, Sonia, sabes que lo necesito para mi trabajo.

LA CONDESA: ¡Encontrarías cien! *(Hace un gesto de rechazo)*. No soporto su presencia. No quiero que se interponga entre tú y yo.

TOLSTÓI: Sonia, querida, por favor, no te alteres. Ven, siéntate aquí. Hablemos tranquilamente como en tiempos pasados, cuando nuestra vida empezaba. ¡Piensa en los pocos días buenos y en las pocas buenas palabras que nos quedan! *(La condesa mira inquieta a su alrededor y se sienta temblando)*. Comprende, Sonia, que necesito a ese hombre. Quizá solo lo necesito porque mi fe flaquea; pues, Sonia, no soy tan fuerte como desearía. Cada día me confirma que, en el ancho mundo, miles de personas comparten mis creencias. Sin embargo, debes entender cómo funciona el corazón humano: para estar seguro, necesita al menos el amor de una persona, y ha de ser un amor cercano, vivo, visible, perceptible y tangible. Quizá los santos fueron capaces de trabajar a solas en sus celdas y de no desalentarse sin testigos, pero yo, Sonia, yo no soy un santo. No soy más que un hombre muy débil y ya viejo. Por eso necesito la compañía de alguien que comparta mi fe, esta fe que ahora es lo más preciado de mi vida anciana y solitaria. Mi mayor dicha habría sido que tú misma, tú, a quien estimo con agradecimiento desde hace cuarenta y ocho años, que tú hubieras participado de mi conciencia religiosa. Pero, Sonia, tú jamás has querido. Lo más valioso para mi alma tú lo contemplas sin amor, y me temo que incluso con odio. *(La condesa hace un gesto)*. No, Sonia, no me malinterpretes, no te culpo. Nos has dado a mí y al mundo cuanto podías ofrecer, mucho amor maternal y una feliz abnegación. Cómo ibas a sacrificarte por una convicción que no sientes tuya en tu alma. Cómo podría acusarte de no compartir mis pensamientos más íntimos si la vida espiritual de un hombre, sus pensamientos más profundos, son siempre un secreto entre él y su Dios. Pero hete aquí que apareció una persona, que por fin había alguien en mi hogar..., que sufrió en Siberia por sus convicciones y que comparte las mías..., que es para mí un ayudante y un huésped querido, que me auxilia y me fortalece en mi vida espiritual... ¿Por qué quieres arrebatarme a esa persona?

La CONDESA: Porque te ha alejado de mí y no puedo soportarlo, no lo aguanto. Me pone furiosa, me pone enferma. Veo perfectamente que todo lo que hacéis es en mi contra. Por ejemplo, hoy a mediodía lo he pillado escondiendo a toda prisa una hoja de papel. Y ninguno de los tres habéis sido capaces de mirarme a los ojos: ni él, ni tú, ni Sasha. Todos me escondéis cosas. Estoy convencida, sé, que tramáis algo malo contra mí.

TOLSTÓI: Espero que, a un paso de mi muerte, Dios me libre de realizar malas acciones a sabiendas.

La CONDESA *(acalorada)*: Así que no niegas haber hecho algo a escondidas..., algo en mi contra. Ah, sabes bien que a mí no puedes mentirme como a los demás.

TOLSTÓI *(muy alterado)*: ¿Que yo miento a los demás? ¡Y me lo reprochas tú, por quien quedo ante el mundo entero como un mentiroso...! *(Se controla)*. Solo le pido a Dios no cometer intencionadamente el pecado de la mentira. Quizás a mí, hombre débil, no se me ha concedido decir siempre toda la verdad. Aun así, creo que no por ello soy un mentiroso o un embaucador.

La CONDESA: Entonces dime qué tramáis. Qué era esa carta, ese pliego... No me tortures más.

TOLSTÓI *(se acerca a ella y dice con mucha suavidad)*: Sofia Andréievna, no soy yo quien te tortura sino tú misma, porque ya no me amas. Si aún me amaras, confiarías en mí. Confiarías incluso cuando no puedes comprenderme. Sofia Andréievna, te lo ruego, busca en tu interior. ¡Vivimos juntos desde hace cuarenta y ocho años! Quizás en algún rincón de tu alma encuentres todavía un poco de amor hacia mí, amor de hace tantos años, de un tiempo olvidado. En ese caso, por favor, toma la brasa y avívala, intenta ser otra vez la que fuiste durante tanto tiempo, cariñosa, confiada, amable y dedicada. Porque, Sonia, a veces me asusta cómo me tratas.

La CONDESA *(conmovida y agitada)*: Yo ya no sé quién soy. Sí, tienes razón, me he vuelto odiosa y malintencionada. Pero ¿quién podría soportar ver cómo te torturas intentando ser más que un ser humano? Ese furor por vivir con Dios, qué gran pecado... Porque es un pecado, es soberbia y es arrogancia, y no humildad, tratar de alcanzar así a Dios y empeñarse en conocer una verdad que nos está vedada. Antes, antes estaba todo bien. Vivíamos como la gente normal, honradamente, pasábamos nuestros trabajos y nuestras alegrías, los niños iban creciendo y ya nos imaginábamos la vejez. Y entonces, de pronto, hace treinta años, cayó sobre ti este delirio terrible, esta fe que nos ha hecho infelices, a ti y a todos. ¿Qué le voy a hacer si, aún hoy, no lo entiendo? ¿Qué sentido tiene que tú, a quien el mundo adora como a un gran artista, limpies fogones y acarrees agua y remiendes botas baratas? Sigo sin comprender por qué nuestra simple vida, que era hacendosa y austera, pacífica y sencilla, por qué de pronto esa vida es un pecado ante otros seres humanos. No, no puedo entenderlo, de verdad que no puedo.

TOLSTÓI *(con mucha suavidad)*: Sonia, justo a eso me refería antes: es precisamente cuando no comprendemos cuando debemos confiar, apoyados en la fuerza del amor. Pasa con las personas y también con Dios. ¿Piensas que de verdad me creo capaz de saber lo que es correcto? No, me limito a confiar en que lo que hago con honestidad, aquello por lo que me torturo tan amargamente, no puede quedar sin sentido y sin valor ante Dios y los hombres. Por eso, Sonia, intenta tú también tener algo de fe cuando no me comprendas, al menos confía en mi voluntad de hacer lo correcto. Y todo, todo volverá a ir bien.

LA CONDESA *(inquieta)*: Pero, a cambio, tú me lo dirás todo... Me contarás lo que habéis hecho hoy.

TOLSTÓI *(muy tranquilo)*: Sí, te lo contaré todo. En lo poco que me queda de vida no quiero esconder nada, ni hacer nada más en secreto. Esperaré a que Serioshka y Andréi regresen y entonces os reuniré a todos y os diré con total sinceridad lo que he decidido en estos días. Pero hasta entonces, Sonia, olvida las suspicacias y no me acoses más. Esa es mi única petición, la más ardiente. Sofia Andréievna, ¿podrás cumplirla?

LA CONDESA: Sí, sí... Claro que sí...

TOLSTÓI: Te lo agradezco. ¿Ves? ¡Qué fácil resulta todo con honestidad y confianza! Es bueno que hayamos hablado en paz y compañerismo. Me has alegrado el corazón. Porque, cuando llegaste, la suspicacia te ensombrecía la cara, la inquietud y el odio te volvían casi una extraña y no reconocía a la mujer que fuiste. Pero ahora se te ha despejado la frente y de nuevo reconozco tus ojos, Sofia Andréievna, tus ojos de muchacha de aquella época, amables y volcados en mí. Pero, querida, ahora debes descansar, ¡es tarde! Te lo agradezco de corazón. *(Le da un beso en la frente. Ella se marcha y ya en la puerta se vuelve, nerviosa).*

La condesa: ¿De verdad me lo contarás todo? ¿Todo?

Tolstói *(permanece muy tranquilo)*: Todo, Sonia. Pero tú no olvides tu promesa.

La condesa se retira lentamente, lanzando una última mirada inquieta al escritorio.

Tolstói *(da varias vueltas por la estancia y luego se sienta al escritorio y escribe unas palabras en el diario. Transcurrido un momento se levanta, pasea arriba y abajo y vuelve a la mesa. Pensativo, pasa las páginas del diario y lee para sí las frases)*: «Me estoy esforzando por mostrarme ante Sofia Andréievna lo más sereno y firme que me es posible y creo que más o menos conseguiré mi objetivo de tranquilizarla... Hoy he visto por primera vez la posibilidad de hacerla transigir con bondad y amor... Ay, si pudiera...».

Deja el diario, respira con pesadez y, al cabo de un momento, se dirige al cuarto de al lado y enciende una luz. Después regresa y se quita con dificultad las pesadas botas de campesino y la chaqueta. Apaga la luz y se retira a su dormitorio vestido solo con los anchos pantalones y la camisa de trabajo.

Durante un tiempo, la estancia permanece vacía y totalmente a oscuras. No sucede nada. No se oye el más mínimo ruido. De pronto, la puerta del estudio se abre furtivamente. Alguien entra con los pies descalzos en la oscurísima habitación, llevando en la mano un farol que proyecta en el suelo un pequeño haz de luz. Es la condesa. Temerosa, mira a su alrededor. Se acerca a escuchar a la puerta del dormitorio y después, con visible alivio, se dirige al escritorio. En la oscuridad, el farol crea un círculo luminoso alrededor de la mesa. La condesa, de la que solo se distinguen las manos temblorosas en ese círculo de luz, toma el diario allí dejado y comienza a leer muy inquieta. Luego, uno tras otro, abre todos los cajones con sigilo y rebusca entre los papeles, cada vez más nerviosa, pero no encuentra nada. Finalmente, con un movimiento brusco, toma el farol y se retira. Tiene el rostro cambiado, como una sonámbula. En cuanto la puerta se cierra tras ella, Tolstói abre la del dormitorio. Sostiene una vela que tiembla por la terrible conmoción que agita al anciano: ha estado vigilando a su esposa. Se lanza tras ella y ya ha agarrado la manilla de la puerta cuando de pronto se da la vuelta, deposita la vela en el escritorio con calma y decisión, se dirige a la puerta que está al otro lado y llama con mucha precaución, procurando no hacer ruido.

Tolstói *(en voz baja)*: ¡Dushan...! ¡Dushan...!
Dushan *(al otro lado)*: ¿Es usted, Lev Nikoláievich?
Tolstói: ¡Baja la voz, Dushan! Y sal ahora mismo...

Dushan sale de su habitación, también él a medio vestir.

Tolstói: Despierta a mi hija Alexandra Lvovna, que venga enseguida. Después, corre al establo y ordénale a Grigor que enganche los caballos. Pero que lo haga en silencio, nadie en la casa debe darse cuenta. ¡Y sé sigiloso tú también! Vete descalzo y ten cuidado porque las puertas chirrían. Debemos irnos ahora mismo, no hay tiempo que perder.

Dushan sale a toda prisa. Tolstói se sienta, se calza las botas con decisión, toma la chaqueta y se la pone a toda prisa. Luego busca unos papeles y los pone todos juntos. Sus movimientos son enérgicos, aunque por momentos también febriles. Los escalofríos le sacuden los hombros mientras escribe unas palabras en un pliego.

Sasha *(entra con sigilo)*: ¿Qué sucede, padre?
Tolstói: Salgo de viaje, me marcho... Por fin... por fin lo he decidido. Hace una hora me ha jurado que confiaría en mí y ahora, a las tres de la madrugada, se cuela en mi estudio para registrarme los papeles... Pero en realidad

está bien, está muy bien... No ha sido su voluntad, ha sido la voluntad de Otro... ¡Cuántas veces le pedí a Dios que me enviara una señal cuando llegara el momento! Y por fin me la ha enviado. Ahora tengo derecho a dejar sola a quien ha abandonado mi alma.

SASHA: Pero, padre, ¿adónde irás?

TOLSTÓI: No lo sé, no quiero saberlo... A cualquier sitio, no importa mientras sea lejos de la hipocresía de esta existencia. Muchos caminos atraviesan la tierra, y en algún lugar aguarda un jergón o una cama donde un anciano pueda morir en paz.

SASHA: Iré contigo.

TOLSTÓI: No. Debes quedarte y tranquilizar a tu madre... Se pondrá fuera de sí. ¡Ah, cuánto sufrirá, la pobre! Y soy yo quien la hace sufrir... Pero no me queda otro remedio, ya no puedo más... Aquí me ahogo. Tú espera hasta que lleguen Andréi y Serioshka y después reúnete conmigo. Iré primero al monasterio de Shámordino para decir adiós a mi hermana. Siento que ha llegado el momento de las despedidas.

DUSHAN *(regresa precipitadamente)*: El cochero ya ha enganchado los caballos.

TOLSTÓI: Pues prepárate, Dushan. Mira, esos papeles llévalos tú...

SASHA: Padre, debes ponerte el abrigo de pieles, la noche es gélida. En un momento te saco ropa de abrigo.

TOLSTÓI: No, no. No necesito nada más. Dios mío, no podemos seguir retrasándonos... No quiero esperar más. Llevo veintiséis años aguardando este momento, esta señal... Date prisa, Dushan... Podrían sorprendernos e impedirnos marchar. Mira allí, coge los papeles, los diarios, el lápiz...

SASHA: Y dinero para el tren, voy a buscarlo.

TOLSTÓI: ¡No, se acabó el dinero! No quiero volver a tocarlo. En el tren me conocen, me darán billetes. Y después, Dios proveerá. Dushan, termina de una vez. *(A Sasha)*: Tú, dale a tu madre esta carta. Es mi despedida, ¡ojalá me perdone! Escríbeme para contarme cómo se lo ha tomado.

SASHA: Pero, padre, ¿cómo voy a escribirte? Si pongo tu nombre en el sobre, descubrirán dónde estás e irán a buscarte. Tienes que usar un nombre falso.

TOLSTÓI: ¡Ah, siempre las mentiras! Mentir sin parar, rebajar el alma con secretos... Pero tienes razón... ¡Venga, Dushan! Como quieras, Sasha... Es por una buena causa... ¿Cómo podría llamarme?

SASHA *(reflexiona un momento)*: Yo firmaré todos los mensajes como Frolova, y tú serás T. Nikoláiev.

TOLSTÓI *(febril a causa de la premura)*: T. Nikoláiev... Bien, bien... Y ahora, ¡adiós! *(La abraza)*. T. Nikoláiev, dices que debo llamarme... ¡Otra mentira, otra! En fin... Quiera Dios que sea mi último engaño ante los hombres.

Se retira apresuradamente.

TERCERA ESCENA

Tres días después (31 de octubre de 1910). Sala de espera de la estación de Astápovo. A la derecha, una gran puerta acristalada conduce al andén. A la izquierda, otra más pequeña lleva a la vivienda del jefe de estación, Iván Ivánovich Ozolin. En los bancos de madera de la sala de espera y sentados a una mesa hay varios pasajeros que esperan el tren rápido de Dankov: campesinas que duermen envueltas en sus mantones, humildes mercaderes con chamarras de piel de oveja y algunos representantes de las clases de la gran ciudad, posiblemente funcionarios o comerciantes.

PRIMER VIAJERO *(está leyendo un periódico y de pronto exclama)*: ¡Qué bueno! ¡El viejo ha hecho una jugada maestra! Esto no se lo esperaba nadie.

SEGUNDO VIAJERO: ¿Qué pasa?

PRIMER VIAJERO: Que Lev Tolstói se ha ido de casa, no se sabe adónde. Se marchó de noche, se puso el abrigo y las botas y así, sin equipaje y sin despedirse, se largó. Solo lo acompaña su médico, Dushan Petrovich.

SEGUNDO VIAJERO: Y a la mujer la ha dejado plantada, menuda faena para Sofia Andréievna. Él debe de tener ochenta y tres años... Quién se lo iba a esperar. ¿Y adónde dices que se ha ido?

PRIMER VIAJERO: Pues eso precisamente les gustaría saber tanto a sus familiares como a los periódicos. Están mandando telegramas por todo el mundo. Alguien afirma haberlo visto en la frontera búlgara, y hay quien habla de Siberia. Pero nadie sabe nada con certeza. ¡El viejo lo ha hecho muy bien!

TERCER VIAJERO *(un estudiante joven)*: ¿Qué decís? ¿Que Lev Tolstói se ha ido de su casa? Déjame el periódico, quiero leerlo yo mismo. *(Lee rápidamente).* Oh, ¡qué bien! Qué bien que por fin se haya decidido.

PRIMER VIAJERO: ¿Por qué te parece tan bien?

TERCER VIAJERO: Pues porque su forma de vida era una vergüenza para lo que escribía. Durante demasiado tiempo lo han obligado a representar el papel de conde y han ahogado su voz con halagos. Ahora por fin puede hablar libremente a los hombres desde el fondo de su alma. Dios quiera que, gracias a él, el mundo conozca lo que le están haciendo al pueblo aquí, en Rusia. Sí, esto es muy bueno. Es una bendición y una suerte para Rusia que este hombre santo por fin se haya salvado.

SEGUNDO VIAJERO: Pero a lo mejor esto que pone aquí es mentira. ¿Y si...? *(Mira alrededor para comprobar que nadie los escucha y susurra)*: Puede que hayan publicado esto en los periódicos para despistar y que en realidad lo hayan hecho desaparecer, lo hayan liquidado...

PRIMER VIAJERO: ¿Quién tendría interés en eliminar a Lev Tolstói...?

SEGUNDO VIAJERO: Muchos... Es un estorbo para mucha gente: para el Sínodo y la policía y los militares, para todos aquellos que lo temen. Ya han desaparecido así varias personas... y siempre se dice que están en el extranjero. Pero bien sabemos a qué se refieren con «el extranjero».

PRIMER VIAJERO *(también en susurros)*: Podría ser...

TERCER VIAJERO: No, a eso no se atreven. Ese hombre, solo con sus palabras, es más fuerte que todos ellos. No se atreven porque saben que lo rescataríamos con la fuerza de nuestros puños.

PRIMER VIAJERO *(a toda prisa)*: Atención... Cuidado... Viene Kirill Gregórievich... Rápido, ¡esconded el periódico!

El jefe de policía Kirill Gregórievich, vestido de uniforme, ha aparecido tras la puerta acristalada del andén. Se dirige enseguida a las dependencias del jefe de estación y llama a la puerta.

Iván Ivánovich Ozolin *(el jefe de estación sale de su vivienda con la gorra puesta)*: Ah, es usted, Kirill Gregórievich.

Jefe de policía: Debemos hablar enseguida. ¿Está su esposa con usted?

Jefe de estación: Sí.

Jefe de policía: Entonces hablaremos aquí. *(Se dirige a los viajeros en tono cortante e imperativo)*: El tren de Dankov está a punto de llegar. Por favor, abandonen la sala de espera y diríjanse al andén. *(Todos se levantan y se arremolinan en la puerta. El jefe de policía se vuelve hacia el jefe de estación)*: Acaban de llegar algunos telegramas cifrados importantes. Se sabe que Lev Tolstói, en su huida, estuvo anteayer en el monasterio de Shámordino con su hermana. Algunos indicios hacen sospechar que planea continuar viaje desde allí, de modo que desde ese día hay policías en todos los trenes que parten de Shámordino en cualquier dirección.

Jefe de estación: Pero explíqueme, padrecito Kirill Gregórievich, ¿por qué razón? Lev Tolstói no es ningún alborotador. Al contrario, ese gran hombre es nuestro orgullo, un verdadero tesoro para nuestra nación.

Jefe de policía: Al parecer supone más inestabilidad y más peligro que todos los revolucionarios juntos. Pero a mí me da igual, yo me limito a cumplir la orden de vigilar todos los trenes. Eso sí, en Moscú quieren que el control pase totalmente desapercibido. Por eso le pido, Iván Ivánovich, que salga usted al andén en mi lugar, porque con este uniforme todo el mundo sabe quién soy. En cuanto llegue el tren, se apeará un policía secreto y le contará lo que haya observado en el trayecto. Yo transmitiré el mensaje enseguida.

Jefe de estación: Cuente con ello.

Proveniente de la entrada, se oye la campana del tren que se aproxima.

Jefe de policía: Saludará al agente con discreción, ¿verdad? Como a un viejo conocido. Los pasajeros no deben notar la vigilancia. Nos conviene a los dos hacerlo todo muy bien porque los informes se mandan a San Petersburgo, a las más altas instancias. Y quién sabe, a lo mejor a uno de los dos le cae la Cruz de San Jorge.

Marcha atrás, el tren hace su entrada con estruendo. El jefe de estación sale apresuradamente al andén. Tras unos minutos, los primeros pasajeros, campesinos y campesinas cargados con pesados cestos, atraviesan la puerta acristalada hablando en voz muy alta y haciendo ruido. Algunos se acomodan en la sala de espera para descansar o preparar té.

JEFE DE ESTACIÓN *(entra de repente. Muy alterado, grita)*: ¡Abandonen la sala ahora mismo! ¡Todo el mundo! ¡Ahora mismo!

LA GENTE *(sorprendida y rezongando)*: Pero ¿por qué...? Si hemos pagado... ¿Por qué no podemos quedarnos? Esperamos el próximo tren...

JEFE DE ESTACIÓN *(a gritos)*: ¡Fuera de aquí! ¡Fuera todos ahora mismo! *(Los empuja y vuelve hacia la puerta, que abre de par en par)*. Por aquí, por favor. Traigan al conde por aquí.

Tolstói, apoyado en Dushan a su derecha y en su hija Sasha a su izquierda, entra con mucho esfuerzo. Lleva el cuello del abrigo alzado y un chal, pero a pesar de la ropa todo su cuerpo se estremece de frío. Lo siguen cinco o seis personas.

JEFE DE ESTACIÓN *(a quienes lo siguen)*: ¡Quédense fuera!

VOCES: Pero permítanos... Solo queremos ayudar a Lev Nikoláievich... Ofrecerle un poco de coñac o de té...

JEFE DE ESTACIÓN *(realmente enfadado)*: ¡Aquí no entra nadie! *(Les da varios empujones y cierra con llave la puerta del andén. Al otro lado del cristal no dejan de pasar caras llenas de curiosidad que se quedan mirando. El jefe de estación coloca rápidamente una silla junto a la mesa)*. ¿Desea su excelencia sentarse y descansar un momento?

TOLSTÓI: No me llame excelencia. Por Dios, nunca más... Nunca más, eso se acabó. *(Agitado, se vuelve y ve a los curiosos tras los cristales)*. Que se vayan... Que se vayan. Quiero estar solo... Siempre tanta gente... Deseo estar solo por una vez.

Sasha corre a la puerta y la tapa con los abrigos.

DUSHAN *(habla mientras tanto en voz baja con el jefe de estación)*: Debemos acostarlo enseguida, ha sufrido un repentino ataque de fiebre en el tren, ha subido a más de cuarenta. Es muy mal síntoma. ¿Hay alguna posada cerca con habitaciones decentes?

JEFE DE ESTACIÓN: No, ¡ninguna! En todo Astápovo no hay ni una posada.

DUSHAN: Pero necesita acostarse enseguida. Ya ve usted que está febril. Puede ponerse muy grave.

JEFE DE ESTACIÓN: Para mí sería un honor ofrecerle a Lev Tolstói mi cuarto, que está aquí al lado... Pero deben disculpar que sea... tan pobre, tan sencillo... No es más que una dependencia de servicio, en la planta baja, muy pequeña... ¿Cómo podría atreverme a alojar allí a Lev Tolstói?

DUSHAN: Eso no importa, hay que acostarlo como sea. *(Dirigiéndose a Tolstói, que está sentado a la mesa muerto de frío y agitado por repentinos temblores)*: El señor jefe de estación es tan amable de ofrecernos su cuarto. Debe usted descansar de inmediato. Ya verá que mañana se siente otra vez listo para continuar viaje.

TOLSTÓI: ¿Para continuar viaje? No, no. Ya no creo que viaje más... Este ha sido mi último trayecto, he llegado a mi destino final.

DUSHAN *(trata de animarlo)*: No se preocupe por esa fiebre, no tiene importancia. Solo se ha resfriado un poco. Mañana se encontrará muy bien.

TOLSTÓI: Ya me encuentro muy bien..., muy, muy bien... Aunque esta noche sí que fue terrible, de pronto creí que me perseguían los de casa, que me atrapaban y me devolvían a ese infierno... Y me levanté y os desperté, tan fuerte fue la impresión. Ese miedo, esa fiebre que me hacía castañetear los dientes, no me abandonó durante todo el trayecto... Aunque ahora, desde que estoy aquí... Pero ¿dónde estoy? Nunca he visto este sitio... Ahora de pronto todo es distinto... Ya no siento miedo... Ya no me atraparán.

DUSHAN: Claro que no. Puede acostarse tranquilo, aquí nadie lo encontrará.

Ambos lo ayudan a incorporarse.

JEFE DE ESTACIÓN *(dirigiéndose a Tolstói)*: Le ruego que me perdone... Solo puedo ofrecerle un cuarto muy sencillo... Mi propia habitación... Y la cama no es muy buena... Es una cama de hierro... Pero puedo solucionarlo, escribiré un telegrama para que manden otra mejor con el próximo tren.

TOLSTÓI: No, no quiero otra. ¡Demasiado tiempo he vivido mejor que los demás! Cuanto peor sea ahora, mejor para mí. Así es como mueren los campesinos... y aun así tienen una buena muerte.

SASHA *(ayudándolo a avanzar)*: Vamos, padre, estás muy cansado.

TOLSTÓI *(se detiene de nuevo)*: No sé... Estoy cansado, tienes razón, me pesan todos los miembros... Estoy muy cansado y sin embargo espero algo... Es como cuando tienes sueño pero no puedes dormir porque estás pensando en que algo bueno te va a suceder y no quieres olvidar ese pensamiento durmiendo. Qué raro, nunca me había sentido así... Quizá sea la muerte... Durante muchos años, vosotros bien lo sabéis, he temido a la muerte con un miedo que no me dejaba echarme en la cama, un miedo tal que habría podido esconderme y chillar como un animal. Ahora, quizá la muerte está esperándome en este cuarto. Sin embargo, acudo sin miedo a su encuentro.

(Sasha y Dushan lo han llevado hasta la puerta).

TOLSTÓI *(se detiene ante la puerta y mira dentro)*: Esto está bien, muy bien. Es pequeño, angosto, pobre... Me parece como si ya lo hubiera visto en sueños, una cama ajena en una casa extraña, una cama en la que yace alguien..., un

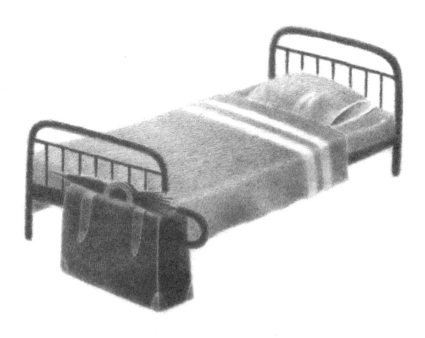

hombre anciano y cansado... Un momento, ¿cómo se llamaba? Lo escribí hace unos años... ¿Cómo se llamaba aquel anciano...? Que había sido rico y vuelve totalmente empobrecido y nadie lo reconoce y se acuesta en la cama junto al fogón... ¡Ay, esta cabeza! ¡Mi mala cabeza! ¿Cómo se llamaba el viejo...? Que era rico y de pronto no tenía más que la camisa que llevaba puesta. Y la mujer que lo atormentaba no está con él cuando muere. Ah, ya me acuerdo, ya lo sé: Kornéi Vasíliev es como bauticé al anciano de mi relato. La noche de su muerte, Dios ablanda el corazón de su mujer, Marfa, y ella acude a verlo... Pero es demasiado tarde, lo encuentra muy rígido en aquella cama ajena con los ojos cerrados, y no sabe si aún la odiaba o si la habría perdonado. No lo sabe, Sofia Andréievna... *(Como si se despertara)*: No, no se llamaba así, se llamaba Marfa... Me confundo... Sí, quiero acostarme. *(Sasha y el jefe de estación lo han ido guiando. Tolstói a este último)*: Te doy las gracias, desconocido, por acogerme en tu casa y ofrecerme lo que los animales tienen en el bosque... Dios me ha hecho llegar a mí, Kornéi Vasíliev, hasta ti. *(Muy asustado de pronto)*. Pero cerrad las puertas, que no entre nadie... Quiero estar a solas con Él, mejor y más profundamente que nunca en mi vida...

Sasha y Dushan lo conducen al dormitorio. El jefe de estación cierra tras ellos la puerta con cuidado y permanece de pie, muy conmovido.

Fuera retumban fuertes golpes en la puerta acristalada. El jefe de estación la abre y el jefe de policía irrumpe a toda prisa.

JEFE DE POLICÍA: ¿Qué le ha dicho a usted? Debo informar de todo ahora mismo. ¡De todo! ¿Se quedará aquí? ¿Por cuánto tiempo?

JEFE DE ESTACIÓN: Eso no lo sabemos ni yo ni nadie. Solo Dios lo sabe.

JEFE DE POLICÍA: ¿Cómo ha podido darle alojamiento en un edificio oficial? Es su vivienda de servicio, ¡no puede ofrecérsela a desconocidos!

JEFE DE ESTACIÓN: En mi corazón, Lev Tolstói no es un desconocido. Ni un hermano sería más querido para mí.

JEFE DE POLICÍA: Pero era su deber consultarlo previamente.

JEFE DE ESTACIÓN: Lo he consultado con mi conciencia.

JEFE DE POLICÍA: Pues es bajo su responsabilidad. Ahora mismo enviaré el informe... ¡Es terrible la carga que le cae encima a uno de pronto! Si al menos supiéramos qué piensan de Lev Tolstói en las más altas instancias...

JEFE DE ESTACIÓN *(muy tranquilo)*: Creo que la verdadera instancia, la más alta de todas, siempre ha sentido simpatía por Lev Tolstói. *(El jefe de policía lo mira con perplejidad).*

Dushan y Sasha salen de la habitación cerrando la puerta con cuidado. El jefe de policía se retira rápidamente.

JEFE DE ESTACIÓN: ¿Cómo se encuentra el conde?

DUSHAN: Está muy calmado. Nunca había visto una expresión tan serena en su rostro. Aquí por fin ha encontrado lo que los hombres no le conceden. La paz. Por primera vez se encuentra a solas con su Dios.

JEFE DE ESTACIÓN: Disculpen a este hombre sencillo, pero me tiembla el corazón y no alcanzo a comprenderlo. ¿Cómo es posible que Dios hiciera sufrir tanto a Lev Tolstói como para necesitar huir de su casa y venir a morir a mi pobre e indigna cama...? ¿Cómo pueden las personas, nuestros compatriotas, perturbar un alma tan santa? ¿Cómo son capaces de hacer eso a quien dicen amar...?

DUSHAN: Precisamente quienes aman a un gran hombre suelen interponerse entre él y su misión, y es de sus seres más próximos de quienes más debe alejarse. Está bien el modo en que han sucedido las cosas: esta muerte culmina y santifica su vida.

JEFE DE ESTACIÓN: Aun así... Mi corazón no puede y no quiere comprender que este hombre, este tesoro de nuestra tierra rusa, haya sufrido tanto por culpa de los hombres mientras los demás vivíamos alegremente. Deberíamos avergonzarnos de respirar...

DUSHAN: No se aflija por él, mi buen amigo. Un destino normal y vulgar no habría estado a la altura de su grandeza. Si no hubiera sufrido por nosotros, los hombres, Lev Tolstói jamás habría llegado a ser lo que hoy representa para la humanidad.

LA COMPETICIÓN POR EL POLO SUR

CAPITÁN SCOTT, 90 GRADOS DE LATITUD

16 DE ENERO DE 1912

✦

LA COMPETICIÓN POR LA TIERRA

El siglo xx se asoma a un mundo sin misterios. Se han explorado todas las tierras, se han surcado hasta los mares más lejanos. Parajes que hace una generación dormitaban felizmente en la libertad del anonimato ahora sirven, sometidos, a las necesidades de Europa; hasta las fuentes del Nilo, tanto tiempo buscadas, remontan barcos de vapor; las cataratas Victoria, avistadas por el primer europeo hace apenas medio siglo, producen con obediencia corriente eléctrica; la última jungla salvaje, los bosques del Amazonas, ha sido desbrozada; y se ha forzado el cinturón del único país virginal, el Tíbet. Las palabras *Terra incognita* de los antiguos mapas y globos terráqueos han sido sobrescritas por manos conocedoras; el hombre del siglo xx conoce bien la estrella que habita. Y el afán investigador ya está buscándose nuevos caminos, bien descendiendo hacia la fauna fantástica de las profundidades marinas, o bien ascendiendo en el aire infinito. Porque caminos sin hollar solo quedan en el cielo; y allá suben a la carrera las golondrinas metálicas de los aeroplanos para alcanzar nuevas alturas y nuevas lejanías; todo desde que la Tierra, por la curiosidad de los mortales, ha quedado vacía y desprovista de secretos.

Pero su pudor ha protegido de la mirada humana un último enigma hasta nuestro siglo; la Tierra ha sabido defender dos minúsculas partes de su despedazado y martirizado cuerpo de la avidez de sus propias criaturas. Ha logrado preservar sin profanar el Polo Norte y el Polo Sur, su espina dorsal, los puntos casi irreales e intangibles sobre los que gira su eje desde hace milenios. Ante este último misterio ha alzado barreras de hielo, y ha opuesto contra los codiciosos el temible guardián de un invierno eterno. Heladas y ventiscas mantienen férreamente amurallado cualquier acceso, el horror y el peligro espantan a los audaces amenazando sus vidas. El mismo sol tan solo puede lanzar fugaces miradas a esa hermética esfera de vez en cuando, y jamás el ojo humano.

Las expediciones se suceden desde hace décadas. Ninguna alcanza su meta. En algún lugar, recién descubierto, yace en un féretro de hielo desde hace treinta y tres años el cuerpo del más valiente entre los valientes, Andrée, que se propuso sobrevolar el Polo en un globo aerostático y nunca regresó. Todos los asaltos se han estrellado contra las resplandecientes paredes heladas. Desde hace milenios, y hasta nuestros días, la Tierra vela su rostro, por última vez victoriosa contra el apasionamiento de sus criaturas. Virginal y puro, su pudor se resiste a la curiosidad del mundo.

Pero el joven siglo xx se frota impaciente las manos. Ha forjado en laboratorios nuevas armas, ha encontrado nuevos escudos contra el peligro, y las resistencias tan solo espolean su ambición. Quiere conocer todas las verdades; su primera década desea conquistar cuanto no lograron alcanzar los milenios que la precedieron. El arrojo de los individuos se aúna con la rivalidad de las naciones. Ya no se compite solo por el Polo, sino también por la bandera que ondeará primero en el nuevo territorio: una cruzada de razas y pueblos arremete contra los lugares que el anhelo ha convertido en sagrados. Desde todos los continentes se renueva el asalto. La humanidad aguarda con impaciencia, consciente de que se trata del último misterio de

nuestro espacio vital. Desde Norteamérica, Peary y Cook se preparan para partir al Polo Norte; hacia el Sur navegan dos barcos: uno lo comanda el noruego Amundsen y el otro, un inglés, el capitán Scott.

SCOTT

Scott: un capitán cualquiera de la Marina británica. Uno cualquiera. Su biografía se corresponde exactamente con su lugar en el escalafón. Ha servido a entera satisfacción de sus superiores y después ha participado en la expedición de Shackleton. Ningún comportamiento especial que apunte a que sea un héroe. Su rostro en la fotografía es idéntico al de miles, al de decenas de miles de británicos: frío, resuelto, agarrotado, como endurecido por una energía reprimida. Los ojos color azul acero, la boca rígidamente cerrada. Ni una línea romántica, ni un asomo de alegría en ese rostro moldeado por la fuerza de voluntad y el sentido práctico. Su caligrafía: una caligrafía inglesa cualquiera, sin arabescos ni rabillos, rápida y firme. Su estilo: claro y correcto, cautivador en el relato de los hechos y, al tiempo, falto de fantasía como un informe. Scott escribe en inglés igual que Tácito en latín, en los mismos sillares sin desbastar. Se intuye en él a un hombre carente de sueños, un fanático de la objetividad; un verdadero representante, por tanto, de la raza inglesa, en la que incluso la genialidad se presenta bajo la cristalina forma de un elevado cumplimiento del deber. Este Scott ya se ha dado cientos de veces en la historia británica, ha conquistado la India e islas sin nombre en los archipiélagos, ha colonizado África y ha librado batallas contra el mundo, siempre con la misma férrea energía, la misma conciencia colectiva y el mismo semblante frío y circunspecto.

Pero su voluntad es granítica, y eso se percibe incluso antes de la hazaña. Scott desea completar lo que comenzó Shackleton. Decide organizar una

expedición, pero los medios no alcanzan. Eso no lo detiene. Sacrifica su fortuna y contrae deudas, convencido de su triunfo. Da un hijo a su joven esposa, pero no duda, como un nuevo Héctor, en abandonar a su Andrómaca. Pronto se le unen amigos y compañeros, ningún impedimento terrenal podrá quebrar su voluntad. Terra Nova es el nombre del extraño barco que los llevará hasta el límite del océano Antártico. Es extraño por la dualidad de su cargamento: mitad arca de Noé, lleno de animales vivos, y mitad moderno laboratorio, con miles de instrumentos y libros. Porque deben transportar a ese mundo vacío y deshabitado todo lo indispensable para cubrir las necesidades del cuerpo y el espíritu humanos; de forma bien curiosa se aúnan aquí los recursos del hombre primitivo, como pieles curtidas, pelajes o animales vivos, con los últimos refinamientos de los más modernos equipos. Y fantástica como el barco es también la doble cara de toda la iniciativa: es una aventura, pero en ella todo está calculado como en un negocio; es una audacia protegida por todas las artes de la precaución, una infinidad de detallados cálculos capaz de enfrentarse a la infinitud aún mayor del azar.

El 1 de junio de 1910 abandonan el Reino Unido. En esos días, las islas británicas resplandecen. Densas y verdes relumbran las praderas y el sol, cálido y brillante, acaricia un mundo sin nubes. Conmovidos, ven la costa perderse en la lejanía; todos saben, todos, que se despiden del sol y del calor durante años, algunos quizá para siempre. Pero en la proa del barco ondea la bandera británica y se consuelan pensando que ese símbolo universal viaja con ellos hasta el único territorio aún sin dueño en una Tierra casi por completo conquistada.

UNIVERSITAS ANTARCTICA

Tras un breve descanso en Nueva Zelanda, en enero atracan en el cabo Evans, en el límite del hielo eterno, y preparan una cabaña para pasar el invierno. A diciembre y a enero se los considera aquí meses de verano porque es el único momento del año en que el sol brilla durante unas horas al día en el cielo blanco y metálico. Las paredes son de madera, como en las expediciones anteriores, pero en el interior se percibe el progreso de los tiempos.

Mientras sus predecesores aguardaban en la mortecina penumbra de las apestosas lámparas de aceite de ballena, aburridos de sus propias caras y exasperados por la invariabilidad de los días sin sol, estos hombres del siglo xx tienen todo el mundo y toda la ciencia compendiados entre cuatro paredes. La lámpara de carburo proporciona una luz blanca y cálida, máquinas cinematográficas conjuran para ellos imágenes lejanas, proyecciones de escenas tropicales tomadas en parajes más cálidos; la pianola ofrece música; el gramófono, la voz humana; y la biblioteca, el conocimiento de la época. En una habitación traquetea la máquina de escribir, la otra hace las veces de cámara oscura en la que se revelan rollos cinematográficos y fotografías a color. El geólogo comprueba la radiactividad de las rocas, el zoólogo descubre nuevos parásitos en los pingüinos capturados, las observaciones meteorológicas se alternan con experimentos de física; todos y cada uno tienen tareas asignadas para los meses de oscuridad, y una ingeniosa organización convierte la investigación aislada en un aprendizaje común. Porque estos treinta hombres se intercambian conferencias cada atardecer, auténticos cursos universitarios en la banquisa y el hielo ártico; todos procuran dar a conocer su ciencia a los demás y, así, gracias a las animadas conversaciones, completan su visión del mundo. La especialización de la ciencia abandona aquí su soberbia y busca el entendimiento en los puntos comunes. En mitad de un mundo primitivo y elemental, totalmente solos en un tiempo detenido, treinta hombres comparten unos con otros los últimos descubrimientos del siglo xx; así, se sienten correr no solo las horas, sino también los segundos del reloj mundial. Resulta conmovedor leer que estas personas tan serias también sabían alegrarse con su árbol de Navidad o con las pequeñas bromas del *South Polar Times,* el periódico humorístico que editan; y cómo lo pequeño (el avistamiento de una ballena, la caída de un poni) se convierte en todo un acontecimiento mientras lo monumental (las centelleantes auroras boreales, el frío terrible, la inmensa soledad) se hace cotidiano y habitual.

Entre tanto van haciendo pequeños avances. Prueban los trineos motorizados, aprenden a esquiar y adiestran a los perros. Preparan un depósito de provisiones para el gran viaje y solo despacio, muy despacio, van cayendo las hojas del calendario hasta el verano (diciembre), cuando llegará el barco que, atravesando la banquisa, les lleva cartas de casa. En mitad del crudelísimo invierno algunos grupitos se atreven a emprender viajes de entrenamiento; se prueban las tiendas de campaña; se adquiere experiencia. No todo sale bien, pero precisamente las dificultades renuevan sus fuerzas. Cuando regresan de sus expediciones, ateridos y agotados, los reciben gritos de júbilo y el cálido resplandor del fuego y, tras días de privaciones, esa acogedora cabañita situada a setenta y siete grados de latitud les parece el lugar más feliz del mundo.

Pero un día regresa una expedición del oeste y sus noticias hacen enmudecer a la cabaña. En su recorrido han descubierto el cuartel de invierno de Amundsen: de repente Scott comprende que, aparte del hielo y el peligro, alguien más le disputa la gloria de ser el primero en arrebatar un misterio a la obstinada Tierra: Amundsen, el noruego. Se apresura a realizar unas mediciones en el mapa. Y sus anotaciones revelan su espanto al comprobar que la base de Amundsen se encuentra ciento diez kilómetros más cerca del Polo que la suya. Se asusta, pero no desfallece. «¡Adelante, por el honor de mi patria!», escribe con orgullo en su diario.

Una única vez aparece ese nombre en las páginas del dietario. Y luego nunca más. Pero se percibe que desde ese día una sombra de temor se cierne sobre la solitaria cabaña rodeada de hielo. Y desde entonces no hay un momento en el que ese nombre no perturbe su sueño y su vigilia.

SALIDA HACIA EL POLO

A una milla de la cabaña, en la colina de observaciones, se monta guardia sin interrupción. Allí se ha colocado un artefacto solitario en su escarpada elevación, como un cañón dirigido a un enemigo invisible: un aparato que mide las primeras manifestaciones de calor emitidas por el sol, que se va acercando. Aguardan durante días a que aparezca. Aunque en el cielo matutino sus reflejos originan centelleantes prodigios de color, la circunferencia de su disco aún no se dibuja en el horizonte. Sin embargo, ya solo ese cielo encendido por la mágica luz de su cercana presencia, esa anticipación de su esplendor, alienta a los impacientes hombres. Por fin suena el teléfono con buenas noticias desde la colina: el sol ha aparecido; por primera vez desde hace meses se ha asomado durante una hora en la noche invernal. Su brillo es muy débil, muy pálido, y apenas logra animar el aire helado; sus oscilantes ondas apenas dejan marcas en el aparato, pero verlas desencadena una gran alegría. Febrilmente se prepara la expedición, con el fin de lograr aprovechar el corto intervalo de luz que aquí es a la vez primavera, verano y otoño y que, para nuestras tibias condiciones de vida, supondría un invierno cruel. Por delante zumban los trineos motorizados. Los siguen los trineos tirados por ponis siberianos y por perros. El recorrido se ha dividido en etapas y cada dos días se construye un depósito de provisiones para asegurar a quienes regresen ropas de repuesto, alimentos y, lo más importante, petróleo, calor condensado en mitad del hielo infinito. La expedición parte toda junta para ir regresando poco a poco en pequeños grupos y así dejar a los últimos elegidos, a los conquistadores del Polo, la mayor cantidad de suministros, los animales en mejor estado y los más rápidos trineos.

El plan está magistralmente pensado, hasta el menor contratiempo ha sido cuidadosamente previsto. Y estos no faltan. A los dos días, los trineos motorizados se averían y han de dejarlos atrás, convertidos en un lastre inútil. Tampoco los ponis resisten tan bien como cabría esperar; pero lo orgánico triunfa sobre lo técnico porque los animales desfallecidos, que deben ser sacrificados, proporcionan a los perros un alimento caliente y sustancioso que refuerza sus energías.

El 1 de noviembre de 1911 parten en distintos grupos. Las fotografías muestran la extraordinaria caravana de estos al principio treinta, luego veinte, después diez y al final solo cinco hombres que atraviesan el blanco desierto de un mundo prehistórico y desolado. Por delante va siempre una figura embozada en pieles y mantos, un ser bárbaro cuyas coberturas solo dejan libres la barba y los ojos. Su mano envuelta en pieles sujeta por el ronzal a un poni que arrastra un trineo muy cargado; detrás de él va otra figura con la misma vestimenta y en la misma postura, y tras esa otra más... Veinte puntitos negros que avanzan en fila por una blancura infinita y cegadora. Por las noches se arrebujan en tiendas de campaña y levantan muros de nieve en la dirección del viento para proteger a los ponis; y por la mañana la marcha comienza de nuevo, monótona y desesperante, atravesando un aire helado que por primera vez en milenios respira un ser humano.

Pero las preocupaciones se acumulan. El tiempo se mantiene desfavorable y en lugar de cuarenta kilómetros a veces solo logran cubrir treinta; pero cada día representa un tesoro desde que saben que, invisible en esa inmensidad, otro hombre avanza desde distinta posición hacia su mismo objetivo. Cualquier pequeñez se convierte aquí en un peligro. Un perro que se escapa, un poni que no quiere comer... Todo resulta alarmante porque en mitad de esa desolación los valores se trastocan por completo. Aquí los seres vivos se vuelven valiosísimos, casi irremplazables. De los cuatro cascos de un solo poni quizá depende la inmortalidad; un cielo nublado y tormentoso puede frustrar una hazaña eterna. Además, la salud de los hombres comienza a resentirse, algunos padecen ceguera causada por el resplandor de la nieve y a otros se les han congelado los miembros; los ponis, a los que hay que racionar el alimento, se van agotando hasta que caen rendidos poco antes de alcanzar el glaciar Beardmore. Deben cumplir con el triste deber de sacrificar a esos dóciles animales que, en medio de semejante soledad y tras dos años de convivencia, se habían convertido en amigos a quienes todos llamaban por sus nombres y colmaban de cariñosas atenciones. «Depósito Matadero» es como llaman al macabro lugar. Una parte de la expedición se despide en ese sangriento punto y regresa, mientras los demás se preparan para el último esfuerzo, para la terrible travesía del glaciar, la peligrosa pared de hielo tras la que se resguarda el Polo y que solo el ardor de una apasionada voluntad humana puede hacer saltar por los aires.

Cada vez avanzan menos en sus marchas porque la nieve aquí se presenta resistente y rugosa, y ya no pueden tirar de los trineos, sino que deben empujarlos. El hielo endurecido corta la madera de los patines, y el disgregado polvo helado les llaga los pies. Pero no se rinden. El 30 de diciembre alcanzan los ochenta y siete grados de latitud, el punto más extremo al que llegó

Shackleton. Desde aquí debe retornar el último grupito: tan solo cinco elegidos alcanzarán el Polo. Scott selecciona a los hombres. No se atreven a oponerse, aunque les pesa el corazón por tener que regresar tan cerca de la meta y ceder a sus compañeros la gloria de ser los primeros en avistar el Polo. Pero la elección está hecha. Una vez más se dan la mano, esforzándose virilmente por ocultar su emoción, y después el grupo se separa. Se convierte en dos minúsculas hileras, la una avanzando hacia el sur, hacia lo desconocido, y la otra hacia el norte, de vuelta a casa. Constantemente se vuelven para sentir por última vez una presencia humana y amiga. Pronto la última figura desaparece. Solos, los cinco elegidos para la hazaña se internan en lo desconocido: Scott, Bowers, Oates, Wilson y Evans.

EL POLO SUR

Las anotaciones en el diario de los últimos días se tiñen de nerviosismo; al aproximarse al Polo Sur, comienzan a temblar como la aguja azul de la brújula. «¡Qué increíblemente largo se nos hace el tiempo mientras nuestras sombras describen con lentitud su arco, primero a la derecha, luego por delante y finalmente a la izquierda!» Aunque también reluce la esperanza, cada vez más brillante. Con creciente ansiedad, Scott anota las distancias que quedan: «Aún ciento cincuenta kilómetros hasta el Polo, si esto continúa así no aguantaremos»; aquí se manifiesta aún el cansancio. Y dos días después: «Todavía ciento treinta y siete kilómetros hasta el Polo, y resultarán terriblemente difíciles». Después, de repente, aparece un tono nuevo y victorioso: «¡Ya solo noventa y cuatro kilómetros hasta el Polo! Si no lo alcanzamos, al menos nos quedaremos endiabladamente cerca». El 14 de enero, la esperanza se convierte en certeza: «Solo setenta kilómetros, ¡ya tenemos delante la meta!». Y al día siguiente las notas desprenden una clara alegría, casi felicidad: «Solo quedan cincuenta tristes kilómetros, ¡debemos

llegar cueste lo que cueste!». En esas emocionadas líneas se puede sentir lo agitados que están los hombres por la tensión, cómo vibran sus nervios de expectación y de impaciencia. El botín está cerca; si estiran el brazo casi pueden tocar el último misterio de la Tierra. Solo un esfuerzo más y habrán alcanzado la meta.

16 DE ENERO

«Los ánimos son buenos», consigna el diario. Han salido de mañana, antes de lo habitual, porque la impaciencia por contemplar lo antes posible el terrible y bello misterio los ha arrancado de los sacos de dormir. Estos cinco hombres tenaces recorren catorce kilómetros hasta mediodía, marchando alegres por el yermo desierto blanco: ahora es imposible no alcanzar la meta, la hazaña decisiva para la humanidad está casi conseguida. De pronto uno de los expedicionarios, Bowers, se inquieta. Su mirada se clava en un puntito oscuro que destaca en la inmensa extensión de nieve. Aunque no se atreve a expresar sus suposiciones, a todos les agita el corazón el mismo pensamiento: que una mano humana haya erigido allí una señal. Se esfuerzan por tranquilizarse. Se dicen (igual que Robinson quiso convencerse de que la huella encontrada en la isla era la suya) que debe de ser una grieta en el hielo, o quizás un reflejo. Se aproximan con los nervios a flor de piel y todavía intentando engañarse unos a otros, tan seguros están de conocer la verdad: que el noruego, que Amundsen, se les ha adelantado.

Pronto la última duda se desvanece ante la realidad indiscutible de una bandera negra colocada sobre la estructura de un trineo, dominando los vestigios de un campamento abandonado: huellas de trineos y de muchos perros. Amundsen ha acampado allí. Lo más catastrófico, lo más incomprensible, ha sucedido: el Polo de la Tierra, deshabitado desde hace milenios, quizá jamás observado por ojos terrenales desde el principio de los tiempos, ha sido descubierto dos veces en una molécula de tiempo, en un intervalo de quince días. Y ellos son los segundos (tarde por uno solo de entre millones de meses), los segundos en una humanidad que lo otorga todo al primero y nada al que llega después. Inútil, entonces, todo el esfuerzo; ridículas las privaciones; delirantes las esperanzas de semanas, meses y años. «Todas las fatigas, todas las penurias, todo el sufrimiento..., ¿para qué?», escribe Scott en su dietario. «Todo por unos sueños que ahora han terminado.» Se les saltan las lágrimas y a pesar del cansancio extremo no logran dormir esa noche. Malhumorados y sin esperanza, emprenden como condenados la última marcha hacia el Polo, que habían imaginado impetuosa y llena de júbilo. Ninguno intenta consolar a los demás, avanzan sin decir una palabra. El 18 de enero, el capitán Scott llega al Polo con sus cuatro compañeros. Puesto que no lo ciega la gloria de ser el primero, sus maltratados ojos registran la desolación del paisaje: «No hay aquí nada, nada, que se distinga de la espantosa monotonía de los últimos días». Esta es toda la descripción que Robert F. Scott ofrece del Polo Sur. Lo único extraño que descubren allí no es producto de la naturaleza, sino de la mano enemiga: la tienda de Amundsen con la bandera noruega, que ondea insolente y victoriosa sobre las murallas expugnadas de la humanidad. Una carta del conquistador aguarda dentro al desconocido segundón que llegue después que él, y en ella le pide que la remita al rey Haakon de Noruega. Scott se impone cumplir fielmente la penosa obligación: ejercer de testigo ante el mundo de una hazaña ajena que él mismo ha perseguido con ardor.

Entristecidos, plantan la bandera británica, «la Union Jack que llegó demasiado tarde», junto al símbolo de la victoria de Amundsen. Después abandonan el «desleal lugar de sus desvelos»; el viento frío los azota. Con profética preocupación, Scott anota en su diario: «Me horroriza el regreso».

EL DESASTRE

La marcha de regreso multiplica los peligros. De camino al Polo, la brújula los guiaba. Ahora, durante la vuelta, también deben mantenerse atentos para no perder su propio rastro, no perderlo ni una sola vez durante semanas para no desviarse de los depósitos que contienen su comida, sus ropas y calor condensado en unos pocos galones de petróleo. Por ello la incertidumbre los asalta a cada paso cuando las ráfagas de nieve dificultan la visión, porque el más mínimo extravío conduce directamente a una muerte segura.

Sus cuerpos carecen de la fuerza que tenían a la ida, cuando aún conservaban el calor proporcionado por la energía de una buena alimentación y por el cálido refugio de su patria antártica.

Pero aún hay más: en su pecho se ha aflojado el férreo resorte de la voluntad. Durante el viaje de ida, sus energías se mantenían en tensión gracias a la sobrenatural esperanza de encarnar la curiosidad y el anhelo de toda la humanidad; la conciencia de llevar a cabo una gesta inmortal les proporcionaba una fuerza sobrehumana. Ahora tan solo luchan por salvar la vida, por su existencia corpórea y mortal, por un deshonroso regreso que en su fuero interno quizá temen más que desean.

Es terrible leer las anotaciones de esos días. El tiempo se torna cada vez más desfavorable, el invierno ha llegado antes que nunca, la nieve blanda se resquebraja bajo sus botas creando cepos que bloquean sus pasos y el frío gélido castiga sus cansados cuerpos. Por eso siempre supone una pequeña alegría alcanzar un depósito tras varios días de incierta marcha y de temor; se enciende entonces una fugaz llamita de esperanza que ilumina la escritura. Y nada atestigua de modo más grandioso el heroísmo espiritual de estos hombres en medio de la más tremenda soledad que el hecho de que Wilson, el científico, continúe con sus observaciones incluso a un paso de la muerte y acarree en su trineo, además de toda la carga necesaria, dieciséis kilos de inusuales tipos de roca.

Pero poco a poco la voluntad humana sucumbe ante la supremacía de la naturaleza, que, implacable y con potencia acumulada durante milenios, conjura contra los cinco osados todas las fuerzas de la destrucción: el frío, el hielo, la nieve y el viento. Los pies llevan mucho tiempo llagados, y el organismo, mal templado por una única comida diaria caliente y debilitado por el racionamiento, comienza a fallar. Con horror descubren un día los expedicionarios que Evans, el más fuerte de todos, ha comenzado de pronto a hacer cosas extrañas. Se queda atrás durante la marcha y se queja sin parar de dolores reales e imaginarios; estremecidos, entresacan de sus confusas palabras que el desgraciado ha perdido el juicio como consecuencia de una caída o de insoportables tormentos. ¿Qué hacer? ¿Abandonarlo en el desierto helado? Pero deben alcanzar sin dilación el siguiente depósito o de lo contrario… Scott duda en escribir las palabras. A la una de la madrugada del 17 de febrero muere el desdichado oficial, a tan solo un día de marcha del «Depósito Matadero», donde por primera vez encuentran alimento abundante gracias a los ponis que debieron masacrar allí el mes anterior.

Solos los cuatro reanudan la marcha pero, ¡perdición!, el siguiente depósito depara un amargo revés. No hay suficiente petróleo y ello implica que deben economizar lo más importante: el combustible, la única arma realmente eficaz contra el frío. Soportan una noche gélida y sacudida por la tempestad, seguida de un despertar desalentador; apenas tienen fuerzas para calzarse las botas de fieltro. Pero continúan avanzando a duras penas. Uno de ellos, Oates, ya tiene congelados los dedos de los pies. El viento sopla más fuerte que nunca y en el siguiente depósito, el 2 de marzo, se repite la terrible decepción: de nuevo el combustible resulta insuficiente.

Ahora el miedo se filtra entre las palabras del diario. Se percibe el empeño de Scott por contener el espanto, pero un agudo grito de desesperación desgarra una y otra vez su forzada calma: «Esto no puede seguir así», o «¡Que Dios nos asista! Ya no resistimos más estas penalidades», o «Nuestra historia tiene un final trágico», y finalmente la aterradora constatación: «¡Si la Providencia acudiera en nuestra ayuda…! De los hombres ya no cabe esperarla». Pero avanzan penosamente, avanzan sin esperanza, con los dientes apretados. Las dificultades de Oates para mantener el ritmo van en aumento, para sus amigos supone más una carga que una ayuda. Con una temperatura a mediodía de cuarenta y dos grados bajo cero deben detener la marcha, y el desdichado siente y comprende que traerá la desgracia a sus compañeros. Se preparan para el final. Piden a Wilson, el científico, que reparta a cada uno diez pastillas de morfina para acelerar el final en caso necesario. Aún se proponen otro día de marcha con el enfermo. Entonces, el desventurado les ruega que lo dejen atrás, en su saco de dormir, para así separar sus destinos. Rechazan enérgicamente la petición, aunque todos comprenden el alivio que supondría. El enfermo se tambalea unos kilómetros más sobre las piernas congeladas y logra llegar al campamento nocturno. Duerme con ellos hasta el día siguiente. Se asoman al exterior: se ha desencadenado un huracán.

De pronto, Oates se levanta: «Voy a salir un rato», les dice a sus amigos. «Puede que tarde en volver.» Los otros tiemblan. Todos saben lo que significa ese paseo. Pero nadie se atreve a decir una palabra para retenerlo. Nadie se atreve a tenderle la mano en señal de despedida porque adivinan, con profunda veneración, que el capitán de caballería Lawrence J. E. Oates, del Regimiento de Dragones de Inniskilling, se dirige hacia la muerte como un héroe.

Tres hombres agotados y debilitados se arrastran por el infinito y cruel desierto de hielo; están exhaustos y desesperados, y si sus músculos consiguen transportarlos en una marcha tambaleante es solo gracias al instinto de conservación más primitivo. El tiempo se vuelve aún más atroz, cada depósito se burla de ellos con una nueva decepción, siempre escasea el petróleo, siempre escasea el calor. El 21 de marzo se encuentran a tan solo veinte kilómetros del siguiente depósito, pero el viento ruge con una fuerza tan asesina que les impide salir de la tienda. Cada noche confían en la mañana, en alcanzar su meta; pero entre tanto las provisiones se terminan y, con ellas, la última esperanza. Se les ha acabado el combustible y el termómetro marca cuarenta grados bajo cero. Toda esperanza se desvanece: ya solo pueden elegir entre morir de hambre o morir de frío. Ocho días luchan esos tres hombres contra el inevitable fin, metidos en una tiendecita perdida en mitad de un mundo blanco y desolador. El 29 de marzo comprenden que ya ningún milagro los salvará. De modo que deciden no avanzar ni un paso hacia su final y enfrentarse a la muerte con coraje, como al resto de calamidades. Se meten en sus sacos de dormir y de su último sufrimiento jamás ha llegado al mundo ni un gemido.

En esos momentos, enfrentado en soledad a una muerte invisible pero inminente y mientras el huracán arremete contra la fina tienda con una fuerza demencial, el capitán Scott se acuerda de todo aquello a lo que está unido. Solo, en el más gélido de los silencios, un silencio jamás roto por la voz humana, cobra heroica conciencia de la fraternidad con su nación y con toda la humanidad. En medio de ese desierto blanco, su mente evoca en un espejismo las imágenes de cuantos se unieron a él por amor, fidelidad o amistad. Y se dirige a ellos. El capitán Scott escribe con dedos que se van quedando rígidos; en el momento de su muerte, escribe a las personas vivas a las que ama.

Esas cartas son extraordinarias. La abrumadora cercanía de la muerte elimina toda trivialidad, el aire cristalino de ese cielo inanimado parece haberse colado en ellas. Van dirigidas a personas concretas, pero interpelan a toda la humanidad. Están escritas en un momento concreto y, sin embargo, hablan para la eternidad.

Escribe a su esposa. Le ruega que proteja su legado más preciado, a su hijo; le pide que lo preserve, ante todo, de la indolencia; y, después de haber realizado uno de los logros más sublimes de la historia, confiesa: «Como sabes, siempre tuve que obligarme a ser diligente, siempre tendí a la pereza». Lejos de lamentarla, a un paso de la muerte alaba su decisión: «Cuántas cosas podría contarte de este viaje. Y cuánto mejor ha sido emprenderlo que quedarme cómodamente en casa».

Y escribe, con la más fiel de las camaraderías, a las madres y esposas de los compañeros de infortunio que han hallado la muerte con él, para dar testimonio de su heroísmo. Encontrándose él mismo moribundo, consuela a los familiares de los demás con su convicción, fuerte y sobrehumana, de la gloria del momento y de lo memorable de su pérdida.

Y escribe a sus amigos. Es modesto en lo que afecta a su persona, pero muestra un orgullo grandioso por toda la nación, de la cual en ese momento se siente apasionadamente hijo, y muy digno hijo: «No sé si he sido un gran explorador», confiesa, «pero nuestro final atestigua que el espíritu de la determinación, y la fuerza para resistir, no han desaparecido de nuestra raza». Y si la rigidez masculina y el pudor de espíritu le impidieron decir ciertas cosas en vida, ahora la muerte le arranca esta manifestación de amistad: «Nunca en la vida he conocido a nadie», escribe a su mejor amigo, «a quien admirara y quisiera tanto como a ti, pero nunca pude demostrar lo que tu amistad significaba para mí porque tú tenías mucho que dar, y yo, nada».

Y escribe una última carta, la más bella de todas, a la nación. Se siente obligado a dejar constancia de que, si ha sucumbido en esa empresa para aumentar la gloria británica, no ha sido por su culpa. Enumera los distintos azares que se conjuraron contra él y solicita a todos los británicos, con una voz que el eco de la muerte dota de un extraordinario dramatismo, que no abandone a sus deudos. Su último pensamiento se eleva más allá de la propia fatalidad. Sus últimas palabras no se refieren a su muerte, sino a la vida de los demás: «¡Por el amor de Dios, cuiden de los nuestros!». Las páginas que siguen están en blanco.

Hasta el último momento, hasta que los dedos se le congelan y el lápiz se le cae de la mano paralizada, el capitán Scott continúa su diario. La esperanza de que junto a su cadáver se encuentren esas páginas, que darán testimonio de sus actos y del valor de la raza británica, le permite realizar un esfuerzo tan sobrehumano. Al final, los dedos ya congelados garabatean una petición: «¡Envíen este diario a mi esposa!». Luego, con una certidumbre espeluznante, la mano tacha «esposa» para escribir encima la desoladora palabra: «viuda».

LA RESPUESTA

Durante semanas, los demás compañeros han aguardado en la cabaña. Primero con confianza, después algo intranquilos y, al final, con preocupación creciente. En dos ocasiones han enviado expediciones de socorro, pero el temible azote del mal tiempo las obligó a regresar. Todo el largo invierno lo pasan esos hombres sin líder ni objetivo metidos en la cabaña, con el corazón angustiado por la negra sombra de la catástrofe. A lo largo de esos meses, el destino y la hazaña del capitán Robert Scott quedan sellados en la nieve y el silencio. El hielo los mantiene atrapados en un féretro transparente. Solo el 29 de octubre, en la primavera polar, parte una expedición para recuperar al menos los cuerpos de los héroes y sus mensajes. El 12 de noviembre llegan a la tienda; encuentran los cadáveres de los valientes congelados en sus sacos, Scott abrazado fraternalmente a Wilson incluso en el momento de la muerte; hallan las cartas y los documentos, y preparan una tumba para los trágicos héroes. Una sencilla cruz negra sobre un montón de nieve domina solitaria ese mundo blanco cuyas entrañas ocultan, para siempre, el testimonio de aquel heroico logro de la humanidad.

¡Pero no! Su hazaña experimenta una resurrección inesperada y maravillosa: ¡espléndido milagro técnico de nuestro mundo moderno! Los amigos se llevan a casa las placas y cintas de película; los baños químicos liberan las imágenes y se puede ver a Scott y a sus compañeros durante sus travesías por los paisajes del Polo que, aparte de ellos, tan solo una persona más, Amundsen, ha contemplado. Danzando por los cables eléctricos, el mensaje de sus palabras y cartas llega a un mundo deslumbrado; en la catedral del Imperio, el rey dobla la rodilla para honrar la memoria de los héroes. Así, lo que parecía en balde se torna fructífero de nuevo, lo perdido se convierte en una exhortación atronadora a la humanidad para que dedique sus energías a alcanzar lo inalcanzable; en un grandioso juego de contrarios, esa muerte heroica origina una vida superior y del desastre surge la voluntad de tocar el infinito. Porque el éxito casual o los logros fáciles encienden tan solo la ambición; pero nada eleva tan gloriosamente el corazón humano como el fracaso de un hombre en su lucha contra la supremacía invencible del destino; esta es la más espléndida de todas las tragedias, que los poetas logran crear alguna vez y mil veces representa la vida.

EL TREN SELLADO

LENIN, 9 DE ABRIL DE 1917

✦

EL HOMBRE QUE VIVE EN CASA DE UN ZAPATERO REMENDÓN

La pequeña isla de paz que es Suiza, rodeada por todas partes por la violenta marea de la Guerra Mundial, es durante los años 1915, 1916, 1917 y 1918 de forma ininterrumpida el escenario de una apasionante novela detectivesca. En los lujosos hoteles se cruzan con indiferencia, como si nunca se hubieran conocido, los enviados de las potencias enfrentadas que el año anterior jugaban amistosamente al *bridge* y se visitaban en sus casas. De sus habitaciones sale con todo sigilo un enjambre de turbios personajes. Delegados, secretarios, *attachés,* comerciantes, damas veladas o destapadas, cada uno encargado de sus misteriosos asuntos. Ante los hoteles estacionan automóviles de lujo con blasones nacionales de los que se apean industriales, reporteros, artistas y viajeros aparentemente casuales. Pero casi todos comparten la misma misión: enterarse de algo, espiar; y también al botones que los acompaña a su habitación y a la muchacha que hace la limpieza se los presiona para que observen y se mantengan al acecho. Las organizaciones intrigan las unas contra las otras en todas partes, en las posadas, en las pensiones, en las oficinas de correos, en los cafés. La mitad de lo que se denomina propaganda es espionaje, lo que parece amor es traición, y cualquier asunto en marcha de esos atareados recién llegados oculta en realidad un segundo y un tercero en el trasfondo. De todo se informa, todo se vigila; en cuanto un alemán de cualquier rango pone el pie en Zúrich se entera la embajada enemiga en Berna y, una hora después, París. Los agentes, grandes y pequeños, mandan a los *attachés* tomos enteros repletos de informes reales o inventados, que estos a su vez reenvían. Todas las paredes son transparentes, todos los teléfonos están intervenidos; con el contenido de las papeleras y con el papel secante se reconstruye cualquier correspondencia, y al final el pandemonio alcanza una dimensión tan delirante que muchos ya no saben lo que son, si cazadores o cazados, espías o espiados, traidores o traicionados.

Hay solo un hombre del que existen pocos informes de aquellos días, quizá porque resulta demasiado insignificante y no se apea ante hoteles elegantes ni frecuenta los cafés ni asiste a los actos de propaganda, sino que vive con su esposa totalmente retirado en la casa de un zapatero remendón. Cerca del río Limago, en la calle Spiegelgasse, que es estrecha, vieja y llena de baches, habita en la segunda planta de una de las sólidas casas de tejado curvo de la ciudad vieja, oscurecida a medias por el paso del tiempo y a medias por la pequeña fábrica de salchichas que opera en el patio. Una panadera, un italiano y un actor austriaco viven también en el inmueble. Sus vecinos apenas saben de él, puesto que no es muy hablador, que es ruso y que su nombre resulta difícil de pronunciar. Que ha huido hace muchos años de su patria, que no dispone de grandes fortunas y que no se dedica a ningún negocio lucrativo lo sabe su casera por las frugales comidas del matrimonio y por sus desgastadas ropas que, junto con el resto del menaje, apenas llenaban el pequeño cesto que llevaban cuando se instalaron.

Este hombre bajito y robusto es tan reservado como puede y vive con la mayor discreción posible. Rehúye la compañía, rara vez sus convecinos se enfrentan a la penetrante mirada oscura de sus ojos rasgados, rara vez recibe visitas. Pero regularmente, día tras día, todas las mañanas, acude a las nueve a la biblioteca y permanece allí hasta que cierra a las doce. Exactamente a las doce y diez entra en casa y a la una menos diez sale para ser de nuevo el primero en la biblioteca, donde se queda hasta las seis de la tarde. Pero como los informadores solo prestan atención a quienes hablan mucho e ignoran que son las personas solitarias, que leen y estudian mucho, las más peligrosas para promover cualquier revolución del mundo, no redactan informe alguno sobre este hombre que pasa inadvertido y que vive en la casa de un zapatero remendón. En cuanto a los círculos socialistas, saben de él que en Londres fue redactor de un boletín de emigrados, ruso y radical, y que en Petersburgo se lo consideraba el líder de algún extraño partido de nombre impronunciable; pero, puesto que se expresa con dureza y desdén sobre las personas más respetadas del Partido Socialista y considera erróneos sus métodos, puesto que se muestra inaccesible y de todo punto intransigente, nadie le presta especial atención. A las reuniones que organiza de vez en cuando en un pequeño café proletario acuden como mucho quince o veinte asistentes, la mayoría jóvenes; y, así, se tolera a ese tipo raro del mismo modo que a esos emigrados rusos que se calientan la cabeza a base de mucho té y de muchas discusiones. A nadie le parece relevante este hombre bajito y de severa frente, no llegan a tres docenas las personas que, en Zúrich, consideran importante conocer el nombre de Vladímir Ilich Uliánov, del hombre que vive en casa de un zapatero remendón. Y si un día alguno de los lujosos automóviles que zumban a toda velocidad de embajada en embajada atropellara y matara a este hombre en la calle, tampoco el mundo lo conocería, ni bajo el nombre de Uliánov ni con el de Lenin.

CULMINACIÓN...

Un día, el 15 de marzo de 1917, el bibliotecario de Zúrich se extraña. El reloj marca las nueve y el puesto que ocupa a diario el más puntual de todos los lectores está vacío. Dan las nueve y media y luego las diez, pero el incansable lector no aparece y ya no aparecerá nunca más. Porque de camino a la biblioteca un amigo ruso lo ha abordado, o más bien lo ha asaltado, con la noticia de que en Rusia ha estallado la revolución.

Al principio, Lenin no quiere creerlo. Se encuentra paralizado por la noticia. Pero al momento se precipita con pasos cortos y firmes al quiosco de la orilla del lago y allí, y también ante la redacción del periódico, aguarda hora tras hora y día tras día. Es cierto. La noticia es cierta y cada día se revela más espléndidamente verdadera. Al principio era solo el rumor de un golpe palaciego y aparentemente nada más que un cambio de ministros, pero después vinieron el destronamiento del zar, la proclamación de un gobierno provisional, la Duma, la libertad rusa, la amnistía de los presos políticos... Todo lo que lleva años soñando, todo aquello por lo que ha luchado durante dos décadas en organizaciones clandestinas, en la cárcel, en Siberia y en el exilio..., todo se ha culminado. De pronto, siente que los millones de muertos que se ha cobrado la guerra no han fallecido en vano. Ya no le parecen víctimas de asesinatos carentes de sentido, sino mártires del nuevo reino de libertad, justicia y paz eterna que ahora amanece; este soñador, siempre calculadoramente frío y gélidamente lúcido, se siente ahora como embriagado. Y cómo bullen y se regocijan los cientos de emigrados que, en sus humildes cuartos de Ginebra, Lausana o Berna, reciben la feliz noticia: ¡habrá regreso a Rusia! Un regreso que no será al reino de los zares con pasaportes falsos, nombres fingidos y peligro de muerte, sino a un país libre y como ciudadanos libres. Ya preparan todos sus escasas pertenencias, pues los periódicos publican el lacónico telegrama de Gorki: «¡Volved todos a casa!». En todas direcciones vuelan cartas y telegramas: ¡regresar, regresar! ¡Agruparse! ¡Unirse! De nuevo arriesgarlo todo por la causa a la que han dedicado sus vidas desde que nacieron: por la revolución rusa.

... Y DECEPCIÓN

Pero transcurridos pocos días llegan a una conclusión desalentadora: la revolución rusa, que les había elevado el corazón sobre nobles alas de águila, no es aquella con la que soñaban y ni siquiera es una revolución rusa. Se trata de una sublevación palaciega urdida por los diplomáticos ingleses y franceses contra los zares para evitar que firmen la paz con Alemania, y no de la revolución del pueblo, que anhela esa paz y sus derechos. No es la revolución para la que han vivido y por la que están dispuestos a morir, sino una intriga de las partes beligerantes, de los imperialistas y de los generales, que no desean que nadie estropee sus planes. Enseguida Lenin y los suyos comprenden que la promesa de regresar no incluye a aquellos que desean esa revolución verdadera y radical, en el sentido de Karl Marx. Miliukov y los demás liberales ya han dado orden de cortarles el camino de vuelta. Y mientras los socialistas moderados como Plejánov, que resultan útiles para la continuidad de la guerra, son trasladados de Inglaterra a Petersburgo en buques torpederos con la máxima amabilidad y una escolta de honor, en Halifax se arresta a Trotski y en distintas fronteras se detiene a los demás radicales. En las fronteras de todos los estados de la Entente existen listas negras con los nombres de cuantos asistieron a la conferencia de la Tercera Internacional en Zimmerwald. Desesperado, Lenin envía un telegrama tras otro a Petersburgo, pero son interceptados o quedan sin respuesta; lo que nadie sabe en Zúrich y casi nadie en Europa se conoce a la perfección en Rusia: lo enérgico, lo decidido y lo mortalmente peligroso que es su enemigo, Vladímir Ilich Lenin.

Infinita es la desesperación de quienes, impotentes, se encuentran retenidos. A lo largo de años y años han planeado estratégicamente su revolución rusa en innumerables sesiones de la plana mayor en Londres, en París, en Viena. Han considerado, investigado y discutido a fondo cada detalle de la organización. Durante décadas, en sus revistas han examinado, de manera teórica y práctica, las dificultades, los peligros y las posibilidades. Este hombre ha dedicado toda su vida a reflexionar únicamente sobre ese sistema de pensamiento, revisándolo una y otra vez, y lo ha llevado a su formulación definitiva. Y todo para que ahora, por estar atrapado en Suiza, su revolución acabe aguada y arruinada por otros, y su idea sagrada de la liberación de los pueblos se ponga al servicio de naciones e intereses extranjeros. En un curioso paralelismo, Lenin corre esos días la misma suerte que corrió Hindenburg en los primeros momentos de la guerra: tras dedicar cuarenta años a preparar y ejercitar la campaña militar de Rusia, cuando al final estalló la guerra tuvo que quedarse en casa vestido de civil, marcando con banderitas en un mapa los avances y fracasos de los generales que sí fueron llamados a filas. En estos días de desesperación, el férreo realista que es Lenin se plantea los sueños más insensatos y disparatados. ¿No sería posible alquilar un avión y sobrevolar Alemania o Austria? Pero el primero que se ofrece a ayudar resulta ser un espía. Las ideas para la huida son cada vez más descabelladas y caóticas: escribe a Suecia pidiendo que le consigan un pasaporte sueco y pretende hacerse pasar por mudo para no tener que dar información. Por supuesto, en las mañanas que siguen a esas noches delirantes el propio Lenin reconoce que sus fantasías son irrealizables; pero hay algo de lo que sigue convencido incluso a plena luz del día: debe regresar a Rusia. Tiene que hacer su revolución, y no la de los demás; la verdadera y honesta, y no la revolución política. Ha de volver a Rusia, y ha de hacerlo pronto. ¡Volver, cueste lo que cueste!

POR ALEMANIA, ¿SÍ O NO?

Suiza está encajada entre Italia, Francia, Alemania y Austria. Lenin tiene la ruta de los países aliados cortada por ser un revolucionario; y la de Alemania y Austria, por ser un súbdito ruso y pertenecer a una potencia enemiga. Y qué absurda coyuntura: Lenin puede esperar más ayuda de la Alemania del emperador Guillermo II que de la Rusia de Miliukov o la Francia de Poincaré. En vísperas de la declaración de guerra de los Estados Unidos, Alemania necesita la paz con Rusia a toda costa. Un revolucionario que cause problemas allí a los enviados de Inglaterra y Francia resulta, por tanto, un aliado de lo más conveniente.

Pero supone una inmensa responsabilidad dar un paso como ese y entablar de repente negociaciones con una Alemania imperial a la que cien veces ha insultado y amenazado en sus escritos. Porque, según la moral del momento, por supuesto se considera alta traición pisar y viajar por suelo enemigo en mitad de la guerra y con el consentimiento del estado mayor del bando contrario; y por supuesto Lenin ha de saber que, en un primer momento, tal acción compromete a su partido y a su causa; que lo considerarán sospechoso de ser enviado a Rusia como agente comprado y pagado por el gobierno alemán; y que, en caso de ejecutar su programa para la paz inmediata, la historia lo culpará eternamente de haber impedido la paz verdadera, la paz victoriosa de Rusia. Como es de esperar, no solo los revolucionarios tibios sino también la mayoría de los simpatizantes de Lenin se muestran horrorizados cuando anuncia que está dispuesto, si no queda otro remedio, a intentar esa vía peligrosísima y de todo punto comprometedora. Consternados, señalan que, desde hace ya tiempo, a través de los socialdemócratas suizos, se han entablado negociaciones para iniciar el regreso de los revolucionarios rusos mediante la vía neutral y legal del intercambio de prisioneros. Pero Lenin es consciente de lo larga que será esa vía y de que el gobierno ruso dilatará de manera artificial e intencionada su regreso hasta el infinito, al tiempo que sabe que cada día y cada hora son decisivos. Él solo ve el objetivo, mientras los demás, menos cínicos y menos osados, no se atreven a decidirse por un acto que, según todas las leyes y opiniones vigentes, supone una traición. Pero Lenin ya ha tomado su decisión y comienza las negociaciones, para su persona y bajo su responsabilidad, con el gobierno alemán.

EL PACTO

Precisamente porque Lenin sabe lo espectacular y provocador que es ese paso, opera sin ningún disimulo. Por encargo suyo, el secretario del sindicato suizo, Fritz Platten, se dirige al enviado alemán, que ya antes había negociado en términos generales con los emigrados rusos, y le presenta las condiciones de Lenin. Porque este refugiado insignificante y desconocido en modo alguno realiza una petición al gobierno alemán, sino que (como si ya adivinara su futura autoridad) le presenta las condiciones según las cuales los viajeros estarían dispuestos a aceptar su ayuda: que al tren se le reconozca el estatuto de extraterritorialidad. Que no se realice control de pasaportes o de personas ni a la entrada ni a la salida. Que pagarán ellos mismos su viaje con las tarifas habituales. Que nadie abandonará los vagones, ni siguiendo órdenes ni por propia iniciativa. El ministro Romberg transmite las condiciones. Llegan hasta la mesa de Ludendorff, quien las aprueba sin dudar, aunque en sus memorias no aparece ni una palabra de esa decisión histórica que fue quizá la más importante de su vida. El enviado aún intenta realizar cambios en varios detalles, puesto que, con toda intención, Lenin ha redactado el documento de un modo tan ambiguo que no solo rusos, sino también un austriaco como Rádek, pueden viajar sin control en el tren. Pero el gobierno alemán tiene tanta prisa como Lenin. Porque ese día, el 5 de abril, los Estados Unidos de América declaran la guerra a Alemania.

Y así, a mediodía del 6 de abril, Fritz Platten recibe el memorable mensaje: «Asunto solucionado en sentido deseado». El 9 de abril de 1917, a las dos y media, parte del restaurante Zähringerhof una pequeña tropa de personas mal vestidas y cargadas de maletas rumbo a la estación de Zúrich. Son treinta y dos, entre ellos mujeres y niños. De los hombres solo se conocen los nombres de Lenin, Zinóviev y Rádek. Han tomado juntos un modesto almuerzo y juntos han firmado un documento en el que afirman conocer la información publicada en el *Petit Parisien* según la cual el gobierno provisional ruso tiene intención de tratar como traidores a quienes viajen atravesando Alemania. Con letras torpes y temblonas han firmado que asumen la total responsabilidad del viaje y que han aceptado todas las condiciones. Decididos y en silencio, se preparan ahora para el histórico trayecto.

Su llegada a la estación no produce ningún revuelo. No se presentan periodistas ni fotógrafos. Porque ¿quién conoce en Suiza a este señor Uliánov que, con el sombrero abollado, el abrigo gastado y botas de montaña exageradamente pesadas (las llevará hasta Suecia), busca en silencio y con discreción un asiento en el tren entre la tropa de mujeres y hombres cargados con cajas y cestos? Estas personas no son distintas de los incontables emigrantes llegados de Yugoslavia, de Rutenia, de Rumanía, que a menudo paran en Zúrich y, sentados en sus maletas de madera, descansan unas horas hasta que son transportados a la costa francesa y, desde allí, a ultramar.

El partido de los trabajadores suizo, que desaprueba el viaje, no ha enviado representante; solo se han

personado algunos rusos para enviar alimentos y saludos a la patria y, otros pocos, para intentar disuadir a Lenin del «viaje insensato y criminal». Pero la decisión está tomada. A las tres horas y diez minutos, el revisor da la señal. Y el tren parte hacia Gottmandingen, la estación de frontera con Alemania. Las tres y diez. Desde esa hora el reloj del mundo lleva otro ritmo.

EL TREN CON PRECINTOS DE PLOMO

Durante la Guerra Mundial se lanzaron millones de proyectiles destructores, los más devastadores, los más potentes, los de mayor alcance que los ingenieros han ideado. Pero ningún proyectil ha tenido mayor alcance ni influencia en la historia reciente que aquel tren que, cargado con los revolucionarios más peligrosos y decididos del siglo y partiendo de la frontera suiza, atraviesa Alemania entera a toda velocidad para alcanzar Petersburgo y, una vez allí, dinamitar el orden de las cosas.

En Gottmadingen espera sobre los raíles este singular proyectil, un vagón de segunda y tercera clase en el que las mujeres y los niños se acomodan en segunda, y los hombres, en tercera. Con una línea de tiza el territorio nacional de los rusos, considerado suelo neutral, se separa de la sección de los dos oficiales alemanes que escoltan este explosivo cargamento de ecrasita viviente. El tren surca la noche sin incidentes. Solo en Fráncfort irrumpen de repente unos soldados alemanes que han oído hablar del viaje de los rusos revolucionarios; y en otra ocasión se rechaza un intento de los socialdemócratas alemanes de entrevistarse con los viajeros. Lenin sabe bien a qué sospechas se expone si cruza una sola palabra con un alemán en suelo alemán. En Suecia los reciben solemnemente. Muertos de hambre, se abalanzan sobre el *smörgas,* la variada mesa de desayuno sueca que les parece un auténtico milagro. Y luego es hora de comprar zapatos para que Lenin sustituya las pesadas botas, así como algo de ropa. Por fin han alcanzado la frontera rusa.

La primera acción de Lenin al pisar suelo ruso es muy significativa: no se fija en las personas, sino que se arroja sobre los periódicos. Lleva catorce años fuera de Rusia y no ha visto la tierra, ni la bandera nacional, ni los uniformes de los soldados. Pero, a diferencia de los demás, este férreo ideólogo no se deshace en lágrimas ni abraza, como las mujeres, a los desprevenidos y sorprendidos soldados. El periódico, antes que nada el periódico, el *Pravda*, para comprobar si el rotativo, su rotativo, sostiene con suficiente convicción el punto de vista internacionalista. Furioso, estruja las páginas. No, no es suficiente, continúa lleno de patioterías y de patriotismo, sigue sin haber suficiente revolución pura tal como él la entiende. Ya era hora, piensa, de que él viniera para dar un golpe de timón y conducir su idea a la victoria o al desastre. Pero ¿conseguirá hacerlo? Últimas inquietudes, últimos temores. ¿Acaso Miliukov no ordenará su arresto en cuanto pise Petrogrado (así se llama aún la ciudad, aunque no por mucho tiempo)? Los amigos que han acudido a verlo al tren, Kámenev y Stalin, sonríen extraña y misteriosamente en el oscuro compartimento de tercera clase, débilmente iluminado por una vela casi consumida. No contestan, o no quieren contestar.

Pero la respuesta que proporciona la realidad es inaudita. Cuando el tren entra en la estación de Finlandia, la enorme plaza que tiene delante rebosa con decenas de miles de trabajadores, guardias de honor de todas las armas esperan al que regresa del exilio y retumba *La Internacional*. Y cuando Vladímir Ilich Uliánov se apea, el hombre que hasta anteayer vivía en casa de un zapatero remendón es llevado en volandas por cientos de manos y depositado sobre un vehículo blindado. Los focos de las casas y de la fortaleza se dirigen hacia él y desde el vehículo pronuncia su primer discurso al pueblo. Las calles vibran y enseguida dan comienzo los «diez días que estremecieron el mundo». El proyectil ha hecho diana y arrasa un imperio, un mundo.

WILSON FRACASA

E
l 13 de diciembre de 1918, el enorme vapor George Washington se aproxima a las costas de Europa con el presidente Woodrow Wilson a bordo. Nunca en la historia del mundo un solo barco, un solo hombre, han sido esperados por tantos millones de personas con tanta esperanza y tanta confianza. Durante cuatro años, las naciones europeas han cargado unas contra otras, masacrando a cientos de miles de sus mejores y más florecientes jóvenes con ametralladoras y cañones, con lanzallamas y gases tóxicos; durante cuatro años tan solo han pronunciado y escrito palabras de odio y de rabia unas sobre las otras. Pero, a pesar de las provocaciones, ese enardecimiento no lograba acallar una secreta voz interior según la cual lo que se hacía, lo que se decía, era un absurdo y una deshonra para nuestro siglo. Todos esos millones de personas tenían, de manera consciente o inconsciente, la secreta impresión de que la humanidad había regresado a terribles momentos de barbarie que se creían erradicados largo tiempo atrás.

Entonces llegó esa voz desde el otro lado del mundo, desde Norteamérica, una voz que, sobrevolando los humeantes campos de batalla, clamaba: «Nunca más una guerra». Nunca más disputas, nunca más la vieja

diplomacia secreta que ha arrastrado a los pueblos al matadero sin su conocimiento ni su voluntad; es necesario un nuevo orden mundial, «el imperio
de la ley basado en el consentimiento de los gobernados y sostenido por la
opinión organizada de la humanidad» («the reign of law, based upon the
consent of the governed and sustained by the organised opinion of mankind»). Y, oh, maravilla, en todos los países y en todas las lenguas esa voz se
entiende al instante. La guerra, ayer considerada una pelea insensata por
territorios y fronteras, por materias primas y minas y campos de petróleo,
adquirió de repente un sentido superior y casi religioso: el de la paz eterna, el del reinado mesiánico de la justicia y del humanitarismo. De golpe, la
sangre de millones de hombres ya no parecía derramada en vano; aquella
generación había padecido para que semejante sufrimiento no se repitiera
jamás sobre la faz de nuestra Tierra. Cientos de miles, millones de voces
aunadas en un éxtasis de esperanza llaman a ese hombre: él, Wilson, debe
sellar la paz entre vencedores y vencidos, y convertirla en una paz con justicia. Él, Wilson, como un segundo Moisés, debe presentar las tablas de la
nueva alianza a los pueblos extraviados. En pocas semanas, el nombre de
Woodrow Wilson se reviste de un poder religioso, mesiánico. Se nombran
en su honor calles, edificios y niños. Todo pueblo en apuros o que se siente maltratado le envía sus delegaciones; las cartas y los telegramas prove-
nientes de los cinco continentes y portadores de sugerencias, peticiones
y súplicas se apilan por millares; y cajas rebosantes de ellos viajan también en el barco que se aproxima a Europa. Todo un continente, toda la
Tierra desea, unánime, que ese hombre sea el árbitro de la última disputa
antes de la soñada reconciliación definitiva.

Y Wilson no puede resistirse a la llamada. Sus amigos americanos le desaconsejan acudir en persona a la Conferencia de Paz. Como presidente de los Estados Unidos, tiene la obligación de permanecer en su país y de dirigir las negociaciones desde la distancia. Pero Woodrow Wilson no se deja disuadir. Hasta el más alto rango de su país, la presidencia de los Estados Unidos, le parece escaso comparado con la tarea que lo reclama. No pretende servir a un país ni a un continente sino a toda la humanidad; no al momento presente, sino a un futuro mejor. Su deseo no es representar egoístamente los intereses de Norteamérica, puesto que «el interés no une a los hombres, el interés separa a los hombres» («interest does not bind men together, interest separates men»); quiere defender el beneficio de todos. Él en persona, así lo siente, debe mantenerse alerta para evitar que los militares y diplomáticos, para cuyas nefastas profesiones una humanidad hermanada significaría el fin, manipulen de nuevo las pasiones nacionales. Él personalmente ha de ser el garante de que se imponga «la voluntad del pueblo, y no la de sus líderes» («the will of the people rather than of their leaders»); y cada palabra debe pronunciarse ante el mundo entero con las puertas y las ventanas abiertas en ese congreso de paz, el último y definitivo de la humanidad.

Así, se encuentra en la cubierta del barco contemplando la costa europea que surge de entre la niebla, incierta y difusa al igual que su sueño de una futura hermandad de los pueblos. Se mantiene muy derecho, un hombre alto, de rasgos duros, de ojos penetrantes y claros tras las gafas, con la mandíbula enérgicamente adelantada al estilo americano y los carnosos labios apretados. Hijo y nieto de pastores presbiterianos, en su interior habitan la severidad y rigidez de los hombres para quienes solo existe una verdad y están seguros de conocerla. Lleva en la sangre el fervor de todos sus piadosos antepasados escoceses e irlandeses y también el celo de la fe calvinista, que encomienda al líder y al maestro la tarea de redimir a la humanidad pecadora. Firme se encuentra en él la obstinación de los herejes y mártires que antes preferían ser quemados por sus convicciones que apartarse, aunque fuera una coma, de la Biblia. Y para él, demócrata y académico, los conceptos de «humanidad» («humanity»), «género humano» («mankind»), «libertad individual» («liberty»), «libertad» («freedom») o «derechos humanos» («human rights») no son palabras vacías, sino de tanta importancia como para sus padres el Evangelio; para él no se trata de vagos términos ideológicos, sino de religiosos artículos de fe que está decidido a defender sílaba a sílaba como sus antecesores defendieron las sagradas escrituras. Ha librado muchas batallas, pero esta, como comprende al contemplar la tierra europea que se va iluminando ante sus ojos, será la decisiva. Instintivamente se le tensan los músculos «para luchar por el nuevo orden, por las buenas si podemos y por las malas si no queda otro remedio» («to fight for the new order, agreeably if we can, disagreeably if we must»).

Pero pronto la severidad se desvanece de su mirada clavada en la lejanía. Los cañones y las banderas que lo saludan en el puerto de Brest honran protocolariamente al presidente de la república aliada; sin embargo, lo que lo aguarda en la orilla no es, puede percibirlo, una bienvenida preparada y organizada ni un júbilo por encargo, sino el ardoroso entusiasmo de todo un pueblo. Al paso de la comitiva, en cada pueblo, en cada aldea, en cada casa, se agitan banderas como llamaradas de esperanza. Las manos se tienden hacia él, el rugido de las voces lo rodea, y al marchar en París por los Campos Elíseos cascadas de entusiasmo se derraman desde las fachadas que parecen haber cobrado vida. El pueblo de París, el pueblo de Francia, como símbolo de todos los lejanos pueblos europeos, grita de entusiasmo, se regocija y le hace llegar su esperanza. Su rostro se distiende cada vez más, una sonrisa de felicidad, casi de embriaguez, deja entrever sus dientes. Agita el sombrero a derecha e izquierda como queriendo saludar a todos, al mundo entero. Sí, ha hecho bien en venir en persona, solo una voluntad viva puede triunfar sobre la rígida ley. Una ciudad tan alegre, una humanidad tan cargada de esperanza, ¿no se puede, no se debe conseguir para todos y para siempre? Ahora necesita descansar una noche y enseguida, al día siguiente, ponerse a trabajar para proporcionar al mundo la paz con la que sueña desde hace miles de años y, con ello, para llevar a cabo la mayor hazaña nunca realizada por un mortal.

Ante el palacio que ha puesto a su disposición el gobierno francés; en los corredores del Ministère des Affaires Etrangères (Ministerio de Asuntos

Exteriores); ante el Hôtel de Crillon, el cuartel general de la delegación estadounidense, se arremolinan con impaciencia los periodistas, que conforman un ejército considerable. Solo desde los Estados Unidos han llegado ciento cincuenta, cada país y cada ciudad ha enviado a sus corresponsales y todos reclaman pases de prensa para todas las sesiones. ¡Para todas! Porque se ha prometido expresamente al mundo «total apertura» («complete publicity»); esta vez no habrá reuniones ni acuerdos secretos. Palabra por palabra, el primero de los Catorce Puntos reza: «pactos abiertos de paz, decididos abiertamente, tras los cuales no habrá acuerdos internacionales privados de ningún tipo» («open covenants of Peace, openly arrived at, after which there shall be no private international understandings of any kind»). La peste de los acuerdos secretos, que se ha cobrado más víctimas que todas las epidemias juntas, desaparecerá por completo con la nueva vacuna de la wilsoniana «diplomacia abierta» («open diplomacy»).

Pero, para su decepción, los impacientes periodistas se topan con ciertas reticencias. Según se les dice, por supuesto que todos accederán a las grandes sesiones y transmitirán al mundo íntegramente las actas de esas reuniones públicas (en realidad, previamente sometidas a un lavado químico que elimine cualquier tensión). Pero, por el momento, aún no se puede informar de nada. Primero ha de establecerse el *modus procedendi.* Instintivamente, los desilusionados reporteros sospechan que algo no va bien. Pero los portavoces no les han mentido del todo. Es justamente en el *modus procedendi* donde Wilson nota la resistencia de los aliados ya desde la primera reunión de los Cuatro Grandes, el *Big Four:* no se quiere discutir públicamente todo, y con razón. En las carpetas y los archivadores de todas las naciones beligerantes hay acuerdos secretos que ya han asegurado a cada uno su parte y su botín; una ropa interior sucia y discreta que solo se quiere mostrar *in camera caritatis,* en confianza. Para no comprometer la Conferencia desde el principio, es necesario discutir y lavar primero ciertos asuntos a puerta cerrada. Pero no solo surgen divergencias en el *modus procedendi,* sino también en un nivel más profundo. En realidad, la situación está clara para ambos grupos, el norteamericano y el europeo: posiciones claras a ambos lados de la mesa. En esta conferencia no se debe sellar una paz sino dos paces, dos tratados completamente distintos. Una paz inmediata, la actual, que debe poner fin a la guerra con la derrotada Alemania, que ha depuesto las armas; y otra paz, la del porvenir, que debe impedir cualquier guerra futura. Por un lado, la paz al severo viejo estilo; y, por otro, la nueva paz, el Pacto (Covenant) wilsoniano, que pretendía sentar las bases de la Sociedad de las Naciones (League of Nations). ¿Cuál de las dos debe negociarse primero?

Aquí los dos conceptos chocan frontalmente. A Wilson le interesa muy poco la paz del momento. La determinación de las fronteras, el pago de las indemnizaciones de guerra, las reparaciones... En su opinión, eso deben decidirlo los expertos y las comisiones con arreglo a los principios establecidos en los Catorce Puntos. Es un trabajo de detalle, complementario, una tarea técnica. Por el contrario, la misión de los hombres de Estado, de los líderes de todas las naciones, debe ser dar origen a lo nuevo, a lo que está por venir, a la unidad de las naciones, a la paz eterna. Para cada grupo, su postura es la más importante. Los aliados europeos advierten, con razón, de que no se puede pretender que un mundo exhausto y trastornado tras cuatro años de guerra espere a la paz durante meses, de lo contrario el caos caería sobre Europa. Por ello, primero hay que ocuparse de los asuntos reales como las fronteras y las indemnizaciones; mandar a casa, con sus mujeres e hijos, a los hombres aún en armas; estabilizar las divisas; reanudar el comercio y el transporte; y solo después, sobre ese terreno sólido, trabajar en el espejismo del proyecto wilsoniano. Del mismo modo que, en su fuero interno, a Wilson no le interesa mucho la paz inmediata, tampoco a Clémenceau, Lloyd George y Sonnino, dirigentes experimentados, tácticos y prácticos, les importan sinceramente sus planteamientos. Por cálculos políticos, y en parte también por simpatía, han aplaudido sus exigencias humanistas porque, consciente o inconscientemente, sienten la fuerza arrolladora e indiscutible de actuar sin egoísmo hacia los pueblos. Por ello están dispuestos a discutir su plan, con ciertas restricciones y reformulaciones. Pero primero la paz con Alemania, para poner fin a la guerra, y solo después el *Covenant*.

Sin embargo, el propio Wilson es lo bastante práctico para saber que los aplazamientos agotan y desangran hasta las exigencias más fundamentales.

Sabe perfectamente cómo quitar de en medio las interpelaciones molestas mediante estrategias dilatorias; no se llega a presidente de los Estados Unidos solo a base de idealismo. Por eso se mantiene férreamente en su opinión de que en primer lugar debe elaborarse el *Covenant*, e incluso demanda que este se incorpore al completo en el tratado de paz con Alemania. Esta exigencia cristaliza orgánicamente en un segundo conflicto. Para los aliados, la inserción de ese Pacto significaría asegurar anticipadamente a la culpable Alemania, que ha violado brutalmente el derecho internacional al invadir Bélgica y ha dado el peor ejemplo de despiadado autoritarismo en Brest-Litovsk con el puñetazo en la mesa del general Hoffmann, la inmerecida recompensa de los futuros principios del humanitarismo. Así, reclaman imponer primero un severo ajuste de cuentas al viejo estilo y solo después aplicar el nuevo método. Los campos aún están asolados y ciudades enteras, destruidas; para impresionarlo, instan a Wilson a que los visite en persona. Pero este, el «hombre nada práctico» («impracticable man»), se empeña conscientemente en no ver las ruinas. Solo mira al futuro y así, en lugar de edificios bombardeados, divisa la construcción eterna. Tiene una sola misión, «eliminar el viejo orden y establecer uno nuevo» («to do away with an old order and establish a new one»). Inconmovible, insiste con rigidez en sus exigencias a pesar de las protestas de sus propios consejeros, Lansing y House. Lo primero es el *Covenant*. Primero la causa de toda la humanidad, después los intereses de los distintos pueblos.

La lucha se encarniza y (hecho que resultará fatídico) él pierde mucho tiempo. Por desgracia, Woodrow Wilson no dotó a su sueño de unos contornos definidos. El proyecto de Pacto que ha concebido se encuentra muy lejos de una formulación definitiva, se trata tan solo de un *first draft,* un primer borrador, que debe ser discutido, alterado, mejorado, reforzado o atenuado en incontables sesiones. Además, la cortesía exige que, tras París, visite también las principales ciudades de sus países aliados. De modo que viaja a Londres, habla en Mánchester, viaja a Roma... y, puesto que en su ausencia los otros líderes no trabajan en su proyecto precisamente con alegría y entusiasmo, se pierde más de un mes antes de que se celebre la primera *plenary session,* una sesión plenaria; un mes durante el cual en Hungría, Rumanía, Polonia, en la región báltica y en la frontera dálmata las tropas regulares y voluntarias traban imprevistas batallas y ocupan países; en Viena se agudiza la hambruna y en Rusia la situación empeora de manera alarmante.

Sin embargo, en esa primera *plenary session* del 18 de enero tan solo se determina de modo teórico que el *Covenant* constituya una «parte integral del tratado general de paz» («integral part of the general treaty of peace»). El documento continúa sin terminar, sigue circulando de mano en mano en discusiones eternas, de una revisión a la siguiente. De nuevo transcurre otro mes, un mes de la más terrible inquietud para Europa que, cada vez más impaciente, desea disfrutar de una verdadera paz, de una paz real. Hay que esperar al 14 de febrero de 1919, tres meses después del armisticio, para que Wilson pueda presentar el Pacto en su forma definitiva, en la que fue aprobado por unanimidad.

Una vez más, el mundo se regocija. Ha triunfado la causa de Wilson, la idea de que en el futuro la paz no se asegurará por la fuerza de las armas y el terror, sino mediante los acuerdos y la creencia en un Derecho de orden superior. De nuevo, Wilson es aclamado con entusiasmo cuando abandona el Palais. Y de nuevo, ahora por última vez, mira con una sonrisa orgullosa y agradecida más allá de la multitud que lo rodea: tras ese pueblo siente a los demás pueblos; tras esa generación que tanto ha sufrido vislumbra a las generaciones futuras que gracias a esa seguridad definitiva nunca más conocerán el azote de la guerra ni la humillación del autoritarismo y de las dictaduras. Es su día más importante, pero, al mismo tiempo, su último día feliz. Porque Wilson arruina su victoria al abandonar triunfante demasiado pronto el campo de batalla; al día siguiente, 15 de febrero, regresa a los Estados Unidos para presentar a sus electores y compatriotas la *Magna Charta* de la paz eterna; después volverá y firmará la otra, la última paz tras una guerra.

De nuevo retumban salvas de cañón cuando el George Washington zarpa del puerto de Brest, aunque la multitud arremolinada es ahora menos densa y más indiferente. Algo de la gran emoción entusiasta, una parte de la esperanza mesiánica de los pueblos se ha evaporado cuando Wilson abandona Europa. También en Nueva York lo aguarda una fría bienvenida. No hay aviones que sobrevuelen el barco que regresa ni encendidos gritos de júbilo; y en las propias instituciones, en el Senado, en el Congreso, en el propio partido y entre el propio pueblo, recibe un saludo desconfiado. Europa está descontenta con él porque no ha ido lo bastante lejos, y América le reprocha precisamente haber ido demasiado lejos. A Europa le parece que su compromiso de conjugar los intereses enfrentados en un solo interés superior, en un interés mundial general, no es lo bastante intenso; en Norteamérica sus enemigos políticos, que ya tienen en mente las siguientes elecciones presidenciales, lo acusan de haber encadenado políticamente a su país al agitado e impredecible continente europeo sin ninguna autorización, y, con ello, de haber contravenido un principio fundamental de la política nacional, la doctrina Monroe. Con mucho énfasis se recuerda a Woodrow Wilson que no es su misión fundar un futuro reino ideal ni pensar en el bien de naciones extranjeras sino, en primer lugar, ocuparse de los ciudadanos estadounidenses que lo han elegido como representante de su voluntad. Y así Wilson, aún agotado por las negociaciones europeas, debe emprender nuevas negociaciones tanto con los miembros de su partido como con sus adversarios políticos. Sobre todo, se ve obligado a abrir en la orgullosa estructura del *Covenant,* cuya construcción creía haber hecho inviolable e inexpugnable, una puerta trasera, la peligrosa «cláusula para la retirada de los Estados Unidos de la Sociedad» («provision for withdrawal of America from the League»), según la cual Norteamérica podía abandonarla en cualquier momento. Con ello queda dañada la primera piedra del edificio de la Sociedad de las Naciones, concebido para toda la eternidad; se ha abierto la primera fisura en el muro, la fatídica grieta que más adelante será responsable de su derrumbe definitivo.

Aunque con limitaciones y correcciones, Wilson consigue, como en Europa, imponer su nueva *Magna Charta* de la humanidad también en los Estados Unidos; pero es solo una victoria a medias. Sin sentirse tan libre ni estar tan seguro de sí mismo como cuando partió la primera vez, regresa a Europa para completar la segunda parte de su misión. De nuevo el barco se dirige al puerto de Brest; pero ya no es la misma mirada de esperanza la que Wilson dirige a la orilla. En esas pocas semanas, la decepción lo ha envejecido y cansado mucho; su rostro se contrae en una expresión más rígida y severa, un gesto duro y amargado comienza a dibujarse alrededor de la boca y de vez en cuando un espasmo le sacude la mejilla izquierda, un relámpago preludio de la enfermedad que se gesta en su interior. El médico que lo acompaña aprovecha cualquier oportunidad para ordenarle reposo. A Wilson lo espera una nueva batalla, quizás aún más enconada. Sabe que es más difícil imponer principios que formularlos. Pero no está dispuesto a sacrificar ni un solo punto de su programa. Todo o nada. O la paz eterna, o no habrá paz.

Ya no hay júbilo cuando desembarca, ya no hay alborozo por las calles de París; los periódicos se muestran reservados y fríos, la gente, recelosa y desconfiada. Como siempre, las palabras de Goethe resultan acertadas: «El entusiasmo no es como un alimento / que se conserva en salmuera mucho tiempo». En lugar de aprovechar la ocasión mientras le era propicia, en lugar de moldear el hierro a su voluntad mientras estaba incandescente, maleable y dúctil, Wilson ha dejado que se enfríen las inclinaciones idealistas de Europa. El mes de su ausencia lo ha cambiado todo. A la vez que él, Lloyd George se ha tomado un descanso de la conferencia y Clémenceau no ha podido trabajar durante dos semanas porque recibió un tiro en un atentado; y los representantes de los intereses privados han aprovechado ese momento de guardia baja para colarse en las sesiones de las comisiones. Los más enérgicos y peligrosos han sido los militares; todos los mariscales y generales que durante cuatro largos años han ocupado el centro de interés y cuyas palabras, cuyas decisiones, cuyas arbitrariedades han sometido a cientos de miles de personas durante cuatro años, de ningún modo están dispuestos a retirarse discretamente. Un *Covenant* que pretende arrebatarles sus herramientas de poder, los ejércitos, porque exige «abolir las levas y cualquier otra forma de servicio militar obligatorio» («to abolish conscription and all other forms of compulsory military service») supone una amenaza para su existencia. Por ello, esa sandez de la paz eterna, que despojaría a su profesión de toda razón de ser, debe ser destruida a toda costa, o arrastrada a una vía muerta. Amenazantes, reclaman la militarización en lugar de la desmilitarización wilsoniana, nuevas fronteras y garantías nacionales en lugar de una solución supranacional. Según ellos, el bienestar de un país no puede asegurarse con catorce puntos escritos en el aire, sino exclusivamente con el rearme del ejército propio y el desarme del enemigo. Detrás de los militaristas presionan los representantes de los grandes grupos industriales, que quieren mantener en marcha sus negocios de guerra, y también los intermediarios, que desean sacar partido de las reparaciones; cada vez más vacilantes se muestran los diplomáticos que, amenazados por la espalda por los partidos de la oposición, intentan conseguir para sus países un buen trozo de tierra que añadir a sus territorios. Solo es necesario pulsar algunas teclas en el teclado de la opinión pública y todos los periódicos europeos, secundados por los norteamericanos, ofrecen en todas las lenguas variaciones de la misma melodía: con sus fantasías, Wilson está retrasando la paz. Sus utopías, aunque encomiables y sin duda rebosantes de espíritu idealista, impiden la consolidación de Europa. ¡Hay que dejar de perder el tiempo con reflexiones morales y deferencias supramorales! Si la paz no se pacta de inmediato, el caos caerá sobre Europa.

Por desgracia, esas afirmaciones no son del todo injustificadas. Wilson, que concibe un plan destinado a durar cientos de años, calcula el tiempo con una medida distinta que los pueblos de Europa. Cuatro o cinco meses le parecen pocos para una misión que hará realidad un sueño acariciado durante miles de años. Sin embargo, en el este de Europa marchan grupos paramilitares organizados por poderes oscuros, y ocupan territorios; regiones enteras no saben a quién pertenecen ni a quién pertenecerán. Después de cuatro meses, aún no se ha recibido a las delegaciones alemana y austriaca; tras las fronteras aún sin definir, los pueblos se revuelven y algunas señales inequívocas presagian que, por desesperación, mañana Hungría y pasado mañana Alemania se pondrán en manos de los bolcheviques. De modo que, apremian los diplomáticos, urge alcanzar un resultado, acordar un tratado, sea justo o injusto. Y quitar de en medio todo aquello que constituye un obstáculo, ¡empezando por el maldito *Covenant*!

La primera hora en París es suficiente para demostrar a Wilson que cuanto había construido en tres meses ha sido socavado durante el solo mes de su ausencia y ahora amenaza con derrumbarse. El mariscal Foch casi ha conseguido que el Pacto se elimine del tratado de paz; los primeros tres meses parecen malgastados sin sentido. Pero, en cuestiones fundamentales, Wilson está firmemente decidido a no retroceder ni un paso. Al día siguiente, 15 de marzo, ordena que la prensa informe oficialmente de que la resolución del 25 de enero continúa vigente, de que «ese pacto será parte integral del tratado de paz» («that covenant is to be an integral part of the treaty of peace»). Esa declaración es el primer contraataque ante el intento de que el tratado de paz con Alemania se cierre, no sobre la base del nuevo *Covenant,* sino mediante los viejos acuerdos secretos entre los aliados. El presidente Wilson sabe muy bien lo que esos poderes, que acaban de comprometerse solemnemente a respetar la autodeterminación de los pueblos, pretenden conseguir: Francia quiere Renania y el Sarre; Italia, Fiume y Dalmacia; Rumanía, Polonia y Checoslovaquia, también su parte del botín. Si no opone resistencia, la paz se sellará de nuevo utilizando los métodos que él ha condenado, los métodos de Napoleón, Talleyrand y Metternich, y no respetando los principios propuestos por él y solemnemente adoptados.

Transcurren catorce días de enconada lucha. Wilson no quiere conceder el Sarre a Francia porque considera que esa primera fractura de la *self-determination,* la autodeterminación de los pueblos, puede constituir un ejemplo para las exigencias de los demás; y, en efecto, Italia, que basa todas sus reclamaciones en esa primera fractura, amenaza con abandonar la conferencia. La prensa francesa refuerza su bombardeo, desde Hungría avanza el comunismo y pronto, eso dicen los aliados, inundará el mundo entero. Incluso sus consejeros más íntimos, el coronel House y Robert Lansing, muestran reticencias cada vez más perceptibles. Incluso ellos, que fueran sus amigos, lo exhortan a sellar rápidamente la paz en vista de la caótica situación mundial, aunque haya de sacrificar algunas exigencias idealistas. Ante Wilson se opone un frente unánime y en los Estados Unidos la opinión pública, azuzada por sus enemigos y rivales políticos, lo acosa por la espalda; en algunos momentos se siente al final de sus fuerzas. Confiesa a un amigo que no podrá resistir mucho tiempo él solo contra todo, y que está decidido a abandonar la conferencia si no logra imponer su voluntad.

En mitad de esta lucha contra todo lo asalta un último enemigo que viene de dentro, de su propio cuerpo. El 3 de abril, cuando la batalla entre la brutal realidad y el ideal aún por determinar se encuentra en su momento decisivo, Wilson es incapaz de tenerse en pie; a sus sesenta y tres años, la gripe lo obliga a guardar cama. Pero el tiempo corre aún más frenético que su pulso febril y no deja descanso al enfermo. Los mensajes catastróficos caen como relámpagos de un cielo oscuro: el 5 de abril el comunismo toma el poder en Baviera, en Múnich se proclama la República Soviética; en cualquier momento Austria, medio muerta de hambre y encajonada entre una Baviera y una Hungría bolcheviques, puede unirse a ellas; con cada hora de resistencia aumenta la responsabilidad de este uno para todos. Lo apremian y lo acosan incluso en su lecho de enfermo. En la habitación contigua deliberan Clémenceau, Lloyd George y el coronel House, todos de acuerdo en que se debe alcanzar un final a cualquier precio. Y ese precio debe pagarlo Wilson cediendo en sus exigencias y sus ideales; todos insisten en posponer su *enduring peace,* su paz duradera, porque cierra el paso a la verdadera paz, military material.

Pero Wilson, aun cansado y agotado, minado por la enfermedad, desconcertado por los ataques de la prensa que lo culpabiliza de retrasar la paz, abandonado por sus propios consejeros y asaltado por los representantes de otros gobiernos, no transige. Siente que no debe renegar de su palabra y que solo luchará adecuadamente por la paz si logra conciliarla con la paz desmilitarizada, duradera y futura, si hace lo imposible por alcanzar la *world federation,* la federación mundial que salvará a Europa. Apenas levantado de la cama, da el golpe decisivo. El 7 de abril envía un telegrama al Navy Department, el Departamento de Marina de Washington: «¿Cuál es la fecha más próxima en la que el USS George Washington puede partir para Brest, Francia y cuál es la fecha probable de llegada a Brest? El presidente desea que se acelere el envío de esta nave» («What is the earliest possible date USS George Washington can sail for Brest France, and what is probable earliest date of arrival Brest. President desires movements this vessel expedited»).

Ese mismo día se informa al mundo de que el presidente Wilson ha ordenado el traslado de su barco a Europa.

La noticia cae como un rayo y se comprende de inmediato. A lo largo y ancho del mundo queda claro: el presidente Wilson se opone a cualquier paz que contravenga aunque solo sea en un punto los principios del *Covenant,* y está decidido a abandonar la conferencia antes que a ceder. Se trata de un momento histórico que decidirá el futuro de Europa, el futuro del mundo, durante décadas y siglos. Si Wilson se levanta de la mesa de negociaciones el viejo orden mundial colapsará y estallará el caos, pero quizá sea un caos de los que dan origen a una nueva estrella. Europa se estremece de impaciencia: ¿asumirán esa responsabilidad los otros participantes de la conferencia? ¿La asumirá el propio Wilson? Son minutos decisivos.

Minutos decisivos. De momento, Woodrow Wilson se mantiene firme en su decisión. Nada de concesiones, nada de transigencias, nada de «paz dura» («hard peace») sino únicamente «la paz justa» («the just peace»). Nada de conceder el Sarre a los franceses y Fiume a los italianos, ni de desmembrar Turquía, ni de hacer un «trueque de pueblos» («bartering of peoples»). ¡El Derecho debe prevalecer sobre la fuerza, los ideales sobre la realidad, el futuro sobre el presente! *Fiat justitia, pereat mundus,* hágase justicia aunque perezca el mundo. Ese breve momento es el instante más importante, más humano y más heroico de Wilson: si tiene la fuerza para soportarlo, su nombre quedará inmortalizado junto al de los pocos defensores auténticos de la humanidad; y habrá realizado una hazaña sin parangón. Pero a ese momento, a ese instante, le sigue una semana, y lo atacan desde todos los flancos; la prensa francesa, inglesa e italiana acusa al *eirenopoieis,* al creador de la paz, de destruirla con su obstinación teórico-teológica, y de sacrificar el mundo real en aras de una utopía personal. Incluso Alemania, que había depositado todas sus esperanzas en él, ahora, trastornada por la irrupción del bolchevismo en Baviera, le da la espalda. Y qué decir de sus propios compatriotas, el coronel House y Lansing, quienes aseguran que no respetarán su decisión; el mismísimo secretario de Estado Tumulty, que días atrás telegrafiaba alentadoramente desde Washington: «solo un golpe audaz del Presidente salvará a Europa y quizás al mundo» («only a bold stroke by the

President will save Europe and perhaps the world»), ahora que Wilson ha llevado a cabo ese «golpe audaz» envía preocupado desde la misma ciudad: «... retirada muy imprudente y cargada de consecuencias peligrosísimas aquí y en el extranjero... El presidente debería... responsabilizar de una ruptura de la Conferencia a quien realmente corresponde... Una retirada ahora sería una deserción» («... withdrawal most unwise and fraught with most dangerous possibilities here and abroad... President should... place the responsibility for a break of the Conference where it properly belongs... A withdrawal at this time would be a desertion»).

Aturdido, desesperado, perdida la seguridad en sí mismo por la unanimidad del ataque, Wilson mira a su alrededor. Nadie permanece a su lado, todos están contra él en la sala de negociaciones, todos también en sus propias filas, y no percibe las voces de millones y millones de personas invisibles que desde muy lejos le prometen aguantar y permanecer fieles. No imagina que si cumpliera su amenaza y se levantara de la mesa inmortalizaría su nombre para toda la eternidad, y tampoco que si permaneciera fiel a sí mismo legaría incólume su idea del futuro como un postulado en continua renovación. No imagina la fuerza creadora que se desprendería de ese «no» con el que contestaría a los poderes de la codicia, el odio y la incomprensión. Tan solo siente que está solo y demasiado cansado para asumir la responsabilidad definitiva. Y así (fatídicamente), Wilson va cediendo, su rigidez se afloja. El coronel House tiende el puente, se hacen concesiones; ocho días dura el tira y afloja de la negociación de fronteras. Al final, el 15 de abril (un día oscuro para la Historia), Wilson accede con gran pesar de corazón y mala conciencia a las exigencias militares, notablemente atemperadas, de Clémenceau: el Sarre no se entregará para siempre, sino por un periodo de quince años. Se ha producido la primera concesión del hombre que no hacía concesiones y, como por arte de magia, a la mañana siguiente la prensa parisina da un giro radical. Los periódicos que ayer lo acusaban de imposibilitar la paz y de destruir el mundo ahora lo consideran el más sabio de los estadistas. Pero a Wilson esos elogios le queman en el fondo del alma como reproches. Sabe que quizás sea cierto que ha salvado la paz, la paz del momento; pero la paz duradera, en el espíritu de la reconciliación, la única realmente salvadora, se ha malgastado y esfumado. La sinrazón ha vencido a la razón, la pasión a la inteligencia. El mundo ha retrocedido en el avance hacia un ideal eterno y él, su líder y abanderado, ha perdido la batalla decisiva, la batalla contra sí mismo.

¿Obró Wilson bien o mal en aquel momento crítico? ¿Quién podría decirlo? En cualquier caso, en ese día histórico e irrepetible se tomó una decisión que abarca décadas y siglos, y cuyas consecuencias estamos pagando una vez más con nuestra sangre, nuestra desesperación y nuestra destrucción. Desde ese día se quiebra el poder de Wilson, de una dimensión moral sin igual en su época; es el fin de su prestigio y, con ello, el fin de su fuerza. Quien hace una renuncia terminará cediendo más. Las concesiones obligan constantemente a nuevas concesiones.

La insinceridad crea insinceridad, la violencia engendra violencia. La paz, concebida por Wilson como una totalidad de duración eterna, se queda en una obra inacabada, en una construcción incompleta; y esto es así porque no se ha forjado pensando en el futuro, no se ha moldeado siguiendo el espíritu de la humanidad y la materia pura de la razón. Se ha perdido lastimosamente una oportunidad única, quizá la más extraordinaria de la historia; y el desilusionado mundo, que de nuevo carece de divinidad, es consciente de ello de modo borroso y difuso. El hombre que regresa a su patria, antes recibido como un redentor, ya no es un salvador para nadie; no es más que un hombre cansado, enfermo, tocado por la muerte. Ya no lo acompañan gritos de júbilo, ni las banderas ondean a su paso. Mientras el barco se aleja de la costa europea, este hombre derrotado le da la espalda. Prohíbe a su mirada volverse hacia nuestro desdichado continente, que anhela paz y unidad desde hace milenios, pero nunca las alcanza. Y así, una vez más, el eterno sueño de un mundo más humano se pierde en la niebla y en la distancia.

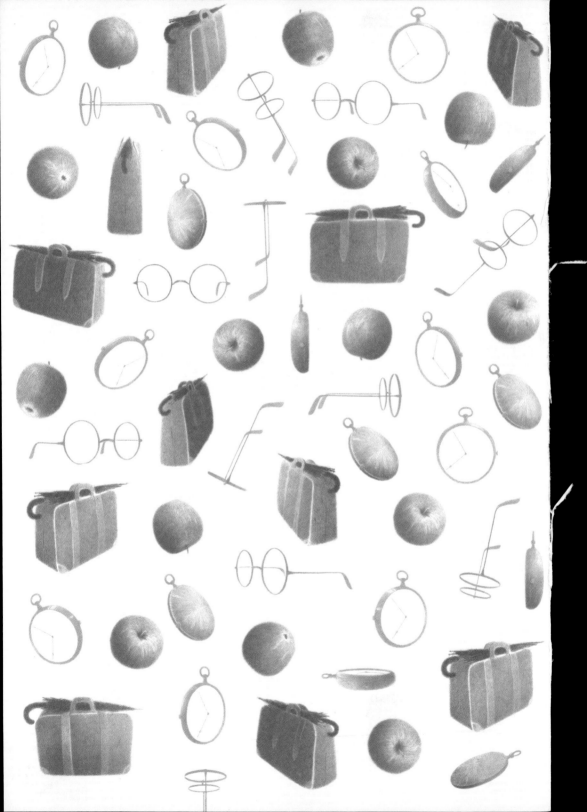